KB075752

비운의 남자
장성택 2

[장편 실화소설]

비운의 남자
장성택 2
북·한·권·력·비·사

초판 1쇄 발행 | 2016년 8월 30일
초판 2쇄 발행 | 2016년 10월 21일

지은이 | 장해성
발행인 | 부성옥
발행처 | 도서출판 오름
등록번호 | 제2-1548호 (1993. 5. 11)

주 소 | 서울특별시 중구 퇴계로 180-8 서일빌딩 4층
전 화 | (02) 585-9122, 9123 / 팩 스 | (02) 584-7952
E-mail | oruem9123@naver.com

ISBN   978-89-7778-466-6   03810

[장편 실화소설]

비운의 남자
장성택 2

북·한·권·력·비·사

장해성 지음

☞ **일러두기**

이 책에서는 소설 속의 사실적 묘사를 위하여 북한의 용어 및 외래어 등을 북한식 표기
그대로 사용하는 것을 원칙으로 하였으며, 다른 한편으로는 독자들의 이해를 돕기 위하
여 우리말로 바꾸어 표현하였다. 다만, 이해가 어려운 부분은 괄호 안에 우리말 표기를
병기하기도 하였으며, 표기는 다르지만 이해가 어렵지 않은 부분은 북한식 표기를 그대
로 사용하였다.

추천의 글

이 책의 저자 장해성 작가 덕분에 북한 연구가 더 풍성해졌다. 그간 북한 얘기는 틀에 박힌 상태에서 비하인드 스토리 없이 연도와 사람 이름만 연결된 채 돌아다녔다.

그 많은 뒷담화도 없고 북한 당국이 발표한 내용이 정설인양 우리사회는 받아들였다. 북한 연구자들도 실상을 상상할 수 있는 폭이 너무 좁았다. 김일성, 김정일, 김정은 외에는 별로 주목하지도 않았고, 측근들은 늘 고정출연하는 그 사람들뿐이었다.

그러다 이 책이 발간됐다. 1967년 5월 25일이 북한 정치 흐름에서 얼마나 중요한 날인지, 북한 고위층 사생활이 어느 정도인지 상상할 수 있는 얘깃거리가 처음으로 제대로 선보였다. [장편 실화소설] 형식을 띤 이 책에는 소설치곤 괜찮은 팩트도 있고 상황 설명이 들어 있다. 북한에서 살아온 사람이라고 아무나 서술할 수 있는 내용이 아니다. 장해성 작가의 내공 없이는 쓸 수 없는 새로운 얘기가 소설이란 이름을 빌어 선보이고 있다.

　사건만 있고 그 내막을 알 수 없었던 북한 정치의 흐름을 꼼꼼히 그리
고 생생하게 그려내고 있는 이 책 덕분에, 북한 얘기는 풍부한 상상력을
얻게 됐다. '본가지(김경희)'에 붙어 있다가 비운으로 운명을 마감한 '곁가
지(장성택)'의 얘기를 풀어가는 내용이지만, 그 속에는 김일성중심체제가
형성된 과정, 김정일 후계를 둘러싼 다이내믹한 권력투쟁, 그리고 고위층
의 인맥들이 생생하게 펼쳐지고 있다.

　운명공동체라는 동료의식 속에서도 권력 핵심으로 더 다가가려는 욕
망, 북한 사회를 충격으로 몰아넣었던 심화조 사건과 같은 무시무시한
시행착오, 성분과 토대가 약하면 냉정하게 내몰리는 북한 사회 특성이
이 책에 고스란히 배어 있다. 북한 정치사를 재구성한 이 책 덕분에 북한
연구의 새 소재도 많이 얻었다. 교재 이외에 읽을 수 있는 책이 생겨 재미
있고 풍성한 토론도 기대된다.

　북한은 김정은 유일영도체계 구축에 주력하고 있다. 모든 가치와 규
범을 김정은 위대성에 맞추고 사회 전체를 일사분란하게 동원하고 있다.
36년 만에 당 대회도 치르고, 최고인민회의도 거치면서 김정은은 당 위원
장, 국무위원장이란 직책을 새롭게 얻었다.

헌데 이 체제는 과연 어디까지 어떻게 굴러갈지, 핵 보유를 쉬지 않고 외치는 북한체제는 어떤 경로를 걷게 될지, 북한 사회 속에서 살고 있는 간부들과 주민들은 어떤 생각을 하면서 몰래몰래 '태양의 후예'를 보고 있는지 … 많은 질문이 연이어 떠오른다.

그러나 이런 질문에도 이젠 크게 답답하지 않다. 이 책을 통해 '북한'이 흘러온 궤적을 읽을 수 있기에, 북한 전망도 예전보다는 한층 실감나게 얘기할 수 있게 됐다. 김일성대학 출신으로 북한에서 오랫동안 방송 기자 및 드라마 작가로 활동한 작가의 실제 경험과 감각이 예리하게 녹아든 덕분이다.

이제 북한을 보는 시각은 한층 새로워질 것으로 본다. 북한 연구도 참신한 소재를 찾아 심화되리라 예상한다. 그만큼 이 책은 북한 정치사에 숨을 불어넣으면서 북한 사회를 제대로 볼 수 있는 잣대를 제공하고 있고, 틀에 박힌 기존 시각에 새로운 얘깃거리를 보태고 있다. 그야말로 〈북한정치의 재구성〉이다.

장편 실화소설이 드라마와 영화로 거듭나기를 기대한다.

2016년 8월

김영수 (서강대 교수, 북한학)

머리말

　　이미 널리 알려진 일이지만 오늘날 북한은 3대째 독재를 세습하고 있다. 18세기나 19세기도 아니고 21세기에 들어선 지도 한참 지난 때에, 남들은 모두 세계 최첨단 국가 건설을 위해 두 주먹을 불끈 쥐고 달려가는 이때에 북한만은 아직까지 우리식 사회주의만 부르짖으며 3대째 독재를 세습하고 있는 것이다.

　　경제는 처참하게 무너지고 이젠 석탄이나 광물 같은 지하자원이나 캐서 근근이 팔아먹고 있다. 말 그대로 외국의 신식민지 나라로 전락하고만 것이다. 인민생활은 더 이상 피폐해질 수 없을 정도로 엉망이 되고, 나라 전체가 세계적인 거지 국가로 전락하고 말았다. 어떻게 보아도 더 이상 찾아보기 힘든 나라가 되었다.

　　그러면서도 국제사회 전체가 반대하는 것도 무릅쓰고 핵무기를 만들고 미사일을 쏴 올리고 있다. 그 때문에 그러지 않아도 국제적으로 최악의 수준으로 고립된 나라이면서도 극심한 제재를 받아 인민생활은 더욱 엉망으로 되고 있다. 그렇다고 북한 내부에서는 특별한 항거의 불길도 찾아보기 어렵다.

이쯤 되었으면 다른 나라들 같으면 그 체제를 반대하는 세력이라도 움직일 것 같은데 그런 기미도 없다. 그 어떤 정치적 권력 싸움도 보이지 않고, 더구나 북한 정부를 반대하는 반정부군 같은 것을 찾아볼 수도 없다. 말 그대로 그들이 말하는 것처럼 전체 인민이 일심단결, 혼연일체가 된 것 때문인가.

무슨 회의만 한다고 하면 거기 나가서 토론하는 사람들은 모두가 그 철딱서니 없는 김정은의 크나큰 정치적 신임과 배려에 눈물을 좔좔 흘리며 감격하는 체하며 열변을 토한다. 심지어 일부 정치학자들이 말하는 그쪽 체제의 제2인자, 제3인자라고 하는 사람들까지 어린 김정은 앞에만 서면 마치 고양이 앞에 선 쥐같이 된다. 수많은 사람들이 보고 있는 것을 알면서도 무릎을 꿇고 침방울이라도 날릴까 입을 가리고 말하는 등 일반 사람들로서는 차마 눈뜨고 볼 수 없는 일도 서슴없이 하고 있다. 자기 아들뻘, 손자뻘 되는 김정은 앞에서 그러는 것이다.

물론 그들로서는 그 한 사람에게만 그러면 수없이 많은 사람들에게 마음대로 호령할 수도 있고 더 바랄 것 없는 생활을 보장받을 수 있으니 그런다고 하자. 인민들은 굶어 죽으면서도 심지어 자기가 낳아 키운 딸을 백 원에 팔아 그 돈으로 팔려가는 딸에게 마지막 음식을 사 먹이면서도 김정은에게 충성을 다해야 한다고 한다. 언제부터 북한 사람들 모두 그런 멍청이가 된 것인가. 과연 북한은 처음부터 저런 나라, 정신 이상자 나라였단 말인가. 실로 북한 사회 전체를 짙게 드리운 암흑의 쇠사슬, 봉건 군국주의의 검은 구름장을 헤치고 밝은 세상을 지향했던 사람이 한 사람도 없었던 것인가.

아니다. 먼 지난 일은 다 그만두자. 1960년대 중반부터만 보아도 북한

▶▶▶ 1965년 원산 문암리
　　김일성 특각에서

▶▶▶ 1966년 금강산에
　　기동호위 나갔을 때
　　(김일성 경호)

▶▶▶ 1971년 평양 청년 공원 앞에서

노동당 중앙위원회 조직 담당 부위원장이었던 박금철, 선전선동부장이었던 김도만, 국제 담당 부장이었던 고혁, 박용국. 얼마나 많은 시대의 선각자들이 있었던가. 그들은 김일성의 폐쇄정치, 봉건 유일독재정치를 반대하며 투쟁하였다. 하지만 그들 모두는 대부분 무참히 처형되거나 정치범 수용소로 끌려가고 말았다.

본인은 북한에서 20여 년간 기자, 작가를 하였던 사람이다. 말 그대로 북한 사회의 최하층에서부터 나름대로 기자, 작가까지 하였던 사람으로 그런 시대의 선각자들을 수도 없이 보았고 그들이 이루려던 업적을 전해 들었다.

이런 연유로 북한 내부에서 진행된 정치적 흐름을 '실화소설' 형식을 빌어 증언하고자 한다. 특히 북한 사회가 오늘같이 이질화되고 잘못된 길로 나가는 것을 직접 체험한 북한 기자의 한 사람으로 그리고 작가의 한 사람으로 그 많은 시대의 선각자들 중 한 사람의 비운에 찬 운명을 돌이켜봄으로써 북한 사회의 피와 숙청의 역사를 말하려 한다.

낮에는 김정은에게 충성을 다하라는 글을 쓰고 밤에는 이불 속에서 고뇌에 모대기는(괴로워하는) 북한의 기자·작가들에게 이 글을 바친다.

이 책을 쓸 수 있도록 많은 지도편달을 해준 서강대학교 김영수 교수님과 통일연구원 현인애 박사님께 충심으로 감사드린다.

2016년 5월 24일
전 조선중앙방송 기자, 작가 장해성

차례 I

2

1
후계자의 탄생

김일성이 경희 일 때문에 정일에게 화를 냈지만 그래도 어쩔 수 없었던 모양이다. 맏아들 김정일을 당 중앙위원회 정치국 상무위원과 당 중앙위원회 조직지도부장을 시키었다. 불과 서너 명밖에 되지 않았던 당 중앙위원회 정치국 상무위원으로 된다는 것은 실로 엄청난 일이 아닐 수 없었다.

김일성이 1970년 제5차 당 대회를 소집하였다. 그리고 그 회의에서 6개년 인민경제계획을 발표하였다. 그때에 벌써 침체되기 시작한 북한 경제를 다시 일으켜 세워보려고 하였지만 그건 오산이었다. 이미 소련과 중국의 지원으로 이루어졌던 약발이 떨어졌기 때문이다. 당연히 그 모든 건 김일성의 머릿속에서나 돌아가는 구름일 뿐 계획대로 되는 일은 아무것도 없었다. 벌써 6개년 계획을 내놓은 지 몇 년이나 지났으나 이렇다 할 성과를 거두지 못했다. 그러자 김일성은 다시 10대 전망 목표라는 것을 내놓았다. 그것으로 6개년 계획의 돌파구를 열려는 것이었다.

하지만 그것 역시 제대로 되지 않았다. 김일성은 마지막 승부수로 "70일 전투"를 하라고 하였다. 탄광, 광산 등 채취공업 부문에서부터 혁신을 일으켜 6개년 계획의 돌파구를 마련하려는 것이었다. 그러나 그것 역시 김일성의 주관적 의도와는 달리 처음부터 지지부진할 수밖에 없었다. 1967년 박금철, 김도만, 고혁, 박용국 등이 말하였던 대로 북한 경제는 이미 내부적 잠재력이 다 소실되었기 때문에 그런 방법으로는 어떻게도 일으켜 세울 수가 없었다.

문제는 어떤 방법으로든 외부로부터 새로운 투자를 받아들여야 하는데 김일성이 내놓은 자립적 민족 경제 건설노선이 발목을 잡았다. 김일성은 여전히 인민들의 무궁무진한 노력만 무한정 짜내면 된다고 생각하였으니 그 "70일 전투"는 시작부터 시들해지지 않을 수 없었다. 누구도 선뜻 "70일 전투" 지휘를 맡아 나서겠다고 하는 사람이 없었다. 김일성의 방법으로는 안 된다는 것이 너무나도 뻔했기 때문이다.

김정일이 나섰다. 김정일이 "70일 전투"를 진두에서 지휘해보겠다고 하였다. 김일성이 대단히 흡족할 수밖에 없었다. 그에게 모든 것을 맡기었다. 김정일의 사무실은 곧 "70일 전투" 총 지휘부로 전환되었다.

그런데 김정일이 지휘하는 "70일 전투"는 처음부터 이상하게 진행되었다. 다시 말하지만 "70일 전투"의 기본 돌파구는 채취공업 부문이다. 그러자면 굴진을 선행시켜 더 많은 탄밭, 광석밭을 마련하는 것인데 그렇게 하지 않았다. 김정일은 굴진을 선행시킬 생각은 하지 않고 이미 마련되어 있는 탄밭, 광석밭들만 파먹으라고 하였다. 당분간은 생산성과를 거둘 수도 있었다. 하지만 이후에는 어떻게 한단 말인가.

탄광, 광산에 대해 조금만 아는 사람은 그렇게 해서는 안 된다는 것을 잘 안다. 그러나 어느 누구도 그런 의견을 제기할 수는 없었다. 결국 김정일이 시키는 대로 이미 조성하여 놓은 탄밭, 광석밭만 파먹을 수밖에 없었다.

이뿐이 아니다. 김정일은 "70일 전투"를 지휘하면서 종전과 달리 생산에 주된 힘을 집중하는 것도 아니었다. 생산 독려에 더 힘을 넣었다. 다시 말하면 생산보다 생산을 독려하는 예술 선전에 더 힘을 넣는 것이다. 정말이지 듣도 보도 못한 일이 아닐 수 없었다. 세상에 석탄을 캐고 광석을 캐는 데 예술 선전을 선행시킨다는 것이 무슨 소린가. 그러나 김정일은 예술 선전을 통해 노동자들의 무궁무진한 생산열의를 불러일으킬 수 있고 그러면 석탄, 광석이 저절로 쏟아진다는 것이었다.

어쨌든 "70일 전투" 최고 사령관이 김정일이니 따르지 않을 수 없었다. 그러다 보니 모든 예술단들이 무리를 지어 생산현장으로 달려 나갔다. 중앙급 예술단들로부터 도 예술단들은 말할 것도 없고 군들에서는 그런 것이 없으니 자체로 예술 선전대를 새로 만들어 현장에 내보냈다. 바른대로 말하여 이제까지 북한에서 온 탈북자들 중에 예술 선전을 하는 단체가 많은 것도 그런 이유에서였다.

참으로 가관이었다. 용양광산 오소리 갱에서 있었던 일이다. 갱이 너무 작아 오소리 갱이라고 하는데 불과 두 사람이 들어가 곡괭이로 광석을 캐낸다. 그런데 여기에 스물다섯 명이나 되는 중앙예술선전대가 투입되었다. 그러니 그 인원이 다 들어갈 수는 없고 결국 갱 밖에서 나팔을 불어대는데 참으로 기가 막혔다. 갱 안에서는 두 사람이 곡괭이질을 하고 밖에서는 그 두 사람을 위해 25명이 나팔을 불어댔다.

그래도 그 결과에 대해서는 생산성과가 부쩍부쩍 높아진다고 할 수밖에 없었다. "70일 전투" 최고 사령관이 김정일이기 때문이었다. 물론 이때부터 김일성에게 올라가는 모든 보고는 철저히 김정일의 손을 거쳐야만 했다. 구실인즉 김일성에게 심려를 끼쳐드리지 않기 위해서라고 하였다.

그런데 바른대로 말해보자. 최고 집권자라는 사람이 심려할 일이 있으면 심려를 해야지, 나라 일이야 잘 되건 말건 심려하지 않는다면 그게 뭐가 되겠는가. 그러면서도 최고 권력은 놓지 않고 있으니 기막힌 일이라고 할 수밖에 없었다.

사회적 풍토도 달라졌다. 김정일은 원래 잠바 입기를 좋아한다. 그런데 김정일이 무슨 옷을 입는가에 따라 간부들부터 옷차림도 달라졌다. 그래야만 김정일한테 충신으로 보일 수 있기 때문이었다. 간부들이 모두 잠바를 입기 시작하니 아무것도 모르는 백성들도 간부처럼 보이기 위하여 잠바를 입었다. 그러다 보니 북한 사람 거의 모두가 잠바만 입게 되었다(물론 이후에는 약간 달라졌다).

또 이발하는 것도 마찬가지다. 원래 이발이라는 것은 모든 사람이 자기 얼굴 모양에 맞게 또 나이에 맞게 하여야 할 것이다. 하지만 김정일이 그때 "속도전" 머리라는 것을 하고 다니었다. "속도전" 머리라고 하는 것은 무조건 머리를 짧게 깎는 것을 말한다. 기껏 길어야 2~3센치인데 젊은 사람이 그렇게 깎으면 그런대로 날파람 있어 보이기도 한다. 하지만 간부들이 그렇게 깎는 것은 진짜 꼴불견이었다. 간부라면 대체로 50~60대는 된 사람들인데 그 사람들까지 쏙딱머리를 하고 다녔다.

누구든 김정일이 제일 싫어하는 "노쇠병(늙어서 일을 제대로 하지 못하고 앉아 뭉개는 현상)"에 걸린 사람으로 평가되기는 싫었기 때문이다. 그러다 보니 사회 전반에 "속도전" 머리 즉, 쏙딱머리 바람이불었다. 나이든 사람들까지 염색제도 없이 허연 머리를 그대로 드러내놓고 다니니 꼴불견이지 않을 수 없었다. 말 그대로 사람의 머리가 "굴뚝 쏘시개"같이 보였다. 노래도 꼭 김정일이 좋아하는 노래만부르게 되었다.

> "피 끓은 가슴에 충성을 맹세한
> 우리는 영예로운 친위대 돌격대이다
> 친애하는 지도자동지 높은 뜻 받들어
> 주체의 혁명위업 빛내여 가리라"

이런 노래는 그래도 괜찮다. 힘과 정열이 넘치기 때문이다. 하지만 "기쁨조" 아가씨들이 부르는 노래는 정말로 가관이어서 역겹기까지하였다.

> "언제면 오실까 김정일동지
> 오늘에 오실까. 내일에 오실까
> 기다렸습니다. 기다렸습니다.
> 이렇게 오실날 기다렸습니다 …"

암만 들어봐도 애첩이 꼭 기둥서방을 그리면서 하는 노래 같다.하여간 그런 노래들이 끝없이 쏟아져 나왔다. 나중에는 (물론 일부에서이긴 하지만) 김정일의 배 나온 것까지 본받으려고 하였다. 사실 김정일이 배가 나온 것은 잘 먹고 운동을 적게 하였기 때문일 것이다. 그런데 보통 사람들이야 그런 것을 상상이나 할 수 있는가. 누군가 인슐린이란 약을 먹으면 배가 나온다고 한 모양이다. 저마다 인슐린이란 약을 먹기 시작하였다. 그러다 보니 어처구니없게도 성한 사람이 갑자기 당뇨병에 걸려 평생 죽을 고생을 하기도 하였다.

김일성의 혁명역사를 본격적으로 왜곡 과장하기 시작한 것도 이때부터이다. 사실대로 말해서 김일성이 하였다는 항일무장투쟁은 그대로 선전하여도 평가받을 만하다. 그 엄혹한 시기에 일제를 반대하여 크게 싸웠든 적게 싸웠든 싸웠다는 것 자체가 대단한 일 아니겠는가. 하지만 김정일은 김일성의 혁명역사를 완전히 신의 역사로 바꾸어 놓았다.

그때 만주에서 항일무장투쟁을 한 사람이라 하여도 누구도 감히 김일성과는 견주지 못하게 하기 위해서였다. 김일성의 혁명역사뿐 아니라 김씨 가문 전체를 신격화하였다. 김일성의 증조할아버지 김응우는 미국 상선 "셔먼호"가 대동강으로 들어왔을 때 평양시 인민들을 조직 동원하여 그를 격침시켰다고 하였다.

또 김일성의 아버지 김형직은 1917년에 벌써 "조선국민회"라는 것을 만들고, 그 이후에는 우리나라 민족해방운동을 민족주의운동으로부터 공산주의운동으로 방향 전환을 시켰다고 하였다. 너무 과장하고 부풀리다 보니 오히려 진짜로 한 일도 정말인가 의심하지 않을 수 없게 하였다.

하지만 어쨌든 그런 건 모두 흘러가는 구름 같은 것이고 장성택과 김경희의 생활은 그 속에서 시작되었다. 실로 꿈같은 생활이었다. 장성택으로서는 황홀하기만 하였다. 집에 텔레비(그 시기 일반인들은 텔레비라는 것을 알지도 못했다)라는 것도 갖춰져 있고 그것도 일본제 소니 텔레비였다. 또 냉장고니 선풍기니 하는 것도 다 갖춰져 있었다. 거의 모두가 일본제였다.

장성택은 암만해도 펄펄 끓는 여름에 냉장고에서 얼음이 언다는 게 신기하기만 했다. 그래서 언제인가 경희 몰래 컵에 물을 담아 넣어뒀다가 언 다음 먹어보기도 했다. 너무 신기하였다. 그에 재미를 붙여 몇 번 더 그런 짓을 하다가 결국은 경희 눈에 띄었다. 경희는 자기네 집에 가서 얼음과자를 가져다주었다. 성택이 쑥스러운 대로 먹어보니 그건 정말 별맛이다. 그런데 문제는 그게 남한제라는 것이다. 성택이 그때에 벌써 새삼스럽게 놀라지 않을 수 없었다. 남한은 그런 것도 일반 사람이 먹을 수 있는데 북에서는 간부들조차 구경할 수 없었다.

그뿐이 아니다. 원래 장성택의 제일 큰 꿈은 대학을 졸업하면 어느 출판사나 방송사에 들어가 기자를 하는 것이었다. 그 자리면 그로서는 더 바랄 것이 없었다. 그런데 그는 당 중앙위원회의 비록 근로단체부이지만 지도원으로 배치된 것이다. 솔직하게 말하면 임금의 사위나 되니 그 정도이지 남들 같으면 어림이나 있는 일인가.

직장에서도 별로 할 일이 없었다. 그가 겨우 지도원의 지위에 있었지만 누구도 하대를 하지 못했다. 과장, 부장들까지도 꼭 그에게 예입말(존댓말)을 쓰는 것이었다. 처음 한동안은 그게 옹색하기도 하였다. 하지만 생각해보면 당연한 일이 아닌가 생각되기도 했다.

"성택 동지, 이걸 이렇게 하면 어떻겠습니까?"

"아니, 그건 저희 생각에는 그렇게 하면 안 될 것 같습니다."

아무튼 그 속에서 처음에는 너무 행복했다.

그러던 어느 날 퇴근하고 돌아와서 기타를 들고 뎅겅거리는데 경희가 말했다. 그 무렵 성택은 어디서 기타 교측본을 하나 얻어 와서, 퇴근하고 돌아오면 그걸 뎅겅거리는 게 일의 전부였다. 경희는 임신 중이어서 아무 일도 나가지 않고 있었다.

"여보, 나 당신한테 말할 게 있어요."

"무슨 말?" 성택이 기타를 내려놓으며 물었다.

"응, 저 뭐라고 말할까. 당신 정말 행복하세요?"

"그럼 행복하지 않고, 이에서 더 바랄 게 뭐겠소?"

"그럼 됐어요." 경희는 어쩐지 눈빛이 서늘해지며 무슨 말을 할 듯하면서도 하지 않았다.

"왜, 당신은 행복하지 않아?" 성택이 물었다.

"아니, 행복하지 않은 게 아니라 전 그저 … 당신과 어느 산골에 가서 조용하게 남들처럼 농사나 지었으면 좋겠어요."

"뭐, 농사? 당신 농사가 뭔지나 알아? 말이 쉽지. 실제로 어느 산골에 가서 농사를 해보라고. 불볕 같은 해는 끝도 없이 내려 지지고 잔등으로는 비지땀이 흘러내리는데, 무딘 호미로 김을 매려면 자갈만 달그락거리고. 그런 걸 생각이나 해봤소?"

"그러면 차라리 직장생활을 하지요, 뭐." 경희는 얼굴을 살짝 붉히며 말하였다.

"어이구, 직장생활은 또 쉽겠다. 여기 있는 텔레비나 냉장고 같은 건 생각도 못하고 늘 쌀 걱정, 땔 걱정, 살아갈 걱정 그게 어디 보통일인 줄 아오?"

"글쎄, 그야 그렇겠지요. 하지만 쌀은 국가에서 배급을 주지 않아요?"

"배급이야 주지. 하지만 그 배급으로 되는 줄 알아? 절약미다 군량미다, 이것저것 떼고 보면 늘 배급 타기 하루나 이틀 전에는 집안 살림을 하는 어머니들은 굶어 산단 말이야."

"난 그래도 보통사람처럼 살았으면 좋겠어요. 하지만 그건 그렇고 저 당신한테 한 가지 말할 게 있어요."

"또 뭔데?"

"당신, 우리 오빠를 어떻게 생각하세요?"

"뭐, 어떻게는 어떻게 생각해? 수령님의 유일한 후계자로 이제는 전체 인민의 위대한 지도자로 생각하지."

"아니, 그런 말 말고요. 솔직하게 말해보세요. 당신 지금도 좋지 않게 생각하지요? 옛날 코끼리 석상 앞에서 일이랑 두고?"

"그게 벌써 언제 일이라고. 난 벌써 잊은 지 오래됐어."

솔직히 말하면 장성택이 그때 일을 다 잊은 건 아니다. 특히 영화 축구팀 일은 아무리 해도 잘 잊히지 않았다.

"그럼, 제 말을 들어 보세요. 아무튼 당신, 우리 오빠와의 관계를 잘 가지세요. 오빠가 이젠 그전과도 완전히 달라지지 않았어요?"

경희가 무슨 말을 하는지 성택이도 모르지는 않았다.

"글쎄, 그야 달라졌지. 그렇기 때문에 이제는 그냥 당신의 오빠가 아니라 우리 인민의 위대한 지도자로 생각한단 말이오."

"글쎄, 그것도 그렇지만 오빠가 하는 일을 이해해줬으면 좋겠어요. 오빠 말하는 걸 보면 어떻게 해도 우리가 이 체제를 지켜야지, 그러지 못하면 잘 사는 건 고사하고 목숨까지 붙어 있기 어려울 것이라고 해요."

"그건 좀 너무한 소리 같구만. 그래도 수령의 자제들인데?"

"그렇지 않다는 거예요. 쉽게 말해서 지금은 모든 사람들이 충성, 충성하지만 그때가 되면 오히려 우리를 짓밟아 뭉갤 수도 있다는 거예요."

"에이, 사람들이 설마 그러겠소?"

"아니에요. 그건 오빠 생각이 맞는 것 같아요. 어떻게 해서든 이 체제를 지키는 길만이 우리가 사는 길이래요."

"알았어. 아무튼 난 지금 너무 좋아."

둘의 이야기는 그것으로 끝났다. 이후 성택은 그 말을 두고두고 생각해보았다. 공연한 말이 아니라는 생각이 들었다. 김정일에게 충성을 하고 싶든 아니든, 어쨌거나 우선은 충성을 다해야겠다는 생각이 들었다.

그러던 어느 날이다. 김정일이 불러서 그의 사무실에 갔다.

"성택이 너, 요즘 뭘 하고 밥 먹는 거야?" 김정일의 말이었다.

"예?" 성택이 깜짝 놀라 눈이 커졌다.

"너도 요즘 같은 초기 혁명 활동 시기에 수없이 많은 청년 공산주의자들이 위대한 수령님께 끝없이 충실했다는 얘기는 들어서 알고 있겠지?"

"예, 그야 물론 …"

성택이 어리둥절하여 굳어진 채 서 있었다. 사실 그때쯤에는 김일성의 초기 혁명 활동에 대해 너무 과장하여 보통 사람은 모두 김일성이 태어날 때부터 조선 민족의 샛별쯤으로 태어난 줄 알고 있었다.

"그렇다면 어디 생각해보란 말이야. 그때에 벌써 수없이 많은 청년 공산주의자들 속에 김혁, 차광수 같이 훌륭한 시인, 작곡가들이 있었는데 그들이 왜 떠오르는 샛별 같은 혁명의 지도자를 흠모하는 노래

한 곡 짓지 않았겠는가 말이야. 그런 걸 생각해봤어?"

"아니 저, 미처 그것까지는…" 장성택이 당황하여 말하였다.

"그래서 말인데, 그걸 한번 연구해서 노래를 발굴해보란 말이야, 노래를?"

"알겠습니다. 그런데 그걸 어떻게?"

"이 새끼야, 그걸 내가 여기서 다 말해줘야 알겠어? 그건 네가 연구해서 발굴할 일이지."

"알… 알았습니다. 연구해보겠습니다."

성택이 나왔다. 생각해보면 그럴 듯하기도 했다. 다시 말하지만 장성택이 그때까지 알고 있는 대로라면 김일성은 초기 혁명 활동 시기부터 벌써 비범한 인물이었다. 그 밑에 김혁이 같은 작곡가, 차광수 같은 시인도 있었다. 그런데 그런 인물들이 있으면서 떠오르는 샛별, 아니 위대한 조선의 태양 같은 김일성을 흠모하는 노래 하나 짓지 않았겠는가. 그때까지 생각하고 있지 않았으니 그렇지, 발굴하기만 하면 당장 나올 것 같았다. 그런데 문제는 어디서부터 어떻게 손을 대야 할지 그것부터 난감하였다.

어제 그제 있었던 일도 아니다. 거의 반세기 전 일이다. 그것도 국내에서 있었던 일도 아니고, 중국 만주 어느 깊은 산골에서 있었던 일이다. 난감하지 않을 수 없었다. 그래서 다시 그 시기 김일성의 행적부터 연구하지 않을 수 없었다.

조선노동당 역사 연구소에 가서 비공개 자료부터 뒤져보았다. 그 시기 김일성은 중국 만주의 이통현 고유수, 장춘현 카륜, 회덕현 오가자 일대에서 활동하였다. 그때로 말하면 어떤 때였던가. 국내에서는 일제의 식민지 통치가 더욱 기승을 부리고 노예로 전락한 조선인민들은 죽음의 쇠사슬에 묶여 더욱 신음하고 있던 때이다.

그런데 온갖 정치 모리 간신배들은 자기들이야말로 탁류 중에 청류라고 별별 입맛 도는 소리를 다 떠들며 돌아다니었다. 실제로는 얼마 되지도 않던 조선인 거주 지역을 장악하고 더 많은 군자금이나 거두기 위해서였다.

바로 이러한 때 청년 공산주의자 김성주가 나타났다. 조선 민족주의운동과 공산주의운동의 온갖 소아병적 편향들을 바로잡고 실로 청신한 젊은 공산주의자들을 모아 항일무장투쟁에로의 새로운 도약을 준비하기 위해서였다.

김혁, 차광수는 그에 감동하여 따라나섰고 마침내 당시 길림 일대에서 요원의 불길마냥 일어 번지었던 "일화배척운동"과 "길회선 철도부설공사"에 김성주를 모시고 참가하였다. 김혁, 차광수는 그때부터 벌써 김성주를 비범한 인물로 알아봤다는 것이다. 이제까지 보아왔던 상투쟁이 민족주의자들이나 하이칼라 머리 행세식 마르크스주의자들과는 근본이 달랐다. 온몸이 패기와 정열에 끌어 번지고 투쟁으로 불붙는 청년 공산주의자 김성주의 모습은 말 그대로 나타나는 첫 순간에 벌써 조선의 별이었고 미래의 태양이었다는 것이다.

이어 장춘현 카륜이라는 곳에서 반제 청년 동맹원들을 모아놓고 "조선혁명의 진로"라는 연설을 하였다는 것이다. 그런데 그런 조선의 별, 미래의 태양을 우러르던 김혁, 차광수들인데 왜 그를 흠모하는 노래 한 곡 짓지 않았겠는가 하는 것이다. 당연히 없을 리 없었다. 있어도 여러 곡 있을 수도 있었다. 그런데 장성택이 찾은 자료들에는 그런 것은 고사하고 그와 비슷한 것도 없었다. 낡은 중국 관련 자료까지 다 뒤져보았다. 하지만 그런 자료는 고사하고 오히려 김일성이, 다시 말하면 김성주가, 1930년대 이종락의 부하로 있었다는 자료밖에 없었다.

이종락이 누구인가. 이종락으로 말하면 1930년에는 민족주의자 단체 정의부 산하에서 조선혁명군이라는 독립군 조직을 만들어 놓고 그 책임자를 하였던 사람이다. 그 밑에 정치부 책임자는 안붕, 군사부 책임자 김광렬, 비서부 책임자에 최창걸, 선전부 책임자에 김원근이었다. 전체 성원도 장성택이 생각하였던 것처럼 적어도 몇백 명 정도 되는 것이 아니라 기껏 2~3십 명 정도밖에 되지 않았다.

이 조선혁명군이라는 것이 1930년 카륜에서 회의를 하였는데 여기서도 이종락, 안붕, 김광렬 같은 사람들은 연설도 하였지만 김일성, 즉 거기서 제일 마지막 졸병에 불과하였던 김성주가 연설하였다는 자료는 그 어디에도 없었다. 그나마 그렇게 조직된 조선혁명군은 이듬해 1월에 대장 이종락, 참모장 김광렬 등이 단번에 일제에게 체포되면서 풍비박산이 되고 말았다.

결국 김성주는 그 부대에 졸병으로 있다가 체포를 피해 어머니 강반석이 있던 안도로 나온 것이다. 물론 그들 중에는 작곡가 김혁, 시인 차광수 등도 있었지만 그들은 이미 김일성보다도 나이가 십여 살이나 위였고 또 혁명 과정에서 산전수전을 다 겪은 사람들이었다. 그런 김혁이나 차광수가 제일 졸병 김성주를 위해 노래까지 짓는다고? 그때 김일성은 겨우 18살이다.

장성택은 당황하지 않을 수 없었다. 암만해도 그런 노래가 있을 수 없다는 결론밖에 나오지 않는다. 그러나 김정일의 지시는 단호하였다. 집행하지 못하면 그건 문제가 될 것이다. 어떻게 할 것인가? 생각다 못해 인민보안성에 지시를 내려 그 시기 중국 만주 그곳에서

산 사람이 있는가 알아보게 하였다. 천만다행으로 한 사람이 있었다. 장춘현 카륜에서 살았다는 할머니다. 이미 나이는 90살을 넘겼지만 그런 사람이 있다는 것만도 다행이었다. 평안남도 개천군 어느 리에 산다고 했다.

성택이 중앙방송위원회 당 비서 장수길에게 전화를 걸었다. 장수길이라면 그의 대학 동창이다. 그가 졸업하고 중앙방송에 배치를 받았는데 다행히 당 비서까지 된 것이다. 장수길이 반색을 하며 오라고 하였다. 그를 만나 김정일이 하던 이야기를 그대로 하였다. 장수길이 듣더니 뜻밖에도 그런 일이라면 걱정도 말라고 하였다. 그 자리에서 사람 둘을 부르는 것이었다. 그리고 그들에게 김정일의 이야기를 전한 다음 덧붙여 말하는 것이었다.

"… 그래서 말인데, 동무네 말이야. 친애하는 지도자 동지께서 이 문제 때문에 얼마나 심려하고 계시는지 알겠어? 아무튼 이 일을 제대로 하는가 하지 못하는가에 따라 동무네 당성을 보겠단 말이야."

'당성'이란 한 마디로 말하면 '당에 대한 충실성'이다.

"알았습니다." 두 사람이 대답하였다.

"됐어. 그럼 내일 아침 일찍이 떠나도록 해."

"알겠습니다."

성택이 이런 일에 그들만 보내는 것이 안 된 생각이 들어 자기도 가겠다고 하였다.

"아니, 장 동지도 같이 가겠단 말입니까?" 장수길의 말이었다. 그도 전과는 달리 아무리 가까운 사이어도 말은 함부로 하지 못하였다.

"예. 아무래도 저도 함께 가야 할 것 같습니다."

"아, 거 뭐, 함께 갈 것까지야 있습니까? 이 친구들만 보내도 잘

해낼 텐데요." 수길이 될 수 있으면 성택이 가지 말았으면 하는 인상이었다. 하지만 그럴 수는 없었다.

"그래도 제가 가는 것이 여러 모로 좋을 것 같아서 함께 가겠습니다."

"글쎄, 정 그러시다면 알겠습니다."

장수길이 그래도 성택이 가겠다고 하니 결국 말리지는 못하였다. 이렇게 되어 다음 날 아침 세 사람은 개천행 열차를 탔다. 알고 보니 그들 중 한 사람은 북한 중앙방송에서는 두 번째 가라면 서러워할 작곡가였다. 그리고 또 한 사람은 역시 중앙방송에서는 두 번째 가라면 서러워할 유명한 노래 가사 쓰는 사람이다. 조합이 이상하다는 생각은 들었지만 더 말하지 않았다.

셋이 평안남도 개천역에 도착하니 벌써 그곳 군 당 위원회에서는 장성택이 온다고 책임비서까지 나와 있었다. 그 할머니가 산다는 곳은 거기서도 70리나 떨어진 산골이었다. 책임비서가 직접 자기가 따라 나서겠다고 하는 것을 그만 두게 하고 차만 내달라고 하였다. 그러자 군 당 위원회에서는 선전부장을 안내로 붙여 주었다. 결국 넷이 함께 떠났다.

선전부장이 그런 할머니가 있기는 하지만, 이젠 나이도 90을 넘겼고 몇 년 전에 중풍을 만나 정신이 제대로일지 걱정된다고 하였다. 그래도 가보지 않을 수 없었다.

마침내 그 동네에 이르렀는데 개천군에서도 제일 두메산골이었다. 그 할머니를 만나 먼저 녹음기도 꺼내 놓고 열네 살 때의 김일성 사진을 보여주었다. 길림 육문중학교 시절에 찍은 사진이다. 빤빤 중머리에 그래도 곱상하게 생겼다.

"할머니, 이 분을 아시겠습니까?" 노래 가사를 쓰는 강건홍이라는 사람이 할머니 귀에 대고 소리쳤다.

"응? 이··· 이게 누군가, 자네 어렸을 때 사진인가?"

"아니, 아닙니다. 수령님 젊으셨을 때 사진입니다. 본 기억이 나십니까?"

"으—응. 자네 아들이란 말이지? 당돌하게 생겼군." 완전히 동문서답이었다.

"아니라니까요. 수령님 젊으셨을 때 사진이란 말입니다. 혹시 보신 기억이 나시는가 말입니다."

"뭐, 물에 빠져 죽었다구? 으—응, 그것 참 안 됐군." 할머니는 또다시 왕청같은 소리만 했다. 그래도 포기할 수는 없었다.

"할머니 젊은 시절에 장춘현 카륜에서 사신 게 맞습니까?" 이번에는 함께 간 작곡가 최영식이 소리질렀다. 작곡가지만 한때 성악을 한 경력이 있어 소리는 젊은 사람들 못지않았다. 할머니가 다행으로 알아들은 듯싶었다.

"그래, 장춘에서 살아봤지."

"예. 거기서 혹시 청년 공산주의자들이 수령님을 흠모하여 부른 노래 들어본 기억 없습니까?" 최영식이 할머니가 알아들은 게 너무 고마워 눈물까지 글썽하며 소리질렀다.

"그··· 그럼, 노래 많이 불렀어. 암 많이 부르고말고···" 할머니가 초점 없는 눈동자를 되는대로 굴리며 하는 말이었다.

"예, 옳습니다. 그래서 어떤 노래를 불렀습니까? 당연히 수령님을 흠모하는 노래를 불렀겠지요?" 최영식이 뛰는 가슴을 진정시키며 다시 물었다.

"응, 그래 불렀어, 부르고말고 …"

노인네가 잔기침을 시작했다. 워낙 병약한 노인이라 그대로 저세상에 가고 마는 것 같아 여간만 마음을 조이게 하는 게 아니었다. 하지만 마침내 멈췄다. 군 당 위원회에서 온 부장까지 넷은 모두 큰 숨을 내쉬었다. 저세상에 가더라도 수령님을 흠모하여 불렀던 노래는 남겨놓고 가야 하지 않겠는가. 바로 문턱에서 그냥 갈지도 모른다는 생각에 모든 사람들은 마음을 졸였다.

"그래, 무슨 노래입니까? 한번 천천히 불러 보십시오." 강 아무개가 녹음기를 켜 놓으며 말했다.

갑자기 노인네 얼굴이 실룩거리었다. 경련이라도 일 것 같이 실룩거리더니 다행히 노래를 시작할 모양이었다. 얼마나 기다리던 순간인가. 벌써 반세기 전 일이다. 18세 소년 김성주를 우러러 청년 공산주의자들이 심장으로 불렀던 혁명의 송가가 세상에 다시 태어나는 순간이었다.

늙은이가 노래를 시작했다. 처음에는 무슨 소리인지 알아듣기 어려웠다. 틀림없이 무슨 소리가 새나오는 것 같기는 한데, 워낙 발음이 분명치 않아 잘 모르겠다. 아니 마침내 알아들었다.

하지만 이건 … 믿겨지지 않았다. 이게 도대체 무슨 노래란 말인가.

"… 갓떼 구르죠또 이사마시꾸 …"

"예?"

"지갓떼 구니오 데데가라와 …"

일본 군가였다. 일본제국 황군이 서릿발 같은 총창을 비껴들고 동북 삼성을 무른 메주 밟듯 하며 진격할 때 부르던 노래였다. 네 사람은 그만 굳어졌다. 김일성이 아무리 정신이 나갔기로 그때 일본 군가를 부르며 돌아다녔을까. 이를 어쩐단 말인가. 네 사람이 모두 어이없어 말을 못하는데 농장 작업반 기술지도원을 하는 노인네 아들이 들어왔다.

"저, 네 분 선생님들, 우리 어머닌 그런 거 잘 모릅니다. 그러니 차라리 어떤 노래인지 기자 선생님들이 가지고 와서 확인하는 게 좋지 않겠습니까?"

밖에서 벌써부터 엿들은 모양이었다. 그런데 가지고 올 노래가 있다면 왜 이 고생을 할까.

"예? 가지고 와서 확인하라구요?" 강건홍이 영문을 몰라 눈만 껌뻑이는데 최영식이 그의 옆구리를 찔렀다.

"글쎄, 그게 나을 겁니다. 기자 선생님들이 준비해 가지고 와서 확인하는 게 훨씬 빠르지 않겠습니까?" 아들의 말이었다.

장성택은 난감했다. 일이 쉽지 않을 줄은 알았지만 이렇게 될 줄은 생각도 못했다. 어떻게 할 것인가. 이런 노래가 있든 없든 김정일의 지시는 무조건 집행해야 한다. 집행하지 못하면 당성이 약한 것으로, 나아가서는 문제가 될 수도 있다.

"저, 과장 동지, 우리 나가서 이야기합시다." 같이 왔던 최영식이 하는 말이었다.

"알았어." 어차피 나올 수밖에 없었다.

"저, 과장 동지, 이 일은 저희들에게 맡기고 먼저 올라가는 것이 어떻겠습니까?" 최영식이 하는 말이었다.

"아니, 그러면 동무들끼리 어떻게 하겠소?"

"글쎄, 여기 일은 저희들에게 맡기고 먼저 올라가십시오." 최영식이 말하였다.

"아니, 과장 동지까지 올라가면 어떻게 해?" 강건홍이 최영식에게 하는 말이다.

"뭐 어떻게 하긴, 그래도 어쨌든 우리끼리 발굴해야지. 과장 동지가 여기 남아 있다고 달라질 게 뭔가. 과장 동지 그냥 올라가십시오." 분명 장성택이 있는 것을 부담스러워하는 눈치였다.

"알겠소. 아무튼 내 더 말하지 않아도 알겠지만 이 일은 친애하는 지도자 동지께서 기다리는 일이라는 것만 명심해야겠소."

"알았습니다."

장성택이 올라왔다. 그런데 두 달 후였다. 마침내 소식이 왔다. 개천군에 갔던 그들이 돌아왔다는 것이다. 그것도 그 시기 김혁, 차광수들이 지었다는 "조선의 별"이라는 노래를 발굴해 가지고 왔다. 장성택이 한달음에 중앙방송에 내려갔다. 그리고 그들이 가지고 온 노래를 들어봤다. 훌륭하다. 정말 어떻게 들어봐도 기가 막혔다. 18살 김일성을 그렇게도 흠모했다는 김혁, 차광수들의 충성의 열정이 그대로 느껴지는 노래였다.

조선의 밤하늘에 샛별이 솟아
3천리 강산을 밝게도 비치네
짓밟힌 조선에 동은 트리라
2천만 우리 동포 샛별을 보네

장성택은 그 길로 이 노래를 가지고 김정일에게 올라갔다. 김정일 역시 대만족이었다.

"어허, 장성택이 이번에 큰일을 했는데, 보란 말이야. 이렇게 하면 되지 않아. 좋아, 성택이 아주 일을 잘했어. 아무튼 이 노래를 가지고 우리 인민들한테도 널리 보급하고 또 예술 영화 촬영소에 이야기해서 혁명 영화도 만들어 보라고 해야겠어. 그것도 한 10부작으로 말이야. 알았어?"

"알았습니다."

이렇게 되어 북한에서는 혁명 영화 "조선의 별" 10부작이 나왔고 다시 그 속편으로 "민족의 태양"이란 영화 10부작이 나왔다. 후에야 안 일이지만 장성택이 올라온 다음 강건홍과 최영식은 그곳 축산반 선전실에서 한 달 넘게 기타를 뎅겅거리며 있었다고 한다. 결국 김일성 의 혁명 송가 "조선의 별"은 설한풍 스산한 만주의 피바다 속에서 태어 난 것이 아니라 평안남도 개천군 어느 리 축산 작업반 선전실에서 고고 성을 울린 것이다.

2
한영란

영란이 대학을 졸업하고 나서 조선중앙통신
사 기자로 배치를 받았다. 나름대로 일은 할 만했다. 원산 배나무 골
국제휴양소에서 김정일과 있었던 일을 생각하면 억이 막혔다. 그날
술을 좀 과하게 마셨던 것은 사실이다. 그리고 침실에 들어와 그대로
쓰러졌는데 그것이 그녀의 처녀성이 무너지는 날이 될 줄은 꿈에도
생각하지 못했다. 한밤중에 뛰어든 김정일에게 자신의 순결을 고스란
히 빼앗기고 말았던 것이다. 어차피 한때 그가 자기의 첫 남자로 된
이상 의식적으로 가까워지려고도 해보았다.

그래서 그 후 금강산으로 갔을 때에도 김정일이 하자는 대로 다
해 주었다. 하지만 그때뿐이었다. 지내볼수록 김정일은 그가 생각하였

던 그런 사람이 아니라는 생각이 들었다. 더구나 그 후에는 김정일이 그를 찾는 일도 없었다. 그러는 중에 김정일이 당 중앙위원회 정치국 상무위원이 되고 조직지도부부장이 되었다. 김일성의 유일한 후계자로 된 것이다. 결국 포기하는 수밖에 없었다. 그래도 처음에는 마음이 괴로웠다. 그래서 다시는 그 어떤 사랑 같은 것도 하지 않으리라 결심했다. 그리고 보니 오갈 데라고는 직장과 합숙 두 군데밖에 없었다. 그러는 새 한 살 또 한 살 나이만 들어갔다.

원래 평양시에는 여자 독신자 합숙이 두 개 있다. 하나는 중구역 오탄동에 있고 또 하나는 모란봉구역 월향동에 있다. 그래서 오탄합숙, 월향합숙이라면 평양시 노처녀 창고로 이름 있다. 영란이는 자기네 집이 순천 자산에서 다시 원산으로 이사를 갔기 때문에 할 수 없이 이 월향합숙에 들었다. 그런데 언제부터인가 노동신문사에 기자로 다닌다는 김명철이라는 총각이 따라다니기 시작했다. 처음 생각은 그저 그러다 말겠거니 무시했지만 그게 아니었다. 그 친구가 시간만 나면 끝도 없이 찾아와서는 만나자는 것이었다. 그래서 한두 번 만나도 보았다. 사람은 괜찮은 것 같았다. 키도 크고 눈도 부리부리하고 거기에다 성격도 좋은 것 같았다. 황해남도 장연군 출신이라고 하는데 제대군인이었다. 제대하면서 대학에 입학하고 졸업하자 노동신문사 기자로 되었다는 것이다.

그래도 영란이는 자기 가슴속에 묻어 있는 상처 때문에 그를 만나기 꺼리는데 그 친구는 아니었다. 계속 찾아오는 것이었다. 당 직속기관 기자 모임이 있는 날이었다. 당 직속기관이라고 하면 노동신문사, 조선중앙통신사, 중앙방송 이 세 기관을 말한다. 이 세 기관은 말 그대로 북한 언론에서는 제일 핵심 기관이기 때문에 김정일이 직접 맡아

본다는 것이다. 그래서 매달 한 번씩 정기적인 모임을 가지는데, 주로 어떻게 하면 김정일의 마음에 들 수 있는 기사를 더 많이 쓸 것인가 그런 것들만 토론했다. 그 토론들이 끝난 다음에는 마지막으로 외국 영화를 한 편씩 상영했다. 그런데 사람들은 그 진절머리나는 토론회보다는 마지막에 하는 외국 영화 때문에 직속기관 기자 모임에 잘 갔다.

영란이와 명철이도 거기서 만났다. 언제인가 영란이 거기 나가서 충실성 교양기사를 어떻게 쓸 것인가 토론을 하였다. 그게 그 친구의 마음에 들었는지 그다음부터 계속 찾아오기 시작한 것이다. 일주일이고 열흘이고 시간만 있으면 찾아왔다. 찾아와서는 두 번이고 세 번이고 그녀가 내려올 때까지 계속 사람을 올려 보냈다.

이 월향 여성 독신자 합숙으로 말하면 왕과부라는 악명 높은 접수원이 있는 곳으로 유명하다. 6.25 때 남에서 들어왔다고 하는데 평생 시집도 가보지 못한 진짜 숫처녀다. 그런데 과부 할망구라고 한다. 나이는 아직 마흔일고여덟쯤 되었을까, 아직 할망구 소리를 들을 때는 아니다. 하지만 이 월향합숙을 찾는 남자들이라면 이 여자한테 두 손, 두 발 다 든다. 오죽하면 접수 보는 여자보고 나이도 되지 않았는데 할망구라고 불러댈까. 원래 여자 합숙 규정에 일체 남자 손님은 들어가지 못하게 되어 있는 것은 사실이다. 기껏 접수에서 같은 층으로 올라가는 사람한테 부탁하여 만나려는 사람이 내려오게 하는 것이 전부다. 하다 보니 때로는 이 합숙에서 기숙하는 사람을 만나려면 몇 시간씩 밖에서 기다리는 건 보통 일이다. 그런데 이 왕과부는 그런 면에서 어찌나 철저한지 사람들은 아예 치를 떨었다.

언제인가, 이 왕과부한테 이상한 연하장이 왔다. 연하장이라면 일반적으로 새해를 축하한다거나 새해에 복을 많이 받으라거나 그런 소리를 하는 것이 정상일 것이다. 그런데 이 왕과부한테 온 연하장에는 그런 내용이 아니었다. '왕과부, 새해에는 꼭 저세상에 가는 것으로 모든 사람들한테 기쁨을 주라'는 내용이었다. 왕과부는 꺼이꺼이 통곡까지 했다고 하는데 그 역시 그때뿐이었다. 어쨌든 남자라고 생긴 족속들은 이 합숙에 절대로 올라가지 못하게 하는 것이었다. 여기에 명철이 한두 번도 아니고 수십 번도 더 찾아왔으니 한영란에 대한 그의 지성도 얼마나 집요한지 알만한 일이 아닐 수 없다.

어느 날 영란이 퇴근하고 돌아와서 다음 날 내보낼 기사준비를 하고 있었다. 그런데 또 밖에 누가 찾아왔다는 연락이 왔다. 보나마나 명철이겠거니 여겨 내려가지 않았다. 두 번째로 또 누구 다른 사람을 시켜 내려오라고 하였다. 그래도 내려가지 않았다. 그러나 세 번째 사람까지 불러대는 데에는 내려가지 않을 수 없었다. 이번에는 모든 사실을 털어놓고 그가 다시 찾아오지 못하게 끝을 봐야겠다는 생각을 하였다. 그래서 내려갔다. 가랑비가 내리는 밤이었다. 둘은 우산을 쓰고 월향합숙 앞으로 해서 모란봉 경기장 쪽을 향해 걸었다.

"영란 동무, 왜 그렇게 사람의 마음을 몰라줍니까? 제가 무엇이 그렇게 마음에 들지 않습니까?" 명철의 말이었다. 영란이 대답이 없었다. 그저 그를 따라 걷기만 하였다.

"자, 대답해 보십시오. 제가 부족한 것이 있다면 무엇이든 고치면 될 거 아닙니까?"

"명철 동무한테 부족한 것이 뭐가 있겠어요. 저로서는 정말 너무나도 과남할 뿐이지요. 그런데 …"

"그런데 뭡니까? 말을 해야 알게 아닙니까?"

"저, 전 솔직하게 말해서 명철 동무가 생각하는 그런 사람이 아니에요. 솔직하게 말한다면 전 이미 한 차례 시련을 겪은 사람이란 말이에요." 영란이 그를 자기한테서 물러나게 하는 건 그 수밖에 없다고 생각했다.

"아니, 그렇다는 말입니까? 그럼 저는 그런 시련이 없었을 것 같습니까?" 이건 뜻밖이었다. 명철이 화내기는커녕 오히려 반기는 표정이었다.

"네?" 영란이 놀랐다. 명철이 자기한테서 있었던 일을 이야기하였다.

그가 군대복무할 때 있었던 일이다. 어느 날인가 천리 행군을 하다가 쉴 참이었다(북한군 중 보병 부대는 해마다 겨울이면 천리 행군을 한다). 그가 전우들과 함께 어느 산등성이에서 쉬면서 담배를 피우는데 이미 피우던 담배는 다 피우고 없다. 할 수 없이 새 곽을 뜯었는데 그때 인민군대한테 공급되는 담배는 "승리"라는 담배였다. 당연히 제일 낮은 병사들한테 공급되는 담배다 보니 담배종이도 한심하였지만 내용은 더욱 한심했다. 담뱃대를 그대로 썰어 넣은 것까지 있었다.

그런데 그 담뱃갑은 겉은 분명 "승리"인데 내용은 완전히 "사슴" 담배만 들어 있는 것이었다. "사슴" 담배는 북한에서도 고급 담배에 들어간다. 상좌 이상 고급 군관들한테만 공급되는 담배였다. 이런 희한한 일이 어디 있는가. 씨가 노랗다는 건 말할 것도 없고 담배종이도 완전히 알락지(수입제 담배종이)다. 놀란 그가 환성을 지르자 전우들도 같이 희한해하며 너도 나도 한 대씩 가져갔고, 잠깐 사이에 밑창이 드러났다. 그런데 문제는 마지막 가치를 뽑았을 때였다.

담뱃갑 제일 밑에 자그마한 종이쪽지가 있는 것이었다.

"인민군대 아저씨, 잘 피우세요. _평양 담배공장 수출 직장 김향란"

이런, 이름까지도 기가 막히게 예쁜 이름이었다. 천리 행군이 끝나고 부대에 돌아오기 바쁘게 하사관 몇이 모여 앉았다. 그리고 그 낯도 모르는 처녀한테 편지를 쓰기 시작했다.

"동무가 보낸 담배를 우리 모두는 정말 감사히 피웠습니다. 우리 서로 모르는 사이지만 앞으로 편지나 주고받으면서 가깝게 지냈으면 좋겠습니다." 이런 내용으로 썼다. 물론 편지를 보내는 사람은 김명철이로 하였다.

그런데 뜻밖에도 그 향란이란 아가씨한테서 회답이 왔다. 자기는 스물두 살이며 집은 모란봉 구역 월향동 어디에 있다는 것, 그리고 위로 언니가 하나 있지만 이제 곧 결혼하게 된다는 것까지 이외에도 구체적인 내용을 편지에 담았다. 명철이 곧 정신없이 그 향란이란 아가씨한테 빠져들고 말았다. 다음부터는 부대 내 다른 하사관들이 알세라 조심하여 자기 개인 이름으로 보냈다.

그것도 부대 내 노무자인 보일러공 집으로 회답이 오게 보냈다. 군사우편으로 편지를 보내면 그건 거의 모두가 군사우편 검열국 검열에 걸리기 때문이다. 군사비밀과 관련된 문제는 말할 것도 없고 군인들의 개별적 연애편지마저 모조리 잡아내서, 잘못하면 되게 혼날 수도 있다. 그래서 몰래 편지하려면 사회 주소로 하는 것이 제일 안전하다. 이렇게 서로 편지만 오고가기를 2년 세월이 흘렀다.

그런데 명철이 마침내 제대하고 대학에 오게 되어 향란이와 만났다. 만나고 보니 자기보다 나이도 세 살씩이나 위였지만 생긴 것도 상상하던 것과는 완전히 달랐다. 얼굴도 얼굴이지만 예상외로 뚱뚱하여 여간만 실망이 크지 않았다. 그래서 그동안 그렇게도 사진을 보내 달라는데 이 구실 저 구실 보내주지 않았구나 하는 생각도 들었다. 아무튼 그래도 자기와 2년씩이나 편지를 주고받았으니 그냥 물러나는 것은 도리가 아닌 것 같았다. 그래서 그냥 친하게 지내려고 하였다. 둘 사이는 생각보다 빨리 가까워졌다. 서로 몸까지 섞는 사이가 되어 결국은 결혼 문제까지 의논하게 되었다.

그런데 뜻밖에도 이번에는 언제부터인가 향란에게 자기 말고 다른 한 남자가 있다는 것을 알게 되었다. 향란이 결국 그렇게 자기와 편지를 주고받으면서도 양다리 치기를 하였던 것이다. 명철은 지체 없이 물러나지 않을 수 없었다. 내용은 대체로 이런 것이었다. 명철이 그만두기는 했지만 향란에 대해 가슴 아프게 생각하지 않을 수 없다는 것이었다.

그의 이야기를 듣고 보니 영란이도 감정이 가지 않을 수 없었다. 누구에겐가 이 문제를 의논해보고 싶었다. 그러다 갑자기 생각난 것이 경희였다. 그래도 자기와 제일 가까운 것은 경희밖에 없다는 생각이 들었던 것이다. 어느 일요일이다. 그녀를 보러 가려고 월향합숙을 나섰다. 처음으로 찾은 경희네 새 살림집이었다. 물론 경희는 더없이 반가워하였다.

"경희야, 네가 정말 성택 동무와 그렇게 될 줄은 생각도 못 했구나." 영란이 말하였다.

"피, 그저 그런 거지 뭐. 얘도 참, 그런데 너 왜 그동안 그렇게 오래도록 우리집에 오지 않았니?"

"그저, 언제부터 온다, 온다 하면서도 바쁘다는 구실로⋯ 미안해." 영란이 사실 왔다가 혹시 김정일과 부딪치기라도 할 것 같아 오지 않으면서도 말은 그렇게 하였다.

"애, 경희야. 아직 애기 소식은 없니?"

"몰라." 경희는 얼굴을 붉히며 대답했다. 둘은 짝자그르 수다에 넘어갔다.

"애, 그래 참, 성택 동무는 잘해주니?"

"그저 그렇지 뭐. 아직은 괜찮은 것 같기도 하고."

"애, 너무 값을 올리지 마. 사실대로 말해서 성택 동무라면 우리 여대생들 속에서야 최고의 신랑감이었지 뭘 그래?"

"최고의 신랑감은 무슨? 하지만 난 늘 걱정스러워 죽겠어." 경희가 커피 잔을 내놓으며 말했다.

"뭐가 걱정스러운데?"

"솔직하게 말해서 성택 동무도 성격이 쉽지만은 않거든. 그런데 우리 오빠한테 언제까지 계속 참고 있을지 그게 걱정돼 죽겠단 말이야."

그건 솔직한 말이었다. 성택이 많이 참고 있는 건 알지만 그게 언제까지 유지될지 경희로서는 걱정이 아닐 수 없었다. 부딪치기만 하는 날에는 성택이 깨질 것이 분명하다. 그래서 요즘은 성택이 퇴근하기만 하면 어디서 기타 교측본을 얻어가지고 나름대로 늘 기타나 뎅겅거리는 게 오히려 다행으로 생각되기도 하였다.

"그래, 내 일은 그만 이야기하고. 그런데 넌 도대체 어쩌자고 그러니? 시집은 아예 포기한 거니?"

"나도 사실은 그 일 때문에 널 찾아 왔어." 영란이 그동안 명철이와 있었던 이야기를 하였다.

"뭐, 그런 일이 있었니? 아니, 그런 사람이라면 당장이라도 할 거지, 뭘 망설이고 있니?"

"글쎄, 그래서 나도 생각 중인데 정말 사람 하나만 봐서는 너무나도 흠 잡을 곳이 없어."

"아이고, 그런 사람이라면 당장이라도 해라. 결혼한 다음 집을 얻고 살림살이를 갖추고 하는 건 나도 좀 도와줄게. 내일이라도 만나서 당장 하자고 해." 경희는 정말 자기 일같이 좋아하였다.

"하여간 알았어. 내 좀 더 생각해보고 결정할게."

"생각은 무슨 생각, 당장 그렇게 하라니까."

경희는 오히려 제 쪽에서 더 안달이 나 야단이었다. 사실 경희도 오빠와 영란이 관계를 알고 있었다. 그렇기 때문에 그가 더 안타까워하는지도 모른다.

"알았어. 아무튼 내 결정이 되면 이야기할게." 영란이는 경희 역시 그렇게 나올 줄 생각은 했지만 그래도 기분은 나쁘지 않았다. 오래간만이라 거기서 실컷 놀다 저녁에야 합숙으로 돌아왔다.

다음날 출근할 준비를 하고 있는데 접수에서 왕과부가 급히 찾아 올라왔다. 그 뚱뚱한 몸집에 3층까지 급히 올라오다 보니 여간만 숨이 찬 게 아닌 모양이었다.

"영란이 있어? 응, 있구나. 저기, 중… 중앙당에서 … 사람이 왔어. 빨리 내려가야겠어."

"중앙당에서 왜 사람이 왔는데요?"

"아, 글쎄. 그거야 내가 어찌 알겠니? 빨리 … 빨리 내려가야 돼." 영란이 어쩐지 불길한 예감이 들었으나 내려가지 않을 수 없었다.

"동무가 한영란 동뭅니까?" 잿빛 줄무늬 옷을 입은 남자가 기다리고 있었다.

"예. 제가 한영란인데요?"

"우리와 함께 가야 하겠습니다. 친애하는 지도자 동지께서 부르십니다."

"친애하는 지도자 동지께서?" 김정일이다. 안 갈 수가 없었다. 뭔가 불길한 예감이 머리에 엄습하였다. 그렇지만 안 갈 수는 없다.

　"아이, 그렇다면 미리 알려주시지 잠깐 기다리세요. 옷이나 갈아입고 나오겠어요." 영란이 올라왔다. 가슴이 두서없이 두근거리었다. 김정일이 그를 찾은 지가 벌써 오래전 일이다. 그새 성혜림이요 김영숙이요 또 다른 여러 여자들과의 풍문은 들어서 알고 있었다. 그렇지만 그가 왜 찾는다는 말인가, 왜? 옷을 갈아입고 밖으로 나왔다. 기다리고 있던 잿빛 줄무늬가 차에 앉으라고 하였다. 차는 곧바로 중앙당으로 향했다. 몇 개의 보초소들이 있었지만 거의 멈추는 일이 없었다. 마지막 보초소만은 그런대로 잠시 멈춰서 무어라고 이야기하더니 또 그대로 통과하였다. 차는 어느 3층 건물 앞에 멈췄다. 그를 데리러 왔던 사람이 앞에서 이층 한 건물로 안내하였다. 그가 안내된 곳은 자그마한 영화관이었다.

　"영화가 이미 시작되었으니 조용히 들어가 보십시오."

　"알았어요." 안에는 불이 꺼져 누가 누군지 알 수 없었다. 그저 그리 많지도 적지도 않은 사람들이 앉아 있는 것만 어렴풋이 보일 뿐이었다. 영란이 자리를 찾아 앉았다. 마음은 여전히 불안하여 영화를 보는 둥 마는 둥하였다.

　무슨 일본 영화 같았다. 한 남자가 어린 여자 아이를 납치하여 온다. 그리고 가둬둔 상태에서 오랫동안 그녀를 길들인다. 결국 그 여자 아이도 익숙해져서 그 남자가 하라는 대로 하면서 산다. 그렇게 사는 것이 세상의 전부인 줄 안다. 남자는 그에게 별별 해괴망측한 짓을 다 시킨다. 그래도 그 여자 아이는 오히려 그것을 즐기며 받아들인다. 오랜 이후 그들은 어느 상점에 갔다가 여자 아이 얼굴을 알아본 한 사람에 의해 남자가 잡힌다. 그런데 그 여자 아이는 오히려 자기가 그를 사랑했다고 한다. 나중에 모든 것이 밝혀지고 여자 아이는 해방된다. 대체로 이런 내용이었다.

그런데 도중 남자가 그 여자아이에게 시키는 짓거리는 실로 파격적이었다. 정말 보통 사람으로는 도저히 상상도 할 수 없는 이상한 짓거리만 시키는 것이다. 여자 아이를 발가벗겨 묶어 놓은 다음 채찍으로 때리기도 하고, 자기의 그것을 빨게도 한다. 정말 눈을 뜨고는 볼 수 없었다. 여자 아이도 처음에는 완강히 거부하지만 나중에는 오히려 그에 길들여져 시키는 대로 할 뿐이다. 마침내 영화가 끝나고 불이 켜졌다.

이름만 들던 오진우요, 강성산이요. 연형묵이요, 최고위 거물들은 거의 다 앉은 것 같다. 그런 자리에 자기가 왜 왔는지 암만해도 모르겠다. 거기다 또 자기처럼 젊은 사람도 없었다. 더구나 여자는 저쪽 끝에 앉은 두세 명을 제외하고는 없었다.

"자, 이젠 저쪽으로 가지." 김정일이었다. 몇 년 만에 보지만 배만 더 나온 것 같다. 두 눈은 날카롭게 빛나고 좀 더 거만해져 보였다.

"응, 왔어?" 영란을 보고 김정일이 알은 체하였다. 영란이도 가만히 있을 수 없어서 일어나 가볍게 인사를 올리었다.

"자, 어서 모두들 저쪽 방으로 가자니까." 영란이는 그가 이끄는 대로 뒤에서 따라갈 수밖에 없었다. 거기에는 자그마한 연회석이 있었다. 원래 거기에도 기다리던 사람이 있었던 모양으로 제법 꽤 많은 사람들이 붐비었다. 무대에는 짧은 치마를 입은, 말로만 듣던 기쁨조들이 나와 광란하고 있었다.

"자, 자리들을 찾아 앉으라고." 김정일이 말하였다. 사람들은 저마

2. 한영란

47

다 자리를 잡느라고 약간 부산스러웠다. 그러나 이내 자리가 잡히었다. 영란이는 뜻밖에도 전혁이와 같이 앉게 되었다. 참으로 오래간만에 보는 전혁이다. 그새 전혁의 아버지 전문섭은 호위사령관에서 떨어지고 이름뿐인 국가 검열위원장으로 갔다. 그도 결국 금방 끈 떨어진 연이 되고 말았다. 다행이라고 해야 할지 전혁이 원래 군사부문을 전공하였지만 김정일이 당 중앙위원회 과장 자리를 하나 주어 그것을 하고 있었다.

"안녕하셨어요?" 영란이 먼저 인사를 하였다.

"네. 저, 중앙통신사 기자를 한다는 말은 들었습니다." 둘은 그나마 아는 사람이 있는 것이 반가워 서로 아는 체를 하였다. 또다시 무대에서는 "왕재산 경음악단" 아가씨들이 나와 허리를 꼬고 갖은 교태를 다 부려대기 시작하였다. 여기서는 남한 노래든 외국 노래든 상관이 없는 것 같았다. 그저 김정일을 기쁘게만 하면 되는 것이다. 영란이 분위기를 보니 암만해도 그런 자리에 왜 자기같이 한낱 보잘 것 없는 기자를 불러왔는지 이해할 수가 없었다. 자기는 간부도 아니고 그렇다고 무슨 대단한 기자도 아니다. 그저 불안한 생각만 들 뿐이었다. 술이 몇 순배 들어가자 간부라는 인간들의 추태가 나오기 시작했다.

여기저기서 아가씨들의 웃음소리가 들리고 술에 취한 간부들의 객쩍은 농담소리도 들리었다. 또 간간히 호들갑스러운 아가씨들의 비명 비슷한 소리도 들리었다. 간부들도 술이 들어가면 모두 짐승이 되고 마는 것 같았다. 자기 딸, 자기 손녀 뻘 되는 아가씨들한테 거침없이 대했다. 김정일이 자신의 자리에서 일어나더니 이쪽으로 다가왔다. 한 영란은 물론 전혁이도 일어섰다.

"됐어, 앉아. 영란이는 이런데 처음이지?" 김정일이 천연스럽게 물었다.

"네, 처음입니다."

"그렇겠지. 영란이 시집 안 갔다고 했지?"

"네?" 정말 뜻밖의 소리였다. 영란이 얼굴이 갑자기 빨개졌다.

"너희들 참 오랜만이구나." 김정일이 좀 취한 목소리였다.

"야, 전혁이. 내, 너한테 물어보자. 너도 당에 충성을 다하겠다고 말은 잘하고 있겠지?"

"예? 그게 무슨?"

"글쎄, 인마. 너, 당에 충성을 다하겠다고 말 했어? 안 했어?"

"그야 물론."

"그러면 당에서 시키는 일은 무슨 일이든 무조건 하겠다는 거겠네?" 그리고 보면 김정일이 별로 취해 보이지는 않았다.

"물론 해야지요." 전혁이 김정일이 무슨 말을 하자고 그러는지 몰라 우물우물 대답했다.

"그렇다면 좋아. 너, 다음 주 일요일 여기 한영란이랑 결혼해."

"예?" 전혁이 너무 뜻밖의 일이라 아무 말도 못했다.

"인마. 너, 방금 당에서 시키는 일은 무슨 일이든 다 하겠다고 하지 않았어?"

"그렇지만 이건 …?"

"그렇지만은 또 무슨 그렇지만이야? 너 당에서 시키는 일도 조건부를 달겠어?"

"아니, 하지만 …"

"내, 다시 묻겠다. 당에서 시키는 일도 조건부를 달겠는가 말이야?"

"아니, 그건 아니지만 …" 전혁이 더 말을 잇지 못했다.

"아니, 친애하는 지도자 동지, 하지만 이건 정말 너무하지 않습니까?" 영란이 옆에서 차마 그냥 들을 수 없어 한마디하였다.

"너무하긴 뭐가 너무해? 야, 전혁이, 어떻게 하겠어?" 김정일이 말하였다. 사실 전혁이도 영란이와 김정일의 관계를 모르는 건 아니다. 그래서 더구나 자기와 영란이 결혼하라는 말은 꼭 농담같이 들리었다.

"알았습니다. 당에서 하라면 해야지요." 전혁이 대답했다.

"그래, 그래야지. 시원시원해서 좋구만. 알았어." 김정일이 앞으로 나갔다. 그리고 탁자를 두드리며 사람들을 진정시키었다.

"어이, 조용히들 하라고, 조용히들 해." 사람들은 무슨 일인지 몰라 조용해졌다.

"동무네 말이야. 내, 이제 중대 발표를 하겠는데 다음 주 일요일에 말이야. 여기 한영란 중앙통신사 기자하고 우리 전혁 과장 결혼식을 하기로 했단 말이야. 우리 모두 축하를 해줘야겠어. 알겠어?" 처음에 사람들은 그게 무슨 소린지 몰라 잠시 어리둥절하였다. 그러나 이어 "브라보, 브라보" 하며 환성을 질러댔다. 그때쯤에는 벌써 술에 적지 않게 취하기도 했지만 우선 김정일이 선포한 결혼이니 만세부터 불러 놓고 보는 것이었다.

이렇게 하여 전혁과 한영란이는 뜻하지 않게 결혼까지 하게 되었다. 결국 김정일은 이날 전혁이와 영란이를 이 자리에 부른 건 그 때문이었던 것이다.

참으로 세상만사가 다 이렇게 아이들 장난 같기만 한 것일까.

3

김일성이 죽다

세월이 흘렀다. 흔히 김정일이라고 하면 사람들은 그가 술을 좋아하고 여자를 좋아하고 거기에다 영화광, 예술광이고 하루에도 몇 번씩 얼굴이 개였다 흐렸다 하는 사람으로만 안다. 물론 옳은 말이다. 하지만 실제에 있어서 김정일은 그게 전부가 아니다.

그렇게 알려진 것 외에 김정일은 예리하리만큼 남의 속을 꿰뚫어보며, 때에 따라서는 너무나도 꼼꼼하여 사람들을 아연실색하게 하는 특별한 재간이 있다. 사람들은 그의 통치 기간이 김일성이 죽은 1994년부터 2011년까지인 것으로 아는데 그게 전부가 아니다. 실제적 그의 통치는 1976년부터 시작되었다. 그때에 벌써 김일성이 평양시 중구역 해방산동에 있던 당 중앙위원회 집무실을 김정일에게 넘겨주고 대성구역 미산동에 있는 주석부로 갔기 때문이다. 이때부터 김일성은 농업부문과 외교부문만 보겠다고 하고 다른 모든 부서들은 김정일에게 맡기었다.

김정일이 김일성의 통치를 물려받으면서 제일 먼저 한 일은 '주보 체계'를 '일보 체계'로 바꾼 것이다. 원래 주보 체계란 북한 각급 당 조직들에서 주에 한 번씩 자기 산하에서 있었던 모든 일들을 상급 조직을 통해 중앙당에 보고하는 체계를 말한다. 다시 말해서 이당은 군당에, 군당은 도당에, 도당은 또 중앙당에 자기 산하 단위들에서 있었던 모든 일들을 보고하는 체계를 말한다. 김정일은 이 주보 체계를 일보 체계로 바꾼 것이다.

이때로부터는 당 조직뿐만 아니라 군대, 국가보위부, 인민보안성 등 모든 기관들에서 전면적으로 주보 체계를 일보 체계로 바꾸었다. 같은 자료라 하여도 당 조직에서는 보고되고 국가보위부에서 보고되지 않았다거나, 또 국가보위부에서는 보고되었는데 당 조직이나 인민보안서에서 보고되지 않았다면 그건 즉시 문제가 된다. 그러나 절대 서로 토론하고 보고하지는 못하게 되어 있다. 당연히 자기 군이면 군, 또 도면 도에서 제기된 것은 모조리 보고해야 한다. 군대나 보위부, 보안서에서 제기된 자료들은 특히 중요하다. 이것을 3선 보고 체계라고 한다. 한때는 3대혁명 소조 선까지 4선 보고 체계를 만들었지만 그건 그리 오래가지 못하였다. 최종적으로 집계되는 곳은 당 중앙위원회 조직지도부이다.

조직지도부에는 산하 당 조직에서 보고되는 것 말고도 군대, 보위부, 인민보안성 등 모든 곳에서 보고되는 자료들을 다시 종합하여 서기실에 보고하고 서기실이 최종적으로 김정일에게 보고한다. 결국 김정일은 가만 앉아 있으면서도 전국 산간벽지에서 일어나는 모든 일들을 샅샅이 알게 된다. 히틀러나 히믈러가 아무리 전대미문의 정보정치를 하였다고 하여도 이렇게까지 3중, 4중의 보고 체계는 가지고 있지 못했을 것이다.

다음으로 김정일은 권력의 자리에 앉기 바쁘게 중요하게 한 일이 있다. 그것이 바로 자기 아버지, 즉 김일성을 아주 체계적으로 또 순차적으로 바보화한 것이다.

이 사업은 다시 말하지만 아주 오래전부터 그리고 정말 주도면밀하게 하여 왔다. 구실인즉 아버지 김일성이 이젠 이미 나이가 들었기 때문에 더는 심려를 끼쳐서는 안 된다는 것이었다. 즉 김일성에게 올라가는 일체 보고 자료는 조직지도부에서 최종적으로 집계되는데 심려를 끼치게 해서는 안 된다는 이유로 나쁜 것은 모조리 걸러내는 것이다. 당장 그렇게 한 것도 아니다. 천천히 시일을 두고 좀 경한 것부터 걸러내기 시작하여 나중에는 중요한 사안까지 거의 모든 부정적 자료들을 걸러냈다. 그러다 보니 김일성에게는 매일같이 잘 돼 가는 자료, 즉 좋아할 만한 자료들만 보고되었다. 결국 김일성은 아들의 효도 속에 천천히 바보로 되어갔다. 하지만 김정일은 그래도 마음을 놓을 수가 없었다. 김일성을 정치에서 완전히 손을 떼게 하기 위해서는 전략이 필요했다.

1980년대 초 김일성은 뜻밖의 소식을 들었다. 북한 평성과학원에서 드디어 산소 열법에 의한 카바이트 생산 연구를 완성했다는 것이다. 그러자 김일성은 즉시 평안남도 순천지방에 10만 톤 규모의 비날론(북한이 개발한 새로운 화학섬유 이름) 공장을 건설하자고 했다. 이것만

완공되면 여기서 나오는 비날론은 총 몇만 톤인데 그중 일부는 어디에 쓰고 또 일부는 어디에 쓰며, 그리고 여기서 나오는 부산물로는 북한 화학 공업 전체를 완전히 변혁시킬 수 있다고 하였다.

김일성은 또 황해남도 배천지구에 장석이 나온다는 보고도 받았다. 그러자 사리원에 비료공장을 건설해야겠다고 했다. 이것도 완성되면 여기서는 알루미나가 몇만 톤 나오게 되는데, 그것만 있으면 얼마는 어디에 쓰고 얼마는 어디 쓰며, 그러고도 남는 것은 국제시장에 팔아 얼마의 외화를 벌어들일 수 있다고 했다. 뿐만 아니라 김일성은 또 벼에 갈(섬유작물 명칭)을 교잡하는 데도 성공했다고 하면서 당장 서해 안 수십만 평 간척지에 벼농사를 지을 수 있는 길이 열렸다고 했다. 사람들은 깜짝 놀라지 않을 수 없었다. 그때로 말하면 벌써 1차, 2차 7개년 계획이 다 실패하고 북한 경제가 한참 내리막길을 걷기 시작한 다음이었다. 이런 때에 김일성이 이런 것을 이야기하였으니 누구인들 귀가 번쩍 뜨이지 않았겠는가.

여기서 먼저 비날론부터 이야기한다면 그렇다. 사실 비날론은 전쟁 시기 남에서 북으로 납치하여간 이승기라는 박사가 처음 만들어 낸 화학섬유다. 이 사람이 북에 들어간 다음 수년간의 연구를 통해 이 화학섬유 생산연구를 끝냈던 것이다. 이에 기초하여 1960년 북한에서 는 처음으로 함흥에 5만 톤급 비날론 공장을 건설하게 하였다. 말하자 면 북한 인민들의 옷감생산에서 큰 성과를 본 것이다. 그런데 이 공장이 돌아가는 데서 문제가 있었다.

제일 첫 공정이 카바이트를 생산하는 것이었는데 그때까지 북한에 서 생산하던 방식은 전기 열법에 의한 카바이트 생산이었다. 이것을 정상적으로 돌리자면 장진강 1호 발전소에서부터 5호 발전소까지 생산하는 전기를 다 쓰고도 모자랐다. 때문에 더 많은 비날론을 생산하고 싶어도 전력이 부족하여 못했다. 그런데 평성과학원에서 우수한이란 박사가 전기 열법이 아니라 산소 열법에 의해 카바이트를 생산하는 데 성공하였다는 것이다.

또 사리원 카리비료 공장 건설도 같다. 그때까지 북한에는 알루미나가 나오지 않아 필요한 양은 전적으로 수입에 의존했다. 그런데 황해남도 배천에서 장석이라는 것이 나오게 되었는데 거기서 알루미나를 추출할 수 있다는 것이다. 김일성이 당장 사리원에 그 공장을 건설하라고 하였는데 이름은 사리원 카리비료 공장이라고 했다. 그리고 또 벼에 갈을 교잡하는 데 성공했다는 것도 그렇다. 어쨌든 모두가 대단히 기쁜일이 아닐 수 없었다. 정말 이것들만 모두 완성되면 북한 경제에 획기적인 변화가 올 것 같았다. 하여 이때로부터 순천 비날론 공장과 사리원 카리비료 공장 건설이 시작되었다.

사실 순천 비날론 공장을 건설하는 데만도 얼마나 많은 노력과 자재가 들어갔는지 모른다. 가뜩이나 긴장되는 것이 북한에서 외화인데, 달러만 해도 무려 40~50억 달러가 들어갔다고 한다. 동원된 노력만해도 당원돌격대, 속도전돌격대, 그리고 수도건설돌격대, 지방건설돌격대. 전체 수십만 명이나 되었다. 10년을 거쳐 순천시 앞 봉하벌에 방대한 비날론 공장을 건설했다. 그런데 그렇게 공장 건설을 완공하였지만 끝나고 보니 이런 어처구니없는 일이 어디 있는가. 이 공장의 첫 공정인 산소 열법에 의한 카바이트 생산이 되지 않는 것이다.

알고 보니 평성과학원 우수한이란 박사가 연구했다는 것이 미처 완성도 되기 전에 먼저 공장 건설부터 하였던 것이다. 끝내 지금까지도 되지 않아 순천 앞 봉하벌에는 거대한 공장 무덤이 서 있게 되었다.

또 사리원 카리비료 공장도 같다. 장석에서 알루미나를 추출하는 방법 연구가 완성되기도 전에 공장부터 건설하였던 것이다. 결국 배천에서 나오는 장석으로는 도저히 알루미나를 추출할 수 없다는 결론이 나왔다. 할 수 없이 사리원 카리비료 공장은 사리원 시멘트 공장으로 전환하고 말았다.

벼에 갈을 교잡하는 것도 같다. 원래 이것을 연구했다는 사람은 평안남도 숙천군인지 문덕군인지 하는 데 사는 평범한 농민 김철수란 사람이다. 그런데 그가 어떻게 재미삼아 벼에 갈을 교잡해보기 시작했는데 이것이 어떻게 알려지게 되어 결국은 김일성에게까지 보고되었다. 그렇지만 그것 역시 모조리 헛수고가 되고 말았다. 다시 말하지만 이 모든 것은 김일성에게 김정일이 잘못된 것을 보고하여 생긴 일이다. 이때부터 김일성은 거의 모든 사업을 완전히 포기하다시피 하였다. 김정일이 바라던 대로 된 것이다.

김정일은 그때부터 김일성에게 "양귀비", "무측천", "주원장" 등 수백 편의 외국 드라마들을 보게 하는 한편, 남에서 들여온 여러 가지 소설들을 낭독하여 그것만 녹음하여 듣게 하였다. 북한 중앙방송 문예부 산하에 새로 소설 복사형상부라는 것까지 만들었다. 거기서 북한 최고 성우라고 할 수 있는 유경애, 김주먹, 탁명희들을 불러 소설을 낭독한 다음 그것을 녹음하여 김일성에게 올리게 하였던 것이다. "장길산", "허준" 등 여러 남쪽 소설들이 대표적인 예다. 결국 김일성은 김정일의 은혜로운 효성 속에 천천히 머저리가 되어갔다.

하지만 김일성은 그래도 여전히 신과 같은 존재였다.

그의 말 한마디는 곧 법으로 지상의 명령으로 관철되어야 했다.

"을사보호조약"이 체결된 다음 이런 일이 있었다고 한다.

일본 초대 통감 이토 히로부미가 일본에서 새로 부임하게 되었는데 그와 관련하여 조정에서는 을사오적이라는 사람들이 마주앉았다. 그를 어디서 어떻게 맞을 것인가 하는 문제 때문이었다.

여기서 먼저 농상공부대신 권중현이 입을 열었다.

"그래도 초대 통감께서 오신다는데 어떻게 궐에 앉아서 맞겠소? 내 생각에는 적어도 우리 대신들이 모두 남대문까지는 나가서 마중해야 하지 않겠소?"

그러자 외부대신 박제순이 말하였다.

"그게 무슨 소리요 겨우 남대문까지 나간다는 말이오. 적어도 서울역까지는 마중 나가야지." 이제까지 저쪽에 앉아 하품만 하고 있던 내부대신 이지용이 그 말을 듣고 하는 말이었다.

"아이고, 대감들의 소통머리라고는 기껏 서울역이요? 못해도 수원까지는 나가야 그래도 우리 체면이 서지 않겠소?"

그 말을 듣고 있던 군부대신 이근택이 벌떡 일어섰다.

"어허, 아니 기껏 수원이요? 내 생각에는 적어도 부산까지는 마중가야 할 것 같은데 …"

그러고 보니 학부대신 이완용은 할 말이 없어졌다. 군부대신 이근택이 조선 끝까지 마중가자는데 자기는 뭐라 해야 하는가. 그래서 한다는 말이 "여보시오, 이왕이면 우리 대신들이 모조리 일본 시모노세키까지 마중 가는 건 어떻겠소?"하였다고 한다.

결국 이 갑론을박의 회의는 이토 히로부미가 조선으로 오는 날이 연장되면서 구수회의로 되고 말았다고 한다.

1993년 언제인가는 이런 일도 있었다.

김일성이 침대에서 남쪽 소설 공부만 하다 보니 너무 무료하였던 모양이다. 황해남도 해주 수양산에 가보겠다고 나섰다.

당연히 요란하게 행상을 갖추지 않을 수 없었다.

차가 황주 침촌역을 지날 때였다. 김일성이 우연히 차창 밖을 내다보니 가까이 있는 산이 모조리 민둥산인 것을 보았다. 그러자 김일성이 저런 산은 그냥 민둥산으로 두기보다는 소나무를 많이 심는 것이 어떻겠는가 하였다.

이 말이 곧 황해북도 당 위원회에 전달되었다. 황해북도 당 위원회에서는 긴급대책회의를 소집하였다.

김일성의 소나무 심기 교시를 어떻게 관철하겠는가 하는 것이었다.

먼저 황주 군당 책임비서가 일어섰다.

"수령님께서 침촌 민둥산 때문에 그렇게 심려하셨다는데 어떻게 하겠습니까? 우리가 책임지고 내년 봄까지 그 산을 소나무 숲으로 만들겠습니다."

물론 내년 봄까지 한다는 것도 허망한 일이다. 하지만 이번에는 도당 선전비서가 일어났다.

"여보, 황주 군당 책임비서 그걸 말이라고 하오? 수령님께서 그렇게 심려하시는데 내년 봄이 뭐요? 못해도 한 달 안에는 끝내야지."

그러자 이번에는 도당 조직비서가 일어섰다.

"글쎄, 선전비서 동무는 한 달 안에 끝내겠다고 하였는데 나는 그것도 수령님의 전사로서의 자세가 아니라고 생각합니다. 수령님께서 그렇게 심려하셨다면 못해도 일주일 안에는 끝내야 하지 않겠습니까?"

그러고 보니 회의를 소집한 도당 책임비서는 할 말이 없다. 그들보다 충성심이 절대로 약하다는 말을 들어서는 안 된다. 그러다 갑자기 생각나는 것이 있었다.

"동무네 듣소. 수령님께서는 이제 나흘 후 다시 돌아온다고 하오. 우리 모두 수령님의 전사라면 교시는 곧 법으로 지상의 명령으로 들어야 하는 게 아니오? 우리 나흘 안에 그 민둥산을 푸른 소나무 숲으로 만들어 수령님께 기쁨을 드립시다."

마침내 황해북도에서는 갑자기 때 아닌 나무심기 전투가 벌어졌다.

하지만 이때는 마침 7월이다. 도내 노동자, 사무원, 학생, 군인 전체에 총동원령이 내려진 것이다. 수안, 곡산, 신계 어디라도 관계없었다. 어린 소나무가 있는 곳이라면 곧 사람들이 개미떼같이 달라붙었다.

하지만 굴착수단도 운반수단도 없는 황해북도이고 보니 그 많은 어린 소나무를 무슨 수로 떠다 옮긴다는 말인가. 그것도 나흘 안에 말이다.

결국 어린 소나무들을 젓가락같이 뽑아 옮기는 수밖에 없었다. 물론 도내 모든 소달구지들이 총동원되었다. 그렇게 하여 아무튼 나흘만에 황주 침촌 앞 민둥산이 울창한 소나무 숲으로 변하였다.

마침내 김일성이 돌아오게 된 날 아침부터 도당 책임비서를 비롯하여 도당 조직비서, 선전비서, 그리고 황주 군당 책임비서까지 새로 조성한 그 소나무 숲 앞에서 기다리기 시작하였다.

"동무들, 참 수고했소. 내 그래서 동무들을 믿는 거요."

그 한마디를 듣기 위해서였다.

하루 종일 기다려 마침내 저녁때가 다 되어서 김일성이 탄 차가 그곳으로 지나가게 되었다.

그런데 이런 낭패가 어디 있는가. 김일성이 뜻밖에도 차를 세우지도 않고 그냥 지나가는 것이었다. 누가 알았으랴, 김일성이 전날 마신 술이 채 깨지 않아 그 곳을 지나갈 때 졸면서 지나갔던 것이다. 결국 이들의 수고는 물거품이 되고 말았다.

하지만 그러다 보니 이들이 그렇게 "충성의 마음"으로 긴급히 조성하였던 소나무 숲은 7월의 불볕더위에 한 주일을 견디지 못하고 다 말라 죽고 말았다.

그러던 중 어느 날이다. 장성택의 사무실에 갑자기 김정일이 내려왔다. 이때에는 이미 장성택이 조직지도부로 자리를 옮긴 다음이었다. 거의 내려오는 일이 없던 김정일이다. 성이 머리끝까지 올라 대뜸 소리부터 치는 것이었다.

"야, 이 새끼야. 너희는 도대체 뭘 하고 밥을 처먹어?" 장성택은 깜짝 놀라 벌떡 일어섰다.

"아니, 무슨 일이십니까?" 그러지 않아도 전날 삭주에 출장 갔다 새벽에 온 장성택이다.

"너희 새끼들, 도대체 뭘 하고 밥을 처먹는가 말이야?" 김정일이 화를 내는 모습을 한두 번 보아온 장성택이 아닌데도 이런 모습은 처음이었다.

"너의 부서를 통해서 올라갔겠는데 '되박(아버지를 비하해서 하는 말)'한테 이따위 편지나 올라가게 하면 되겠어?" 누군가 김일성한테 신소편지를 쓴 모양이었다. 당연히 담당한 신소 청원부를 통해 올라왔을 것이고 마지막 관문에서 김정일에게 걸린 것이다.

"국가보위부 김영룡이한테 전화 걸어. 한 달 안에 잡지 못하면 내 그 새낄 아예 껍질을 벗기겠다고 해."

"알았습니다. 알아보고 대책을 취하도록 하겠습니다." 장성택이 벌 벌 떨 수밖에 없었다. 김정일이 그러고도 화가 풀리지 않아 한참 더 악을 쓰고 올라갔다. 장성택이 김정일이 아무렇게나 팽개치고 간 편지를 주워 보았다. 김정일의 사생활을 그대로 폭로한 투서였다.

인민들은 지금 매우 어렵게 생활하고 있는데 김정일은 거의 매일 같이 파티를 열고 있다는 것, 그 파티에서는 "기쁨조" 아가씨들까지 벌거벗겨 별별 추잡한 일을 다 한다는 것, 그걸 위해 "목란관"이란 새로운 파티장을 건설했다는 것, 어떻게 인민의 지도자라고 하는 사람이 이럴 수 있는가 등의 내용이었다. 문제는 김정일의 뒷생활(사생활)에 대해서 알아도 잘 아는 사람이 쓴 것이었다. 물론 가명이었다. 글도 왼손으로 썼는지 바르지는 않았지만 내용만은 사리 정연했다.

장성택이 기가 막혔다. 그건 자기 사업 분야이기는 하지만 어쨌든 자기가 출장 간 다음에 제기된 일이었다. 장성택이 즉시 국가보위부 김영룡 부부장을 찾았다. 국가보위부는 부장이 공석이다. 김정일이 직접 한다고 부부장만 두었다. 얼마 후 김영룡이 숨이 턱에 닿아 달려왔다.

"여, 부부장 동무, 또 좀 일이 생겼어."

"아니, 무슨 일인데요?" 김영룡이 눈이 화등잔이 되어 물었다.

"이걸 한 달 안에 잡아내지 못하면 각하께서 대신 당신 깝대기를 벗기겠다고 해." 김영룡이 투서를 받아들었다.

"아니, 이런 편지가 어떻게?"

"그야 내가 알겠소? 아무튼 최단 기간 내에 알아보도록 하라고. 알아내지 못하면 자넨 무사치 못할 거야."

"하, 이것 참. 요즘은 쩍하면 이런 편지인데 정말 골치 아파 죽겠다니까." 김영룡이 한숨을 쉬었다. 그러나 그도 어쩔 수 없었던지 왔던 길에 성택이 방에서 담배를 한 대 피우고 돌아갔다.

1994년 7월 5일 날이다. 장성택은 어머니 진갑이라고 하여 오래간만에 고향으로 내려갔다. 원래 그의 어머니 생신은 2월이었으나 그동안 성택이 여러 모로 시간을 내지 못해 그렇게 한 것이다. 당연히 그의 형 성우, 성길이도 성택에게 맞춰서 이 날을 어머니 진갑일로 하였다. 여기서 한 가지 더 이야기한다면 언제인가 김정일이 갑자기 무슨 생각이 들었는지 그보고 형이 있는가 물었다.

형이 둘씩이나 있는데 군대 복무를 마치고 집에 돌아와 하나는 부령 야금 공장에서 일하고, 다른 한 명은 시멘트 공장에 다닌다고 하였다. 김정일이 갑자기 그들 둘을 모두 김일성 군사대학에 보내라고 하였다. 물론 장성택은 그보다 더 기쁜 일이 없었다. 즉시 군사대학에 보내게 하였다. 둘이 군사대학을 졸업하자 이번에는 다시 큰형 장성우는 집단군 사령관, 작은 형 성길이는 집단군 정치위원으로 파견한다는 것이었다. 정말 생각지도 않게 김정일의 엄청난 배려를 받은 것이었다. 물론 그 모두는 장성택 때문에 이루어질 수 있었다는 것은 더 말할 것도 없다. 그래서 그의 형들은 비록 나이는 형이지만, 집안에 무슨 일이 생겨도 반드시 동생의 일정에 맞춰 모든 일을 진행하였다. 결국 성택이 집안의 기둥으로 된 셈이다.

성택은 마음이 쓸쓸하였다. 그새 고향도 많이 달라졌다. 우선 이젠 형들도 모두 집을 나가고 여동생들은 시집가고 어머니밖에 남은 사람이 없었다. 그런데도 함북도당에서는 그에게 새로 큰 집을 지어주었다.

경희는 어머니를 평양에 모셔다 같이 살자고 하였지만 성택이 반대하였다. 자기 사는 몰골을 어머니에게 보여주기 싫었기 때문이다. 이번에도 경희가 어머니 진갑에 같이 내려오겠다는 것을 성택이 반대하고 혼자 내려왔다. 그새 성택에게 손풍금을 가르쳐줬던 소련 붉은 군대 노병도 사망하고 없었다.

다행히 혜순 어머니도 그동안 평양에 가 있다가 성택이와 함께 옛 고향집에 내려왔다. 나름대로 촌에서 하는 어머니 진갑이었지만 생각보다 성대하게 하였다. 그새 그의 고향집도 함경북도 부령군에서 청진시로 이관되면서 함경북도 당 위원회, 부령 구역 당 위원회에서 총동원되다시피 하였다. 그리고 그의 어머니 진갑 상을 차려준 것이다. 하지만 성택은 그 모든 것을 뒤로 한 채, 왜 그런지 모든 것이 씁쓸하기만 하였다. 함께 야금 공장 예술 선전대를 다녔던 해옥이도 평안남도 어디론가 시집가서 벌써 세 아이 어머니가 되었다고 하였다. 함께 어린 시절을 보냈던 친구들도 대부분 떠나버리고 변화가 많은 것은 사실이다. 그런대로 진갑모임은 끝나고 축하하기 위해 왔던 하객들도 모두 돌아간 저녁이다.

성택이 옛날 생각이 나서 혼자 월봉산으로 올라갔다. 정말 오래간만에 올라온 월봉산이었다. 어렸을 때 배가 노란 산새를 잡으려고 올라오기도 했고, 언제인가는 혜순 어머니네 땔나무를 실어 주려다가 소를 잃어 골탕을 먹기도 했다. 그래도 모든 것이 예전 같지 않고 쓸쓸하기만 하다. 그래도 그 전에 앉아 있곤 하던 너럭바위는 여전하였다. 성택이 너럭바위에 앉아 담배를 한 대 물었다.

한때 그렇게도 활기차게 연기를 뿜던 야금 공장 굴뚝도 뭔가 일이 잘 풀리지 않는 모양이다. 연기는 뚝 멎고 굴뚝만 어색하게 서 있었다.

산에서 내려다보이는 부령천도 생기를 잃은 것 같다. 7월이면 한창 여름철이라 동네 아이들이 멱 감으며 야단칠 것 같은데 그런 모습은 없다. 저녁때가 다 되어서 그런가. 아니 그게 아니라도 요즘 아이들은 전과 달리 학교에서 또 무슨 토끼 기르기요, 인민군대 지원이요, 잡다한 과제를 하다 보니 거기 나와 멱 감을 새도 없는 것 같다. 이것이 과연 고향인가. 그런데 그렇게 마을을 내려다보노라니 무엇인가 꼭 하나 빠진 것이 있는 것 같다. 무엇이 빠졌을까. 암만해도 모르겠다. 바로 그때였다. 뒤에서 인기척이 나서 돌아봤더니 뜻밖에도 혜순 어머니가 올라왔다.

"내 글쎄, 여기 올라온 줄 알았어. 왜 여기서 고향을 내려다보니 뭔가 옛날 생각이 나나?" 이젠 그도 나이 들어 70을 넘어섰다. 줄곧 여기서 살다가 김일성이 하도 권해서 작년에야 평양으로 올라갔다.

"예. 어쩐지 옛날 모습은 보이지 않는 것 같습니다."

"그래, 그렇겠지." 혜순 어머니가 곁에 와서 앉았다.

"저기 논두렁을 따라가다 물방앗간이 있었지?" 혜순 어머니가 대뜸 빈구석을 집어냈다.

"옳습니다. 참 그게 없어졌구만요." 성택이 뭔가 모자라는 것이 있다고 생각했는데 바로 그것이었다.

"몇 해 전인가 거기다 무슨 벽돌 공장을 짓는다고 물길을 아예 딴 데로 돌려버리고 말았네." 혜순 어머니가 말하였다.

"아하 글쎄, 아까부터 뭔가 없어졌다 하면서도 참."

"그래, 살아가는 재미는 괜찮은가?"

"글쎄 말입니다. 뭐 그저 그렇지요." 성택이 웬일인지 대답이 잘 나가지 않았다.

"얼마 전에 수령님께서 찾아서 우리 옛날에 산에서 싸웠던 사람들이 모두 한자리에 모였더랬네."

"아, 옛날 산에서 싸운 사람들이요?" 성택이도 알고 있는 일이었다. 그때 김일성의 생일 80이라고 전에 만주에서 싸운 항일 투사들 중 남은 사람들 전부를 모이게 했다.

"사장 동무도 이젠 많이 늙었더구나." 김혜순의 말이었다.

"수령님께서 말씀입니까?"

"그래, 몸도 마음도 많이 늙었더라고. 또 내가 사장 동무 젖은 빨래를 몸으로 말려 주던 이야기를 하면서 눈물 흘리는 게 아니겠나?"

"아니, 이젠 80이 넘으셨지만 그래도 정정하시지 않습니까?" 성택이 속으로 쩍하면 김정일이 "되박"이라고 하면서 김일성이 이젠 저쪽 세상에 갈 때가 되었는데 가지 않는다고 투덜거리던 일이 생각나서 말했다.

"아니, 내 말은 사장 동무도 이젠 마음이 너무 많이 쇠약해졌더란 말이야. 어떻게 보면 불쌍하기까지 하더라고." 김혜순 어머니는 회환에 젖어 이야기하였다.

"아니, 불쌍하다니요?"

"너무 서둘러 정일이한테 모든 걸 물려주고 이제 후회하는 것 같더란 말이야. 그래 네가 하는 일은 잘 돼 가는 거야?"

"글쎄요. 전 솔직히 이젠 여기 내려오고 싶습니다. 내려와서 남들처럼 평범하게 살고 싶습니다." 그건 성택의 솔직한 마음이었다.

"하긴 그럴 수도 있겠지. 나도 옛날 같이 싸우던 사람들도 만나서 이야기들을 해봤는데 모두가 전과는 많이 달라졌더구나."

"어머니, 저 정말 모든 걸 그만두고 여기로 내려오면 안 될까요?"

"아니, 그러면 경희는 어떻게 하고? 너희들 일은 너희들 대에서 마저 해야 하는 거야. 언제인가 때가 오겠지." 둘은 그다음에는 서로 아무 말도 없이 앉아 있기만 했다.

"그래, 이젠 내려가자. 아래서는 우리가 없어졌다고 야단들이 났을 거다." 김혜순이 먼저 일어났다. 성택이도 따라 일어났다. 이 날이 바로 7월 8일이다. 7월 9일이 성택이 평양으로 올라가려던 날이었다.

하지만 새벽 3시 김경희한테서 불의의 전화가 왔다. 그의 집에 전화가 없기 때문에 얼마 멀지 않은 동사무소에 나가 받았다. 경희가 울먹울먹하여 무슨 말을 하는지 알아듣지 못하겠다. 그저 만사 젖혀 놓고 당장 평양으로 올라오라는 것이었다. 마지막에 김일성이 죽었다는 말만 겨우 알아들었다.

김일성의 죽음과 관련하여 여러 가지 설이 있는 건 사실이다. 그해 6월 미국 전 대통령 카터가 왔다 갔다. 북핵 문제를 해결하기 위해서였다. 김일성도 매우 난감한 입장에 있었다. 그때 김일성은 미국이 영변 원자력 기지에 대해 제한적으로 폭격하는 문제를 비롯하여 전면전까지 여러 가지 문제를 검토하고 있는 것을 알았다. 그런데 그렇다고 북한이 직접 미국과 맞붙을 준비가 되어 있는가. 전혀 그렇지 못했다. 소련을 비롯한 동유럽 사회주의 나라들이 다 무너진 것은 이미 널리 알려진 일이다. 중국도 개혁 개방을 표방하고 하루가 멀다하게 앞으로 나가면서 북한에서 전쟁이 일어나는 것을 절대 바라지 않았다. 북한이 단독으로 미국과 맞서 싸워야 하는데 그건 말도 안 되는 소리다. 바로 그때 카터가 와서 모든 문제를 해결해주었다.

그리고 보면 김일성한테는 이제 7월 20일 처음으로 대한민국 김영삼 대통령과 정상회담을 하는 일만 남았다. 김일성이 너무 흥분하였던

게 아닌가 생각된다. 오랫동안 자신이 처하고 있던 침체기에서 다시 벗어날 수 있는 절호의 기회가 왔다고 생각하였을 수도 있다.

김일성은 남북 정상회담을 앞두고 그 준비를 하는 한편, 평북 향산군 묘향산에서 경제일군 협의회를 가지었다. 회의는 기본적으로 계획대로 진행되었다. 여기서 김일성은 농업제일주의, 무역제일주의, 경공업제일주의에 대해 많이 이야기하였다.

회의가 거의 끝나갈 무렵이었다. 별치 않은 문제를 이야기하다 김일성이 양강도 도당 책임비서에게 무슨 질문을 하였다. 그때 양강도당 책임비서가 자기네 도의 사업성과에 대해 이야기하면서 뜻밖에 이번 달에는 도내 목재를 팔아 인민들에게 배급을 줄 수 있게 되었다고 하였다. 김일성이 깜짝 놀랐다.

"뭐야? 그럼 너희 도에서는 지난달에는 배급을 주지 못했단 말이야?" 도당 책임비서가 그제야 자기가 실수하였다는 것을 깨달았다.

"아니, 그렇기는 하지만 이번 달에는 확실히 배급을 줄 수 있게 되었다는 말입니다. 수령님, 너무 걱정하지 마십시오."

"야, 책임비서. 글쎄, 이달은 이달이고 그러니까 지난달에는 배급을 주지 못했단 말 아니야?" 양강도 당 책임비서는 너무 궁하여 말을 하지 못하였다.

"야, 인민들에게 배급을 주지 못하면 그들이 어떻게 살아? 지금 우리 인민들이야 전적으로 그 쥐꼬리만한 배급에 의지해서 살고 있는데?" 김일성은 뜻밖의 사실에 깜짝 놀라 계속 이 문제를 걸고 드는 것이었다. 양강도 당 책임비서는 너무 급한 나머지 함경북도를 걸고넘어지었다.

"수령님, 함경북도는 벌써 다섯 달째 배급을 못 주지만 우리는 겨우 석 달째입니다."

"뭐야? 아니, 함경북도에서는 다섯 달씩이나 배급을 못 줬다고? 함경북도 당 책임비서 그게 사실이야?" 함경북도 당 책임비서는 괜히 옆에서 바가지를 썼다.

"아니, 그래도 저희 도는 한결 나은 형편입니다. 함경남도 함흥에서는 굶어 죽는 사람까지 있다고 합니다. 우리 도는 그래도 아직 중국과 무역이랑 하여 좀 났습니다."

"뭐야? 됐다.… 회의는 그만하자." 김일성은 여기서 회의를 그만두었다. 아직까지 모든 일이 잘 되기만 한다고 보고받던 김일성이다. 그래서 그 말만 믿고 침대에 누워 한국 소설공부만 하였다. 김일성은 회의에서 나오자 그 바람으로 김정일에게 전화를 걸었다.

"야, 김정일이 이 새끼야, 너 인민들에게 몇 달씩 배급을 주지 못했다는 게 무슨 소리야?"

김정일도 깜짝 놀랐다. 이제까지 이 문제만은 김일성에게 전달되지 않게 하려고 갖은 노력을 다하였던 그다. 하지만 이제는 어쩔 수 없게 되었다.

"아, 거야 뭐, 나라가 어려우면 인민들도 몇 달쯤은 배급을 못 줄 수도 있는 거지요. 이제 곧 해결하겠습니다."

"뭐야? 이 새끼, 너 그게 말이라고 해?" 김정일이 말이 없었다.

"야, 너 이제까지 나라 일이 모두 잘된다고 나한테는 아무 심려하지 말라고 하고는 그게 모두 무슨 개수작이야?" 김정일이 또 말이 없었다.

"야, 이 새끼야, 듣는 거야?"

"예, 듣습니다."

"당장 2호미를 풀어 굶은 사람들 문제부터 해결해." 2호미란 유사

시를 대비하여 비축해 놓은 식량을 말한다.

"총 비서 동지, 그건 어려울 것 같습니다. 그렇게 되면 그 부족한 분은 언제 채웁니까?"

"뭐야? 야, 내 이제 올라가면 너 새끼를 당장 …" 김일성은 그 자리에서 쓰러졌다. 그게 저녁 9시다. 그때 옆에 의사들이 없지는 않았다. 그때부터 의사들이 달라붙어 김일성을 인공호흡 시킨다 어쩐다 했지만 새벽 두시까지 깨어나지 못했다. 김정일은 곧 김일성의 사망을 선포하게 하였다. 이리하여 김일성의 사망일은 곧 1994년 7월 8일로 되었다.

그리고 7월 9일 낮 열두 시에야 이 사실이 중앙방송과 조선중앙통신을 통해 온 세계에 알려졌던 것이다. 그 다음 일은 거의 방송에 나온 그대로이다. 말 그대로 시일야방성대곡이었다. 어떤 사람은 이제 김일성까지 죽었으니 앞으로 우리 인민은 어떻게 살 것인가 울었고, 또 어떤 사람은 그는 신이기 때문에 영원히 죽지 않을 줄 알았는데 죽었다고 울었다. 그러나 많지는 않았지만 몇몇 사람들은 김일성의 죽음을 마음대로 슬퍼할 수도 없었다.

그 다음 날이다. 만수대 창작사를 찾아 김일성의 조문 사진을 만드는 정형을 돌아보던 김정일이 너무나도 통쾌하게 웃는 바람에 같이 갔던 사람들은 기가 질리고 말았다. 아무튼 잘 운다는 사람도 김일성의 동상에 여섯 번씩이나 올라가다 보면 나중에는 눈물이 나오지 않아 참으로 애를 많이 먹었다. 하지만 이런 일은 밑에서나 있는 일이고 실제로 김정일 주변에 있던 사람들은 슬퍼해야 할지 아니면 기뻐해야 할지 구분이 가지 않아 힘들었다고 한다.

4

함흥 서호 초대소

고난의 행군이 시작되었다. 원래 이 "고난의
행군"이란 1938년 11월 항일연군 제1로군이 몽강현(현재 정우현) 남패
자라는 곳에 모여서 회의를 하였다. 여기서 1로군 제2방면 부대가 북대
정자 쪽으로 나가게 되었는데 약 6개월이 걸리었다. 이 과정을 "고난의
행군"이라고 한다.

어렵기는 몹시 어려웠던 모양이다. 그해 겨울 따라 눈은 한 길이나
되게 오고 일제 토벌대의 추격은 잠시도 떨어질 줄 몰랐다. 나중에는
김일성이 너무 급한 나머지 오중흡의 7퇀을 지휘부로 위장하여 무송
방면으로 나가게 하였다. 그러다 보니 김일성의 부대는 기껏 경위 련
30여 명과 소년 련 몇 명뿐이었다. 하지만 그것도 가재수란 마을 근방

에 이르렀을 때 또 변절자가 생겨 일제는 이들 내부를 속속들이 알게 되었다. 그리고 계속 뒤를 바싹 쫓아왔다. 장백현 부후물 치기라는 곳에 와서는 언 말고기를 녹여 먹으며 행군하였는데 김일성은 설사까지 만났다. 김일성은 순 기관총 반장 강위룡의 등에 업혀 살았다. 이것이 바로 고난의 행군이다.

그런데 바른대로 말한다면 이런 "고난의 행군"을 어찌 김일성 부대만 하였겠는가. 항일연군 2로군도, 3로군도 거의 모든 부대가 이 정도 고난은 일상이었을 것이다. 다만 1로군 2방면 군의 우두머리가 김일성이었기 때문에 이 행군이 "고난의 행군"으로 북한 전체에 널리 알려지게 되었던 것이다. 그런데 김일성이 죽은 지 불과 몇 년이 되지 않아 이 "고난의 행군"이란 것이 북한 전역에 들이닥쳤다. 일제와 싸우던 30연대도 아니고 설한풍 휘몰아치는 만주 산속도 아닌 북한 전역에 닥쳐든 것이다.

처음에는 함경남도, 자강도 같은 곳에서 먼저 시작되었다. 갑자기 배급이 중단되었다. 여기 남한 사람들 같으면 배급이 중단되면 무슨 상관인가. 쌀을 사서 먹으면 될 게 아닌가 할 것이다. 하지만 시장에서 파는 쌀 가격은 배급소에서 주는 가격보다 무려 300배, 500배씩이나 하는데 어떻게 사 먹는다는 말인가. 여기저기서 사람이 굶어 죽는다는 말이 나오기 시작했다. 불과 얼마 되지 않아 전국적으로 굶어 죽는다는 소리가 나왔다. 역전이며 길거리며 가는 곳마다 사람의 시체가 산을 이루었다.

특히 고원역, 함흥역, 청진역, 사리원역 같은 철도 분기점 역들에서는 아예 굶어 죽은 사람이 너무 많아, 전문 시체 처리조까지 생겨나게 되었다. 아침마다 달구지를 끌고 와서 굶어 죽은 사람들의 시체를 7구씩, 10구씩 싣고 가까운 산에 내다 묻는 것이다. 그래도 다음 날 아침이면 또 그만한 사람들의 시체가 나왔다. 철도 분기점들마다에는 집결소(여행증 등이 없이 떠돌아다니는 사람들을 가두어 두는 곳)라는 것이 생겨났다. 원래는 통행증이 없이 다니는 사람, 자기 날짜를 초과한 사람, 도둑들, 이런 사람들을 잡아두기 위해 만든 곳이다.

그런데 이때로부터는 전문 꽃제비들을 잡아두는 곳으로 이용되었다. 여기서는 애초에 앓는 꽃제비들에게는 식사도 주지 않았다. 비록 한 줌밖에 안 되는 옥수수죽이지만 어차피 죽을 것인데 그건 왜 주겠는가 하는 것이었다. 열차도 제멋대로 다니었다. 시간표라는 건 아예 없어지고, 아무 때나 다니면 다니고 말면 마는 식이었다. 그러다 보니 어쩌다 열차가 들어오면 꼭대기까지 사람이 하얗게 타고 다니었다.

사람들은 저마다 한탄하였다. 해방 전 일제 식민지 통치 때에도 이렇지는 않았다는 것이다. 물론 그 전해에 엄청난 기근이 들었던 건 사실이다. 하지만 그렇다 하여도 식량이 없었고 또 돈도 없었던 건 아니다. 식량으로 말하면 전쟁이 일어났을 경우를 대비한다는 2호미가 있었고 김정일의 비자금도 얼마든지 있었다. 하지만 그건 선군정치라고 핵무기 만드는 데 이용할 돈이기 때문에, 그 누구도 건드릴 생각을 하지 못하였다. 원래 김일성의 유훈교시라면 제일 중요한 것이 인민들에게 쌀을 공급하라는 것이 아니었던가.

하지만 김정일은 그런 것은 아는 척도 하지 않았다. 애초에 사람들을 굶겨 죽이기로 작정한 모양이다. 이런 때일수록 반동들의 책동이 심화될 수 있다고 폭압기구들만 더욱 강화하였다. 실로 전대미문의 정보 정치를 펼친 것이다. 그러면서도 김정일은 거의 매일같이 주연을 펼치었다. 하긴 주연 그 자체가 김정일이 간부들의 사상 동향을 파악하는 중요한 정치 수단이라고 하였으니 그렇게 하지 않을 수 없었을 것이다. 주연은 대부분의 경우 목란관에서 열렸지만 때로는 지방에 있는 특각에서도 열리었다.

어느 날 장성택은 함흥에 있는 서호 초대소에서 하는 회의에 참가하라는 연락을 받았다. 김정일을 비롯한 몇몇 핵심 간부들이 하는 비밀회의였다. 함흥 서호 초대소라고 하면 바다 밑으로 터널을 내고 거기에 연회실을 차려 유명하다. 연형묵이, 강성산이, 김용순이, 그리고 당 중앙위원회 본부당 책임비서 문성술을 비롯하여 국가보위부 제1부부장 김영룡이, 인민보안성 정치국장 채문덕이, 인민군 보위사령관 원홍희 등이 참석하였다.

"동무들도 잘 알고 있겠지만 지금 밖에서는 가는 곳마다 사람이 굶어 죽는다고 야단이야. 나한테 들어온 자료만 하더라도 벌써 적지 않게 굶어 죽었다고 해. 그래서 말인데 어떻게 했으면 좋겠는가 생각들이 있으면 이야기들 해봐." 김정일이 말하였다. 누구도 대답하는 사람이 없었다. 다 아는 사실이었기 때문이다.

"사회주의고 뭐고 다 포기해 버리고 만다?" 김정일의 말이다. 속에도 없는 소리다.

"아니, 그럴 수야 없지요. 사회주의는 우리 전체 인민 절반이 굶어죽는다고 해도 그렇게 할 수는 없습니다." 김용순의 대답이었다. 김정일이 무슨 대답을 바라는지 알기 때문에 하는 말이었다.

"사회주의는 죽어도 지켜야 한다? 그런데 지금 상황에서 이 사회주의를 어떻게 지키겠는가 말이야?" 거기에는 김용순이도 대답하지 못하였다.

"글쎄, 사회주의는 지켜야 한다는 건 나도 알아. 그런데 그러자면 어떻게 해야겠는가 말이야? 밖에서 사람들이 계속 굶어 죽는다는데 못 본 척해야 되겠어?"

장성택이 당 자금을 조금만 풀어 식량을 사오면 안 되겠는가 말이 목구멍까지 올라왔으나 참았다. 그쯤한 일을 김정일이 몰라서 그러는 것이 아니라는 것을 그도 잘 알기 때문이다.

"밥통 같은 자식들. 여, 사회안전부 정치국장, 무슨 생각이 없어?" 채문덕을 보고 하는 말이다.

"글쎄 말입니다. 쌀을 사오자면 돈이 있어야겠는데 … 참."

"머저리 같은 새끼. 그 따위 소리나 하라고 사회안전부 정치국장을 시킨 줄 알아? 김영룡이 무슨 생각이 없어?" 김영룡이는 국가보위부 제1부부장이었다.

"글쎄 말입니다. 제 생각에는 지금으로서는 백성들의 원성이 제일 무서운데, 그건 아무래도 여론을 다른 데로 좀 돌려야 하지 않겠는가 생각됩니다."

"여론을 다른 데로 돌린다? 그러자면?" 김정일이 하는 말이었다.

"아무래도 그와 관련이 있는 사람한테 누군가 책임을 물어야겠지요. 그래야 인민들의 원성이 좀 누그러질 게 아닙니까?"

"맞아, 그래도 김영룡이 좀 났구만. 그럼 누구한테 책임을 물으면 좋을 것 같아?"

또 말이 없다. 이건 그 사람의 생사와 관련된 문제이기 때문이다.

"여, 성택이. 너 요전에 중앙당 농업위원회 당 생활 총화에 들어갔다면서?" 성택이 다른 생각을 하다 깜짝 놀라 일어섰다.

"예. 본부당 사업 계획에 따라 들어갔습니다."

"그래, 뭐 제기된 건 없던가?"

"뭐, 특별하게 …" 장성택이 아무리 생각해보아도 특별하게 제기된 것이 없는 것 같아 얼버무리었다.

"멍텅구리 같은 자식, 내 그래서 넌 안 된다는 거야. 왜 거기서 서관히 그 영감이 문덕군에 비료 60톤을 더 줬다고 자기비판을 했다고 하지 않았어?"

"예, 그 … 그런 일이 있었습니다. 하지만 문덕군은 워낙 수령님의 현지지도 단위도 많고 또 …"

사실 그랬다. 문덕군, 숙천군은 20만 톤으로 북한에서는 제일 쌀을 많이 생산하는 군이다. 그래서 김일성도 자주 현지지도를 나갔고 그때까지 다른 군들보다 비료도 더 주었다. 어떻게 이 문제가 김정일에게까지 보고되었던 모양이다.

"그래, 서관히 그 영감이 문덕군에 비료를 60톤이나 더 줬단 말이지?"

"아니, 30톤 더 줬다고 했습니다."

"30톤이면 30톤이고, 하여간 김영룡이 그걸 잘 주물러서 무슨 일을 만들어봐. 알았어?"

"어떻게 말입니까?"

"어떻게는 어떻게야? 내가 그런 것까지 대 줘야 하겠어? 요즘 정세를 보란 말이야. 사람들이 식량을 주지 않는다고 아우성인데 줄 식량이 있어?"

"그건 그렇지만 … 그럼 그걸 잘 주물러서 반동 사건으로 만들라는 말입니까?"

"반동분자로 만들겠으면 만들고, 뭘로 만들겠으면 만들고, 어쨌든 한 명 시범을 보여야 하지 않겠어?"

"알 … 알았습니다." 김영룡이 대답하였다. 그러지 않아도 그때쯤에는 국가보위부가 인민군 보위사령부보다 일을 잘하지 못한다고 김정일한테 욕을 먹던 때다. 인민군 보위사령부는 러시아 프룬제 군사 아카데미 사건같이 큰 사건을 밝혀냈는데 국가보위부는 아무것도 밝혀내지 못했기 때문이다.

"그리고 한 가지 더 의논해보자고. 이건 더 말하지 않아도 알겠지만 요즘 가는 곳마다 새로 생긴 묘지들이 너무 많아. 가는 곳마다 그저 바가지 공장(묘지)들인데 정말 보기 싫어 못 보겠다는 말이야. 그래서 말인데 이걸 어떻게 했으면 좋겠는지 방도들이 없겠어?" 김정일이 한마디 하자 여기저기서 또 이야기들이 시작되었다. 물론 굶어 죽는 사람들이 많으니 묘지도 많이 생겨나게 마련이다. 사회안전부 정치국장 채문덕이 먼저 한마디 하였다.

"장군님, 이건 제 생각인데 말입니다. 우리나라는 다른 나라에 비해 화장하는 법이 거의 없는 줄 압니다. 그러니 이걸 권장하는 게 어떻겠습니까?" 채문덕이 무슨 굉장한 발견이나 한 것처럼 말하였다.

"하여간 의견들이 있으면 말해봐." 김정일이 말했다.

"글쎄, 화장법이 좋기는 한데 그러자면 기름이 있어야 하는데, 그게 어디 있습니까?" 연형묵이 말하였다.

"그것도 그렇다는 말이야. 꿩이 없으면 닭이라고 우리나라에는 기름도 없는데 그러면 화목을 대신하지 뭘 그래?"

"화목은 또 어디 있다고 그래? 지금 사람들은 화목이 없어 산까지 발가벗기는 것이 현실이잖은가?"

여기저기서 바가지 공장 이야기로 논의가 분분해졌다. 그러나 누구도 이 문제를 해결하자면 근본적으로 굶어 죽는 사람들이 적도록 해야 한다는 말은 하지 못했다. 그렇게 하면 또 당 자금 문제가 나올 수 있기 때문이다.

"저, 장군님, 그러면 차라리 평토장을 하면 어떻겠습니까?" 김용순의 말이었다.

"평토장이라는 게 뭐야?"

"아, 거 묘지를 아예 일반 땅처럼 평평하게 만들면 어떻겠는가 말입니다."

"그래, 그것도 방법일 수 있겠지. 그리고 또 다른 사람들의 의견은?"

"아니, 그렇게 되면 얼마간만 지나면 이미 묻은 자리인 줄 모르고 또 묻자고 하지 않겠습니까? 그럼 그런 자리를 다시 파는 일도 있겠는데 그건 어떻게 합니까?" 연형묵의 말이다.

"그럼, 그런 일이 없게 평지 땅보다는 한 10센치 조금 높게 묘지를 쓰면 되지 않겠습니까?" 김영룡이 말하였다.

"하여간 어떻게 하는 게 좋겠는지 더 생각들을 해봐." 이것저것 이야기하다 보니 밤이 웬만큼 늦어졌다.

"자, 어때? 오늘, 기본 문제는 거의 토론했으니 이젠 한 잔씩 해야지." 김정일의 말이었다.

"그야 당연한 일 아닙니까?" 김용순이다.

"좋아, 그러면 다른 방으로 옮기자고." 김정일이 먼저 일어났다. 뒤따라 다른 간부들도 일어났다. 몇 방 지나서 한 방으로 자리를 옮기었다. 벌써 거기는 모든 것이 준비되어 있었다. 앞에는 탁자가 세 개만 놓여 있었는데 그거면 온 인원들이 앉기에는 충분하였다. 앞에 쳐놓았던 막이 걷히면서 뒤에 자그마한 무대가 나타났다. 금방 무대에는 중요한 부분만 겨우 가린 여배우들이 나타났다. 록인지 디스코인지 음악에 맞춰 몸을 비틀기 시작했다. 참으로 화려한 저녁이다. 밖에서는 사람들이 굶어 죽고 얼어 죽고 야단인데, 안에서는 화려한 율동이 펼쳐지고 있었다. 술과 요리들이 나왔다.

이거야말로 "금준미주(金樽美酒)에 천인혈(千人血)이요, 옥반가효(玉盤佳孝)는 만성고(萬姓膏)"다.

김용순이며 문성술은 김정일과 자리를 같이 하고 사람들은 벌써 장군님의 안녕을 기원하는 축배를 들기에 정신이 없었다. 성택이는 국가보위부 제1부부장 김영룡과 사회안전부 정치국장 채문덕이와 탁자를 같이 하였다.

"어, 나와." 김정일이 한마디 하였다. 무대 양옆으로부터 아가씨들이 나왔다. 하나같이 눈이 부시게 아름다운 아가씨들이었다. 탁자 여기저기 끼어 앉았다. 음악이 자지러지고 무대에서 몸을 비트는 아가씨들이 더욱 광란하였다. 열기는 더욱 뜨거워만 갔다.

"마음껏 놀아. 오늘은 여기서 실컷 마시고 내일 아침에 일찍이 올라가는 거야." 김정일의 말이다. 성택이네 탁자에도 세 명의 아가씨들이 왔다. 셋 다 어디다 내놔도 빠질 데 없는 미색이다. 호리호리한 몸매, 하얀 얼굴, 그중 한 아가씨는 특히 눈에 띄었다. 물론 화장도 하고 나왔겠지만 살색이 원래 하얀 것 같다.

"야, 너희들도 한 잔 마셔라, 마셔." 그 아가씨가 채문덕의 곁에 앉았다.

"아이, 전 정말 술을 마시지 못하거든요." 그 아가씨 술잔을 들어 마시는 척하다가 가볍게 내려놓는 것이었다.

"아이, 옥화야. 너 나하고 바꿔 앉자." 문득 그 아가씨가 성택의 곁에 앉았던 아가씨와 자리를 바꾸자고 하였다.

"왜?" 장성택의 옆에 앉았던 아가씨가 샐쭉해 묻는 말이었다.

"글쎄, 바꿔줘. 나 그 아저씨와 좀 할 말이 있단 말이야."

"그럼 그렇게 하지 뭐." 두 아가씨가 자리를 바꾸었다.

"엉? 너 왜, 나 싫은 거야?" 채문덕이 한마디 하였다.

"아니, 그런 게 아니에요. 정말 그런 게 아니거든요." 그 아가씨는 처음 보는 것 같았다. 회의 끝에는 대체로 이런 일들이 있기 때문에 벌써 몇 번만 치르다 보면 아가씨들도 거의 알만하였다. 그런데 이 아가씨는 암만 봐도 처음 나온 것 같았다.

"허허, 이것 봐라. 나한테는 완전히 영계만 차례지는구나." 성택이 무슨 영문인지 몰라 웃어넘기었다.

"장 부부장 동문 아마 쟁기가 남다른 모양입니다. 하하하." 김영룡이 웃었다.

"자, 너희들 그러지 말고 한 잔씩 하라니까." 채문덕이 다시 그 독한 술을 자기 옆에 온 아가씨에게 먹이지 못해 안달이었다. 하지만 성택이는 처음부터 맥주잔만 들었다 놓았다 하였다.

"자, 들어, 들라니까." 채문덕이 벌써 웬만큼 취하기 시작한 모양이다.

"얘들아, 너희들 모두 남자 맛 봤냐?" 채문덕의 농담이다. 농담치고는 어쩐지 좀 썰렁하다.

"남자 맛이 뭐에요?" 그 옆에 앉은 옥화란 아가씨가 하는 말이었다.

"흐흐흐. 그것도 모른다는 말이지. 모르면 됐다. 흐흐."

"아니, 그건 좀 너무 지나치지 않아." 김영룡이 한마디 하였다.

"어이구, 이런 좌석이 그렇지 뭐. 얘들아, 괜찮지? 흐흐." 한 잔 두

잔 마시기 시작했다. 여기저기서 왁작 떠들어댔다. 무대에는 또 다른 아가씨들이 나와 허리를 꼬기 시작했다. 그러다 보니 모두는 어지간히 취한 것 같다.

"아저씨, 저 아저씨 알아요." 문득 성택이 옆에 새로 와서 앉은 아가씨가 성택에게 말을 거는 것이었다. 물론 이런 좌석에서 아가씨들은 모두 이들을 선생님이라고 부른다. 아버지, 할아버지뻘이라도 상관없다. 직무라든가 다른 별도의 명칭은 절대 부르지 못하게 한다. 그런데 성택이보고 아저씨라고 부르는 걸 봐서도 확실히 이 아가씨는 처음인 모양이다.

"네가? 네가 어떻게 나를 아는데?"

"글쎄 알아요." 하긴 성택이 이젠 김일성, 김정일을 따라다닌 지도 얼마인데 알 수도 있을 것이다.

"가만, 그러고 보니 넌 오늘 처음 보는 애 같구나." 성택이 생각이 나지 않으면서도 말했다.

"저, 오늘 처음 나왔어요."

"너, 몇 살이지?"

"스무 살 되었습니다."

"그래? 너 이름이 뭐냐?" 성택이 물었다.

"정임이."

"뭐 정임이?" 이런 자리라면 당연히 "제 이름은 정임입니다." 라고 대답해야겠는데 그저 정임이라는 걸 봐서도 처음인 건 분명하다.

"저, 아저씨 봤어요." 또 같은 말을 한다.

"어디서 봤는데?"

"아저씨, 1992년에 우리 원화 협동농장에 오셨던 적 있었지요?"

"뭐 원화 협동농장에? 그게 어딘데?" 성택이 잘 생각이 나지 않아 다시 물었다. 원화 협동농장이란 곳이 어디 한두 곳인가. 여기저기 다니다 보면 그런 협동농장이 꽤 되었다.

"그때 수령님 모시고 우리 협동농장에 오시지 않았어요?"

"가만, … 원화 협동농장이라니 어디던가?"

"양강도 삼수군 원화 협동농장 말이에요."

"뭐야?" 그리고 보니 생각나는 것 같기도 하였다.

"아니, 가만. 그럼 그때 수령님께 꽃다발을 드렸던?"

"네, 맞아요. 이제야 생각나세요?" 생각이 났다.

"아니, 그럼 그때 그 어린 학생이 이렇게 컸단 말이냐?"

"호호. 전 선생님을 처음부터 알아봤는데?"

"히야, 이거 모르겠구나. 네가 이렇게 자라다니?" 똑똑히 기억났다. 그때 성택이는 좀 먼저 그 농장에 도착했다. 김일성이 돌아보게 될 농장에 뭐 미흡한 데가 없나 미리 살펴보기 위해서였다. 그런데 이당 비서가 말했다. 김일성에게 꽃다발을 드려야 할 두 아이가 있는데 봐달라는 것이었다. 성택이 그러자고 하였다.

두 여자 아이가 들어왔다. 한 아이는 아직 어려도 무척 예쁘게 생긴 아이고, 다른 아이도 역시 예쁘게는 생겼지만 먼저 아이보다는 조금 못했다. 성택은 더 생각할 것도 없이 예쁜 아이한테 꽃다발을 드리게 하라고 하였다. 그런데 이당 비서가 무엇 때문인지 머뭇거리는 것이었다.

"왜, 무슨 문제가 있소?"

"아니, 저 그런 게 아니라, … 얘, 너희들은 됐으니 나가도 돼." 이당 비서가 아이들을 내보냈다.

"글쎄, 문제라기보다는 저 애 아버지가 …"

"저 애 아버지가 어쨌는데?"

"사실, 저 애 아버지는 추방되어 여기 온 사람입니다." 이당 비서가 말하였다. 원래 그 애 아버지는 평안남도 문덕군 수산사업소에서 배를 타던 사람이다.

그런데 어느 해인가 안주 일대를 현지지도하던 김일성이 갑자기 무슨 생각이 났는지 새벽에 문덕 수산에 나가 보자고 하였다. 노정을 바꾸지 않을 수 없었다. 그날 새벽 따라 바닷가에는 안개가 몹시도 자욱하게 끼었다. 그래서 옆 사람 코를 베어가도 모를 지경이었다. 김일성이 탄 차가 수산사업소 정문에 들어섰어도 안개는 좀처럼 걷히지 않았다. 김일성과 수행원들은 차를 사업소 앞에 세워놓고 배창으로 나갔다. 몇 사람이 출항 준비를 하는지 거기서 어물거리고 있었다. 김일성이 그 사람들을 보고 한마디 물었다.

"거기서 뭘 하시오? 출항 준비를 하시오?"

한 사람이 대답하였다.

"그럼, 출항준비를 하지 않으면 뭘 하겠소."

"동무가 선장이요?"

"그래, 선장이요. 그러는 당신은 누구요?" 그 사람이 자기가 누구와 이야기하는지도 모르고 말하였다.

"나, 김일성이요."

"흥, 당신이 김일성이면 난 이순신이요." 물론 김일성은 그 자리에서는 껄껄 웃고 지나쳤다. 하지만 문제는 그다음이다. 김일성이 돌아오면서 생각해보니 자기를 이순신보다 못 하게 여기는 것이 괘씸했던 모양이다. 그 후 어느 회의에서였다. 이순신은 기껏 봉건 왕조를 위해 싸웠지만 자기는 말 그대로 사회주의 조국을 위해 싸웠다. 어떻게 봉건 왕조를 위해 싸운 이순신과 사회주의 조국을 위해 싸운 자기가 같은가. 근본적으로 다르다. 당연히 이후 문제가 되지 않을 수 없었다. 선장, 즉 정임의 아버지는 그 일로 며칠 후 양강도 삼수군 원화리란 곳으로 추방되고 말았다.

성택은 어이가 없었다. 그런 일로 아버지가 추방되었다는데 김일성에게 꽃다발을 주는 것과 무슨 상관인가. 성택이 이당 비서에게 더 말도 못하게 하고 이 정임이란 애한테 꽃다발을 드리게 하였다. 그런데 그 애가 어느 사이 이렇게 자란 것이다.

"그래, 너희 집은 그냥 삼수군에 있는 거냐?" 성택이 물었다.

"네."

"그럼, 이젠 삼수군에도 정이 꽤 들었겠구나?"

"아니에요. 아버진 지금도 고향에서 배 타던 소리만 하는 걸요."

"그래? 하긴 고향이란 암만 세월이 지나도 잊혀지지 않지."

성택이 그쯤하고 말았다. 그러는 새 같이 앉았던 김영룡이와 채문덕이는 벌써 술에 떡이 되어 자기들 곁에 앉은 아가씨들한테 무슨 꼬부랑 소리를 하느라 정신이 없었다. 하지만 정임이는 얌전하게 앉아 있었다.

"그래, 넌 어떻게 여기로 올라왔냐?" 성택이 물었다.

"그때 수령님께 꽃다발을 올린 다음 얼마 있다가 군 당 위원회 5과에 뽑혔어요."

군당 5과라면 기본은 대남 간부들을 담당 관리하는 부서다. 즉 남한이 적화통일되었을 때 서울시 당 책임비서는 누구고, 또 경상남도 당 책임비서는 누구고 미리 임명해 놓고 그날을 가상해 대남 전략을

공부시키는 부서다. 하지만 전쟁이 끝난 지도 오래되었고 언제 통일이
된다는 기약도 없었던지라 점차 이 일이 시들해지고 말았다. 대신 기쁨
조 뽑는 일이 기본 사업으로 되었다. 물론 기쁨조라고 하면 사람들은
모두 김정일의 잠자리를 봐주는 여자인 줄만 안다. 하지만 실제는 그렇
지는 않다. 지방에서 그렇게 5과 대상으로 뽑혔다 해도 많은 경우
특각 관리원으로 가든가 그런 경우가 많다. 진짜 기쁨조로 가는 경우는
그렇게 많지 않다. 그런데 정임이는 진짜 기쁨조로 올라온 것이다.

"그래, 넌 여기서 무슨 일을 하게 되는지 알고 왔어?" 성택이 물었다.
정임이 대답이 없었다.

"여기서 무슨 일을 하게 되는지 알고 왔는가 말이야?" 정임이 얼굴이
새빨개지며 대답 대신 머리를 끄덕였다. 성택은 할 말이 없었다. 물론
이런 일이 처음은 아니다. 거의 파티 뒤끝마다 있는 일이다. 이 애들은
오히려 이런 곳에 온 것을 다행으로 생각할지도 모른다. 지방에서는
어쨌든 중앙당 5과 대상으로 뽑혔다면 무조건 출세한 줄만 안다. 그런
데 막상… 이 애들이 이런데서 몇 년만 있다 보면 나갈 때에는 꼭
호위국 군관이라든가, 또 중앙급 기관 공무원들에게 시집보내는 경우가
많다. 그러다 보니 평생 지방에서 강냉이밥이나 먹으며 등골이 휘도록
농사짓기보다는 훨씬 나을 수도 있다. 다만 이 안에서 있었던 일만은
일체 비밀로 하면 된다. 소연회는 밤이 꽤 깊어서야 끝났다.

"자, 이젠 모두 술도 잘 마신 것 같은데 침실에 들어가 자라고. 그리
고 내일 아침에는 일찍이 평양에 올라가야겠어." 김정일이 일어나자
모두 따라 일어섰다. 성택이는 맥주만 마셨는데도 어지간히 취기가
올랐다. 곧바로 자기 침실로 돌아왔다. 침실에 들어서자 그 바람으로
몸을 씻고 막 자리에 들려 할 무렵이었다. 뜻밖에도 문 두드리는 소리가

났다. 이 밤중에 누가 왔을까. 성택이 문을 열었다. 뜻밖에도 정임이가 온 것이다. 맥주와 가벼운 안주 한두 가지를 담은 쟁반을 들고 있었다.

"아니, 너 여기 웬일이야?"

"그냥 왔어요." 정임이 문을 밀고 들어오는 것이었다. 성택은 어이가 없었다. 그렇다고 그냥 돌려보내기도 안 된 일이다.

"하여간 들어와." 정임이 조용히 들어와 탁자에 쟁반을 놓고 앉았다.

"너, 누가 여기 들어가라고 시키던?"

"아니 …" 정임이 얼굴만 빨개져 말하였다.

"우리, 한 잔 더해요." 정임이 맥주병을 따며 조용히 말하였다.

"그래, 이왕 가져온 거니 한 잔 하자." 그러고 보니 옷차림도 달라졌다. 거의 속이 그대로 들여다보이는 블라우스를 입었다. 아직까지 연회에는 여러 번 참가하였지만 이런 경우는 처음이다. 성택이 컵을 내밀자 정임이 맥주를 부었다.

"저도 주세요."

"그래, 너도 한잔 마셔라." 성택이 따라 주었다.

"우리, 같이 들어요."

"그래, 같이 들자." 한 잔씩 마시고 다시 부었다. 그러고 보니 병이 바닥이 났다. 정임이 또 한 병 따려고 했다. 성택이 손을 잡았다. 이건 암만해도 아니라는 생각이 든 것이다.

"너, 이제 그만 돌아가 자." 성택이 말하였다. 정임이 약간 놀라는 기색이었으나 돌아갈 눈치는 아니었다.

"저, 아저씨한테 한 가지 부탁이 있어요."

"뭔데?" 정임은 말이 없었다. 그러나 이윽고 말하였다.

"저희 아버질 다시 고향에 돌아가게 해주세요."

"뭐라고?"

"저희 아버지가 다시 고향에 돌아가 배를 타게 해달란 말이에요." 정임의 눈에 애절함까지 담겨 있었다.

"그건 … 그건 … 내 한번 알아보자." 성택이 그의 아버지가 왜 그곳으로 가게 되었는지 알면서 대답하기는 어려웠다. 더구나 양강도 삼수군은 추방된 사람들이 70프로가 넘었다. 그러니 누구든 자기 고향에 돌아간다 하면 금방 소문이 날 것은 뻔한 일이었다.

"아저씨, 부탁이에요. 우리 아버질 꼭 고향에 돌아가게 해주세요."

"아무튼 알았으니 그 일은 두고 보기로 하자. 그럼 이제 돌아가."

"알았어요." 정임이 대답은 하였으나 그래도 멈칫멈칫하였다.

"왜 안 가는데?" 정임이 대답이 없었다. 그러면서도 여전히 멈칫거리었다. 이윽고 얼굴이 빨개져 말하였다.

"아저씨, 저 여기서 자고 가면 안 돼요?"

"뭐라고? 안 돼. 그리고 어서 돌아가." 성택은 단호하게 물리쳤다.

"저한텐 아저씨한테 드릴 게 아무것도 없는데." 정임이 얼굴도 들지 못하고 하는 말이었다.

"그래도 안 돼. 난 너한테 삼촌뻘되는 사람이야."

"알아요. 하지만 …"

"하지만 또 뭐냐? 오늘은 그냥 돌아가." 정임이 멈칫거리면서도 나갔다. 정임이는 정말 새 세대 중에 새 세대이다. 그런데 아버지를 위해 뭔가 자신의 가장 소중한 것까지 바치겠다는 생각까지 하였다면 … 가슴이 아팠다.

며칠이 지난 어느 날이었다. 당 중앙위원회 농업 담당 비서였던 서관히를 총살한다고 하였다. 오랫동안 숨어 있던 남조선 간첩이라는 것이다. 전쟁 때 유엔군이 북상하자 몰래 간첩임무를 받고 구월산 빨치산에 들어갔고 당내에 오랫동안 잠복해 있었다는 것이다. 그래서 김일성이 내놓았다는 주체 농법을 의도적으로 집행하지 못하게 하고 고난의 행군이 오게 하였다는 것이다. 기막힌 일이 아닐 수 없었다.

하지만 거기에 대해서 누가 옳다 아니다 말한단 말인가. 아무것도 모르는 인민들만 과연 서관히가 그런 엄청난 죄를 저질렀는가 분노할 뿐이었다. 그리고 그때는 그게 아니더라도 북한 전역에 들이닥친 "고난의 행군"이 너무나도 참혹하였기 때문에 그런 데 신경 쓰는 사람조차 없었다.

이른바 "고난의 행군"은 점점 더 깊어만 갔다.

5
괴물

━━━━━

　　"고난의 행군"은 더욱 심화되어 갔다. 두만강과 압록강을 건너 수도 없이 많은 사람들이 중국으로 갔다. 일부는 망막한 사막을 횡단하여 몽골로 갔고, 또 일부는 중국의 광활한 대지를 넘어 베트남으로, 버마로, 태국으로 갔다. 또 일부는 중국 북경에 있는 여러 나라 대사관들에 뛰어들었다. 한국 대사관은 말할 것도 없고 미국, 일본, 독일 등 한국으로 갈 수 있다고 생각되는 대사관이면 아무데도 상관없었다.

　　참으로 그 길에서 얼마나 많은 사람들이 속절없이 자기의 청춘과 목숨까지 바쳤던가. 두만강과 압록강의 얼음장 위에서, 또 몽골의 황막한 사막에서, 그리고 베트남과 버마의 정글에서 얼마나 많은 탈북자들이 자기의 청춘과 생명까지 바치었던가. 최종 목적지는 단 하나 대한민국이었다.

태어나서 첫 날부터 그렇게도 원수의 나라로, 미제의 앞잡이 나라로 귀에 못이 박히도록 듣고 배웠어도 그래도 살 길은 대한민국뿐이었다. 어떤 사람은 중국 공안에 잡혀 8번씩이나 북송되었지만 그래도 끝내 다시 한국으로 왔다. 누가 오라고 해서 왔는가. 아니다. 같은 동포로 그래도 살뜰하게 맞아주는 곳은 한국밖에 없었기 때문이다. 그래서 대한민국에는 실로 불과 얼마 되지도 않는 사이에 수만 명의 탈북자들이 들어오게 되었다. 그러나 그렇게 대한민국까지 무사히 올 수 있었던 탈북자는 실로 행운아들이다. 많은 탈북자들은 중국에서 공안에 잡혀 다시 북한행을 하여야 했다. 북한행은 곧 보위부행이다.

국경 연안 시군 보위부들에서는 그들 때문에 실로 경악을 하였다. 온성, 회령, 무산군 보위부에서는 수용인원이 겨우 10여 명 규모의 감방에 단번에 3~4백 명 받을 때도 있었다. 다섯 명 들어가 있게 된 감방에 50명을 넣었으니 한 마디로 아비규환의 생지옥이었다. 옛날 북한에 이름 있던 시인 조기천은 "조선은 싸운다"라는 시에서 이렇게 썼다.

세계의 정직한 사람들이여
지도를 펼치라
그리고 조선을 찾으라
그대들의 뜨거운 마음이 달려오는 이 땅에
도시와 마을은 찾지 말라
방금 섰던 3층 벽돌집이
아스팔트길에 거꾸러지고

반남아 타버린 가로수들은
허리부러져 길바닥에 뒹구느니…

그 사람이 다시 살아난다면 이렇게 쓰지 않았을까.

세계의 정직한 사람들이여
지도를 펼치라
그리고 조선을 찾으라
그러나 사람의 인권에 대해서는 말하지도 말라
열네 살 난 아들 앞에서 (탈북자) 어머니를 벌거벗겨 놓고
자궁을 뒤져 돈을 찾아낸다
아 너희들도 과연 사람이었더냐…

북한 국경 보위부에서는 남으로 가려는 것이 밝혀진 사람들은 모조리 정치범 수용소에 보냈다. 그게 밝혀지지 않은 사람들은 중산 노동교양소를 비롯하여 지방 여러 곳에 만들어진 노동단련대에 보내졌다. 하지만 그것도 처음 한동안뿐이었다. 남으로 가려는 사람이 너무 많으니 그들 모두를 정치범 수용소에 보낼 수는 없었다. 할 수 없이 남으로 가려는 것이 밝혀진 사람이라 하여도 노동교양소로, 단련대로 보내졌다.

그중에서 가장 악명 높은 곳은 중산 노동교양소라는 곳이다. 여기 남에서는 전두환 대통령 시절 한때 사회 불량배들을 모아 삼청교육대에 보냈다고 한다. 하지만 거기에 대해서는 잘 모르겠다. 그러나 중산 노동교양소에 대해서는 좀 안다. 북한 사회안전부 13국 산하이다. 참으

로 신의주 국경 보위부에서 2천 명이 잡혀 갔다가 2백 명이 살아 나왔다면 그 안의 참상이 어떠한지 알만하지 않을까.

나중에는 사람의 시체를 다 처리할 수 없어 묻은 위에 또 묻고 그 위에 또 묻어 주변 개들만 살찌게 하였다고 한다. 노인들은 눈물을 흘리며 말했다. 누가 해방시켜 달라는 것을 해방시켜 줬는가(북한에서는 김일성이 해방시켜 준 것으로 안다). 차라리 일제의 식민지 통치 시절에도 이렇지는 않았다고 내놓고 말했다. 이것이 그때 북한 실정이다.

어느 날이다. 장성택은 그날 황해북도 송림시에서 일어난 사건에 대한 자료를 검토하고 있었다. 송림시 사건이란 김경희가 무슨 일이 있어 송림에 갔다 온 다음 있었던 일이다. 김경희가 돌아오자 그 바람으로 김정일을 찾아 들어갔다.

"오빠, 지금 송림에서는 노동자들한테 배급을 주지 못해 무슨 일이 일어나고 있는지 알아요?"

"무슨 일이 일어나는데?"

"그곳 노동자들이 배급을 주지 못하니까 황해 제철소 설비를 떼서 중국에 팔아먹어요."

"뭐야? 아니 그게 정말이야?"

"정말이나 마나 오빠가 직접 한번 내려가 보세요."

황해제철소라는 곳이 어떤 곳인가. 해방 전 1938년인가 일제가 태평양 전쟁을 일으킬 준비를 하면서 급격히 늘어나는 철의 수요를 충족시키기 위해 만들어 놓은 제철소이다. 그런데 전후 김일성이 황해제철소는 사회주의 경제 건설에서 1211고지(한국에서는 '김일성고지'라고 함)라고 하면서 어떻게 하든지 더 많은 철을 생산해서 전후 경제복구건설에 보내주라고 하였다. 또 청진에 있는 김책제철소, 강서에 있는 강선제강소와 함께 황해제철소는 강철 생산의 3대 기둥이기도 하였다. 김일성이 생전에 이곳에 무려 서른여덟 번이나 다녀갔고 김정일도 한두 번쯤은 다녀간 곳이다.

김정일은 여기에 자기네 집에 설치했던 씨씨티비를 몇 대 가져다 설치하고, "황해제철소는 자동화의 왕국이 되어야 하오"라고 말한 적도 있다. 씨씨티비 몇 대만 설치하면 제철소의 자동화가 끝나는 줄 알았던 모양이다. 그런데 그 시기 그 제철소 노동자들이 먹을 것이 없어 생산 설비를 떼서 중국에 팔아먹는다는 것이었다.

"개새끼들, 내 이 새끼들 한번 단단히 혼내주고 말아야지."

김정일은 화가 단단히 나 어딘가 열심히 전화질을 하였다. 그리고 결국 인민군 4군단 소속 탱크여단을 송림 시내로 진주시키었다. 뿐만 아니라 인민군 보위 사령부 요원들을 이곳에 보내 그 모든 관련자들을 잡아들여 총살하도록 명령하였다. 당연히 4군단 소속 탱크여단이 여기에 진주하였고 시 당 위원회, 제철소 당 위원회를 비롯한 시내 모든 기관이 이들의 수중에 들어갔다. 전시도 아니고 평화 시기에 주민들이 평화적 마을에 탱크 부대를 진주시킨다는 것이 말이나 되는 소리인가. 이것이 바로 그 유명한 송림 시내에 대한 4군단 탱크 진입 작전이다.

그런데 문제를 파헤치고 보니 고난의 행군을 하면서 이 황해제철소도 멈추고 말았다. 노동자들에게 오랫동안 배급을 주지 못했으니 그들이 모두 허기져 일하러 나올 수 없었던 것이다. 그래서 굶어죽는 사람들이 속출하게 되자 공장 당 위원회에서는 할 수 없이 시 당 위원회와 토론하고 일부 긴박하게 쓰지 않는 설비들을 떼서 중국에 팔아 그 돈으로 쌀을 바꿔다 노동자들에게 공급한 것이다. 다시 말하지만 정말 이것은 공장 당 위원회와 시 당 위원회가 합작한 고육지책이었다. 여기에 김정일이 탱크 부대를 진주시키고 보위사령부 요원들을 파견한 것이다.

하여간 보위사령부 요원들은 거기 내려가서 한 달 동안 수사한 끝에 공장 당 비서와 시 당 책임비서 그리고 몇 명의 간부들을 잡아 총살하는 것으로 이 사건을 마무리지었다. 장성택이 바로 이 사건의 전말을 조사하고 후속조치를 준비하는 중이었다. 갑자기 연락도 없이 국가보위부 제1부부장 김영룡이 나타났다.

"부부장 동무, 오늘은 또 무슨 바람이 불어 여기에 나타난 것입니까?" 장성택이와 김영룡이는 이미 전부터 잘 아는 사이인지라 스스럼없이 대했다.

"왜, 난 여기 오면 안 되는 사람인가?"

"안 되기야 하겠소. 하여간 앉으라고." 성택이 자리를 권하였다. 김영룡이 자리에 앉아 담배를 한 대 붙여 물었다.

"왜, 무슨 난감한 일이라고 있나?" 성택이 물었다.

"난감한 문제는 무슨, 에이, 내 다. 터놓고 이야기하고 말아야지. 장 부부장 동무, 내 이 일도 못 해먹겠구만."

"그건 또 무슨 소리요. 이제까지 잘만 해먹지 않았소?"

"그래도 그렇지. 참, 몇 년 전에 누군가 수령님께 투서를 올렸던 일 기억하지?"

"그래. 한데 그건 왜?" 성택이 까맣게 잊고 있었지만 김영룡이 말해서 생각났다.

"장본인을 잡았단 말이야."

"잡았으면 잘됐구만. 각하께 보고해야지." 장성택은 별치 않게 생각하고 말했다.

"보고했지. 그런데 그게 누구 짓거린지 알겠어?"

"누구 짓거린데?" 김영룡이 말하기 힘들어 하기에 장성택이 물었다.

"잡고 보니 그게 당신네 중앙당 가족이 아니겠어?"

"뭐요 중앙당 가족? 아니 중앙당 가족이면 그때에 벌써 수령님께 올라가는 편지는 모조리 먼저 각하께서 본다는 걸 몰랐단 말인가?" 여기서 김정일을 각하라고 하는 것은 일종의 비꼬아서 하는 말이었다.

"아마 어떻게 몰랐던 모양이야." 김영룡이 대답하였다.

"그래, 누군데?"

"그런 사람 있어. 아마 장 부부장 동문 잘 모를 거야."

"그래? 각하께서 뭐라고 했는데?"

"상당히 기뻐하면서 당장 내다 쏴버리라는 거지, 뭐야."

"쏴버려? 아, 그것 참." 장성택도 더 말이 나가지 않았다. 그런 일이라면 김정일의 성격으로 봐서는 당연히 그렇게 할 법한 일이기 때문이다.

"그런데 말일세. 내 참 딱해서 그러는데 장 부부장 동무, 이 문제를 각하께 다시 이야기해줄 수 없겠나?"

"뭘 말인데?"

"그걸 글쎄, 그 남편이 직접 쏘게 하라는 거야."

"뭐야?" 장성택도 말이 나가지 않았다. 남편이 직접 아내를 쏘게 하다니?

"아니, 그것도 각하의 지시오?"

"그러니 내가 딱해서 그러는 게 아닌가. 장 부부장 동무라면 좀 말해줄 수 있을 것 같은데 얘기 좀 안 해 주겠소?"

어림도 없는 일이다. 김정일이 그렇게 하기로 마음먹으면 그것으로 끝이다.

"말도 안 되는 소릴 하지도 말라고. 그러다가는 나까지 총살당할지도 모를 일일세."

그건 사실이다. 이런 문제에 있어서는 김정일이 조금도 양보하는 법이 없다.

"그런데 그게 도대체 누구요?"

"글쎄, 내가 말해도 장 부부장 동무는 잘 모를 거요. 에이 참, 이 노릇도 못 해먹겠다니까."

김영룡이 한숨을 쉬더니 그대로 나가 버렸다. 성택이 생각해보았다. 글쎄 그런 문제라면 김정일의 성격으로 봐서는 절대로 용서할 수 없는 일이다. 하지만 그렇다고 하더라도 어떻게 다른 사람도 아니고 남편이 자기와 십수 년 함께 살았던 아내의 가슴에 총부리를 댄단 말인가. 암만해도 괴물이라는 생각밖에 들지 않았다. 괴물, 괴물, 정말 김정일이 괴물이라는 생각밖에 들지 않았다.

다음 날 아침 성택이 출근하였다. 뜻밖에도 중앙당 조직지도부와 선전선동부 전체 성원이 마당에 나와 버스를 타라는 것이었다. 뭔가 불길한 생각이 들었다. 어제 김영룡의 이야기가 상기되었기 때문이다. 본부당 책임비서 문성술이 직접 점검하고 있었다. 어디로 간다는 말도 없었다. 무작정 타라고만 하였다. 타지 않을 수 없었다. 버스가 떠났다. 옆에 전혁이 앉았다. 그의 아내가 김경희 친구인 한영란이기에 장성택이도 잘 알고 있었다. 버스는 순안 쪽으로 달리고 있었다.

"그새 집식구들이랑 모두 잘 있는 거지?" 성택이 물었다.

"그럼요." 그런데 무엇 때문인지 전혁의 얼굴이 그리 밝지 않았다.

성택이 더 묻기도 뭣하여 말하지 않았다.

"아니, 장 부부장 동지, 지금 어디로 가는 겁니까?" 전혁이 묻는 말이다.

"글쎄, 가보면 알겠지." 성택은 어제 김영룡이 말한 것도 있어 불안 감이 없지는 않았지만 확실한 것도 아닌데 말하지 않았다. 다른 사람들 도 모두 어디로 가는지 모르기는 마찬가지였다. 혹은 러시아에서 신형 무기를 내왔는데 그걸 시범 사격하는 걸 보러 가는 것 같다고도 하고, 또 우리 군대 무력 시위하는 걸 보러 가는 것 같기도 하다고 했다. 그저 저 생각나는 대로 짐작을 말할 뿐이다. 그러는 새 버스는 계속 달리었다. 마침내 도착한 곳은 보위부 정치대학 사격장이었다. 모두 내리었다. 총무부 직원들이 나와 그들 모두를 산등성이 쪽으로 안내하 였다.

어떤 한 사람이 문성술에게 다가가 뭐라고 귀엣말을 하였다. 문성 술이 갑자기 굳어졌다. 그러나 그도 어쩔 수 없었던 모양인지 잠시 후 전혁이를 자기 곁에 불렀다. 성택이 굳어졌다. 혹시 그게 전혁이와 무슨 관련이 있는가? 전혁이 문성술에게 다가갔다. 문성술이 그에게 무슨 이야긴지 하는 것 같았다. 전혁이 굳어졌다. 불안은 현실로 다가왔 다. 그게 한영란이 아닌가. 그래도 조금은 더 두고 보자는 생각을 해보 았다. 설마 하는 생각이 들었기 때문이다. 앞에는 멀지 않게 나무 말뚝 을 박고 그 앞에 휘장을 쳤다. 휘장 뒤에서 뭘 하는지는 아무도 모른다.

마침내 상좌 견장을 단 한 사람이 앞으로 나왔다. 이어 앞에 친 휘장이 벗겨지는데 거기에 한 여인이 말뚝에 묶여 있는 것이 보이었다. 한영란이었다. 기가 막혀 말이 나가지 않았다. 얼굴을 가리거나 입을 막지도 않았다. 그런데 거기 묶여 있는 것은 분명 한영란이었다. 한영란이 모든 것을 체념한 듯 묶인 채 묵묵히 서 있었다. 상좌가 입을 열었다.

"이제부터 반당 반사회주의 분자이며 우리 당 중앙위원회 가족 대열에 깊이 숨어들어 엄청난 해독 행위를 하였던 한영란에 대한 사형을 집행하겠습니다."

그렇게도 웃기를 잘하고 무슨 일이든 남자들 못지않게 잘 하던 한영란이, 그는 분명 한영란이었다. 상좌는 계속하여 한영란의 죄행을 폭로하였다. 그는 이미 오래전부터 미제와 남조선 괴뢰들의 과업을 받고 당 중앙위원회 가족 대열에 깊이 숨어들어 온갖 해독 행위를 하였다는 것이다. 그러다 마침내 적발되어 법의 준엄한 심판을 받게 되었다는 것이다. 말이 나가지 않았다.

하지만 성택이 할 수 있는 일이 무엇인가. 아무것도 없었다. 재판문 읽기가 끝났다. 문득 전혁이 허수아비같이 앞으로 걸어 나가는 것이 보이었다. 손에 권총을 들었다. 권총을 든 손이 마냥 부들부들 떨리기만 하였다. 상좌가 말하였다.

"이번 사형 집행은 그의 전 남편이었던 전혁 동지가 직접 하겠습니다. 자, 시작하십시오."

상좌가 물러났다. 전혁이 앞으로 나갔으나 차마 권총을 겨누지는 못하였다.

"자, 시간이 없습니다. 어서 진행하십시오."

그래도 전혁이 총구를 쳐들지 못했다. 문득 한영란이 소리쳤다.

"봄이 아버지, 아이들을 부탁해요."

전혁이 끝내 쏘지 못하고 권총을 그대로 뿌리치고 말았다. 상좌가 그럴 줄을 미리 짐작하였던지 이미 대기시켜 놓았던 사형수 몇 명을 불러냈다. 총소리가 울리었다. 두 번, 세 번, 여덟 명 되는 대원들이 연거푸 쏘았다. 총을 맞은 건 한영란인데 전혁이 그 자리에 푹 쓰러졌다. 방금 전까지 봄이를 부탁하던 영란이는 피투성이가 된 채 묶인 말뚝에 머리를 떨구고 있었다.

성택이 너무 기막혀 말이 나가지 않았다. 하지만 그가 할 수 있는 일은 아무것도 없었다. 사람들은 다시 버스에 올랐다. 장성택이조차 어떻게 올랐는지 모르겠다. 전혁은 따로 본부당 책임비서 문성술의 차에 오르는 것 같았다. 돌아와서도 모든 것이 믿겨지지 않았다.

성택의 눈에는 여전히 그 웃기 잘하고 자기를 오빠같이 따르던 영란이 얼굴이 삼삼하여 무슨 일도 손에 잡히지 않았다. 그리고 보면 어제 김영룡이한테 그게 누군가 끝까지 묻지 않은 게 후회스러웠다. 하긴 안다 하여도 그가 할 수 있는 일은 아무것도 없었겠지만 말이다. 저녁에 퇴근하여 집에 돌아왔다. 아무것도 알지 못하는 경희가 왜 그러는가 물었다. 성택이 차마 이야기를 할 수가 없었다. 그러나 이야기하지 않을 수도 없는 일이었다. 성택이 말했다.

"여보, 오늘 우리한테서 무슨 일이 있은 줄 알아?"

"무슨 일이 있었는데요?" 경희가 불안하여 물었다.

"오늘, 영란이 총살당했소."

"뭐라구요?"

"당신의 친구 영란이가 총살당했단 말이오."

"아니 뭐? 뭐라구요?" 성택이 그날 있었던 일을 이야기하였다. 경희의 얼굴이 하얘졌다. 그리고 그대로 굳어져 버리었다. 마침내 그가 진정하였을 때 그의 얼굴에 서린 분노, 절망감, 그것을 어떻게 말과 글로 다할 수 있으랴.

경희는 그길로 김정일을 찾아갔다. 그러나 그 어디에서도 그를 만

날 수는 없었다. 이후 한 달을 찾아다녔지만 김정일은 끝내 만나주지
않았다.

그러는 중에도 세월은 흘렀다.
참으로 세월의 흐름만이 그 모든 것을 덮어줄 수 있는가.

6
"심화조" 사건

참으로 어수선한 세월이었다. 누가 봐도 나라가 기울어져 가는 것은 틀림없었다. 나라 경제의 중추라고 할 수 있는 중공업이 무너지자 이어 경공업이 무너지고 농업도 무너졌다.

그나마 농업이 마지막까지 허우적거렸으나 정보당 네 톤, 다섯 톤씩 나던 논에서 한 톤 반, 두 톤 나면 다행이었다. 뭐니 뭐니 해도 비료가 제대로 보장되지 않기 때문이었다. 또 농사에 대한 농민들의 열의가 식어진 것도 문제였다. 한때 직장에서 직장으로 몰려가고 몰려오던 사람들이 이제는 장마당에서 장마당으로 구름같이 몰려가고 몰려왔다. 쌀이니 채소 같은 것은 말할 것도 없고 술 한 병 사자고 해도, 고기 한 킬로를 사자고 해도 장마당밖에 살 곳이 없었다.

장마당 가격은 오래전부터 국가가 정한 가격보다 20배에서 최고 30배 비쌌다. 하지만 그 대신 장마당에는 고양이 뿔을 제외하고는 다 있었다. 아귀 같은 비사 그루빠(비사회주의 반대 단체)가 아무리 날쳐도 소용이 없었다. 꽃제비 행렬은 구름같이 몰려들고 장 보는 사람보다 구경꾼이 더 많았다. 원래 이 비사 그루빠란 제대군관들, 공무원들, 그리고 사회건달들로 조직되었다. 그런데 이 비사 그루빠가 나오면서 장마당 아주머니들만 더 죽을 맛이었다. 이들이 하는 일이란 자기들한테 뇌물을 바치는 사람은 못 본 척하고, 그렇지 않은 사람들한테는 갖은 행패를 다 부리는 것이었다. 당에서 다시 당 일군, 사회안전원(경찰), 그리고 행정위원회 사람들로 이런 비사 그루빠를 꾸렸다.

그들도 같았다. 처음에는 좀 나은 것 같더니 금방 도루묵이 되고 말았다. 당 일군이요, 사회안전원이요 하는 사람들은 먹지 않고 사는 사람들인가? 메뚜기장이라는 것도 생겨났다. 단속하는 사람들이 오기만 하면 모조리 메뚜기처럼 달아나고, 가기만 하면 다시 모이고 이것이 메뚜기장이다. 워낙 국가에서 생산되는 것이 없다 보니 그럴 수밖에 없었다.

하여간 비사 그루빠란 사람들은, 장사꾼 아주머니들한테서 무엇을 더 뜯어낼까 그것만 연구하는 사람들 같았다. 자기들한테 뇌물을 바치지 않은 사람들이면 백주에 계란광주리, 감자포대까지 빼앗고, 때에 따라서는 국수그릇까지 빼앗아 내동댕이쳤다. 그래도 누군가 왜 그러는가 물으면 그들은 뻔뻔스럽게도 사회주의를 지키기 위해서 그런다고 하였다. 볼수록 기가 막힌 세상이다. 그런데도 신문과 방송에서는 여전히 목이 터지게 김정일 결사 옹위만 부르짖었다. 이게 과연 사람 사는 세상인가. 이제라도 갑자기 세상이 바뀌면 제일 먼저 김정일 타도를 외칠 사람들이 오히려 목이 터지게 그 사수를 부르짖는 것이다.

장성택이 보면 볼수록 기가 막혔다. 아무리 김정일에게 충성하자고 해도, 보이는 것은 너무 막연한 것들뿐이니 어떻게 해야 할지 모르겠다. 문제는 중국처럼 개혁 개방하는 길밖에 없는데 김정일은 죽어도 그것만은 못한다고 한다. 자기가 최고 권력을 잡기 위해 그렇게도 많이 품을 들였던 김일성 혁명역사 위조가 이제는 오히려 그의 발목을 잡게 된 것이다.

어느 날 의암 초대소에서였다. 장성택은 창밖으로 서서히 어둠이 내려앉는 대동강을 바라보고 있었다. 마지막 노을이 비낀 대동강은 정말로 아름다웠다. 멀리 모란봉 초대소며, 홍부 초대소, 그리고 주암산 초대소, 백화원까지 불이 환하다. 하지만 그 밖에 문수거리 옥류동이며 청류동 쪽으로는 또 정전인지 아예 새까맣다.

이 의암 초대소로 말하면 한때 남쪽에서 들어온 혁명가들로 북적거리던 곳이다. 통일혁명당 당수 김종태며 또 통일혁명당 전라남도 위원장 최영도, 그리고 또 어디 누구 무슨 당 당수며 위원장이며 하는 사람들이 끝도 없이 드나들던 곳이다. 그런데 언제부터인가 남조선 혁명가들의 발길은 뚝 끊어지면서 국내 최고위급들의 전용 별장으로 이용되었다. 건물은 무덤 속 같이 괴괴하기만 하였다.

"여, 거기 누구 없어?" 장성택이 소리쳤다.

"네, 찾으셨습니까?" 관리원이 나타났다. 말이 관리원이지 이들 모두는 당 5과에서 특별히 선발한 아가씨들이 늙어 관리원을 하기 때문에 인물만은 어디다 내놓아도 빠지지 않는다.

"거 왜, 사회안전부 정치국장한테서 아직 소식이 없었어?"

"네, 아직 … 아이, 그런데 장 부부장 동지, 오늘 꼭 정치국장을 만나야 돼요?" 직업상 특성인 듯 관리원이 허리를 꼬면서 하는 말이었다.

"됐어. 그냥 가봐." 장성택은 그를 물리쳤다. 비스듬히 소파에 기대어 책을 펼쳐 들었다. 황장엽 선생이 남쪽에 가서 썼다는 『인간중심의 철학』이다. 해외에 공작 나갔던 조사부 지도원이 돌아오면서 가져왔다. 그러고 보면 황장엽 선생 생각이 났다.

"영감, 정말 법 없이도 살 영감이었는데 끝내 좋은 세상을 보지 못하고 남으로 가고 말았어." 그러고 보면 세상일이 너무 무상하다는 생각이 들었다. 평생 누구한테 싫은 소리 한 마디 안 하고 그저 철학, 철학 하면서 김일성, 김정일의 비위만 맞추던 영감인데 그도 끝내 견디지 못하고 남조선으로 가고 만 것이다.

황장엽은 그와 사돈 간이었다. 황장엽 선생의 아들 황경호가 장성택의 조카사위가 되었던 것이다. 황장엽 선생이 남으로 떠나기 바로 며칠 전에 있었던 일이다. 장성택이 너무 가슴이 답답하여 황장엽 선생과 마주앉았다. 중앙당 안에 있는 공원에서였다.

"황 비서 동지, 비서 동지는 해방 전에도 살아봤다지요?"

"그래, 살아봤지." 황장엽이 거의 버릇처럼 슬쩍 주변을 살피며 하는 말이었다.

"지금 밖에서는 "고난의 행군"을 한다고 숱한 사람이 굶어 죽고 있는데 과연 해방 전이 이보다 더했습니까?"

"글쎄, 지금은 미제와 남조선놈들이 우리를 그렇게 경제 봉쇄하니 어떻게 하겠나. 참는 수밖에 없지." 역시 당에서 말하는 그대로였다.

"아니, 정말 황 선생님도 이 모든 게 미제와 남조선놈들 때문이라고 생각합니까?"

"그야 당연한 일 아닌가? 그놈들이 아니면 우리가 왜 이렇게 살겠나?"

"그래도 그렇지. 최소한 전쟁 예비 물자라도 풀어야 하는 게 아닙니까? 또 당 비자금이라도 풀 수 있고 말입니다."

"아니, 그거야 안 되지. 농사꾼은 물에 빠져 죽어도 종자는 베고 죽는다지 않는가? 어떤 일이 있어도 참아야 하네." 장성택은 더 할 말이 없었다. 이 영감도 이젠 아예 최고인민회의 상임위원장이라는 김영남이나 또 선전선동 비서라고 하는 김기남처럼 머리통이 다 굳어져서 진짜 머저리가 되지 않았는가 생각했다.

그러던 황장엽이 며칠 후 남으로 갔다. 사람마다 모두 두꺼운 철판을 뒤집어쓰고 산다. 세상일은 일체 모르는 척하는 것이다. 하긴 그래야 그 더러운 목숨이나마 부지하고 살 수 있는 세상이니까. 아무리 당 중앙위원회 비서, 부장이라고 하여도 그들 모두는 창광분주소의 물 샐틈없는 감시망 속에 있다. 김정일이 직접 그것을 위해 당 중앙위원회 안에 창광분주소라는 것을 내왔다. 그들은 국가보위부 소속이다.

얼마 전 어느 날 장성택은 김정일에게 불려갔다. 김정일은 그날 기분이 매우 우울한 날이었다. 집에서 기르던 앵무새가 어떻게 제멋대로 나왔다가 고양이한테 잡혀 먹혔기 때문이라고 한다. 김정일은 그것 때문에 꺼이꺼이 통곡까지 하였다고 한다. 그러다가 새로 맞아들인 마누라인 만수대 예술단 무용배우 고영희한테 야단맞고 그만두었다고 한다. 성택이 올라갔을 때가 바로 이런 때였던 모양이다.

"여, 성택이. 넌 요즘 사태를 어떻게 생각해?"

"글쎄 말입니다. 좀 어려운 건 사실이지만 어떻게 하겠습니까? 고비를 넘겨야지요." 정말로 속에도 없는 소리다.

"함흥에서는 평균 한 개 인민반에서 7~9명씩 굶어 죽었다면서? 또 어떤 인민반에도 아예 텅텅 빈집들도 여러 채씩 되고?" 그건 장성택이도 아는 이야기이다.

"예, 아마 그런 모양입니다."

"너 생각에는 어때? 역시 첫째도, 둘째도 식량을 주어야 한다고 생각해?"

"물론 식량을 주면 더 좋지요. 하지만 없는 식량이야 어떻게 하겠습니까? 이럴 때일수록 사상 교양 사업에 더 힘을 넣는 수밖에 없다고 생각합니다." 성택이 이럴 때는 실제로 필요한 말을 해서는 안 된다는 것을 잘 알고 있었다.

'흥, 새끼, 속에도 없는 소릴 … 네가 그렇게 말하면 내가 네 속을 모를 것 같아서.' 김정일이 멸시하듯 속으로 혼잣말을 하며 성택이를 쳐다보았다. 그리고 말하였다.

"물론 사상 교양도 해야 돼. 그런데 그런 사상 교양도 어떻게 하는가에 따라 인민들이 많이 달라지거든. 지금 우리 인민들에게 진짜 필요한 건 쌀이 아니라 강한 충격이야. 이제강이 그 인간 그런 건 잘 본단 말이야. 지금 우리 인민들에게는 쌀을 백 톤을 가져다 주면 2백 톤을 더 달라고 하겠지만, 강한 충격만 잘 주면 한 톤도 주지 않고 불평불만을 입 밖에도 뻥긋 못하게 할 수 있다고 말이야."

"글쎄, 그렇기는 하지만 …"

"동유럽 사회주의 나라들이 왜 망했는지 알아? 그들이 바로 인민들이 불평불만을 말한다고 그걸 얼마간이라도 해결해주느라 궁시럭거리다 망했단 말이야. 문제는 사람들이 불평불만을 말하다간 아예 큰일 난다는 걸 깊이 심어줘야 돼."

장성택은 자기 귀를 의심했다. 불과 얼마 전에 서관히를 총살했는데 또 무슨 강한 충격을 준다는 말인가. 더구나 이제강이 그런 생각을 했다는 데는 놀라지 않을 수 없었다.

이제강이 누구인가. 문성술이 착 밑에 있는 과장이다. 그런데 분명한 건 서관히 총살사건이 사람들한테 큰 충격을 주지 못한 것이다. 다시 말해서 서관히가 김일성이 창조한 주체농법을 어기고 특히 당에서 오랜 기간을 거쳐 육종한 2대 잡종 다수확 작물 벼와 옥수수 종자를 모조리 없애버렸다고 하였다. 그래서 "고난의 행군"이 왔고 인민들은 굶어 죽게 되었다고 하였다. 그리고 평양시내 통일거리에서 총살하였다. 그러나 그 반향은 영 시큰둥하였다. 인민들은 당장 먹고 사는 문제가 급한데 그런 것까지는 관심도 가지지 않았던 것이다. 그리고 일부에서는 아예 믿지도 않는 분위기였다. 서관히가 그렇게 나쁜 놈이었다면 그런 사람을 그런 높은 자리에 올려놓은 사람은 누구인가.

"흥, 우리나라가 어떤 나라인데 서관히 혼자서 그런 짓을 할 수 있단 말이야?"

"서관히가 무슨 미제와 남조선 간첩이란 말이야. 그럼 수령님께서는 남조선 간첩을 당 중앙위원회 비서까지 시켰단 말이야?"

말하자면 서관히 총살 자체에 대해 의혹을 품는 것이었다. 사실 북한에서는 당 중앙위원회의 어떤 개별적 간부도 절대 혼자 나쁜 짓을 할 수 없다. 그게 서관히가 아니라 그 누구라도 절대로 그렇게 할 수 없다. 김정일이 만들어 내린 "당의 유일사상체계를 확립하기 위한 10대 원칙"이라는 것이 있기 때문이다. 그 10대 원칙에는 김일성의 교시와 김정일의 지시에 어긋나는 일을 하는 사람은 그 누구도 용서해서는 안 되고 그런 자그마한 현상에 대해서까지도 당 중앙위원회에 보고해야 한다는 조항이 있다.

"그럼 이번에도 서관히 사건 같은 다른 큰 사건을 만들어서 사람들에게 큰 충격을 주자는 겁니까?" 장성택은 더 말을 하지 못했다.

"아니지. 지난번에는 겨우 서관히 한 사람을 가지고 그랬는데 이번에는 좀 더 범위를 크게 해야겠어. 그래서 누구든 이런 때에 자칫 잘못하다가는 큰일나겠구나 하는 생각을 단단히 심어줘야겠단 말이야."

"그럼, 이번에는 또 누구를?" 장성택이 조심스럽게 물었다.

"여, 성택이. 너 그게 언제던가, 룡성에서 전쟁 때 이력을 기만한 자들이 나타났다고 했지?"

"예. 그런 일이 있었습니다." 성택은 갑자기 김정일이 왜 그 문제를 꺼내는지 몰라 물었다.

1992년이던가, 그런 일이 있었다. 평양시 용성구역 내 일부 사람들이 전쟁 시기 이력을 기만했던 일이 알려져 파문이 일었다. 북한 인민군이 후퇴하고 유엔군이 밀고 올라오면서 일부 사람들이 태극기를 들고 만세도 부르고, 북진하는 유엔군 환영도 하는 그런 일이 있었던 것이다. 그런데 이어 유엔군이 후퇴하고 중공군이 밀려 나오면서 사람들은 그 후과가 두려워 그 일을 일체 비밀로 하였다. 그 후 많은 세월이 흘렀다.

그러다 보니 그중 적지 않은 사람들은 이미 연로하여 돌아갔고, 살아남은 사람들도 모두 70~80을 넘겨 버리었다. 문제는 자녀들이다. 부모들이 전쟁 시기 아무런 잘못도 없는 것으로 되었으니 마음놓고 출세할 수 있었던 것이다. 그래서 어떤 사람은 당 기관에 들어갔고 또 어떤 사람은 보위부나 보안서 등 국가 중요기관에 들어가 요직들을 차지하고 있었다. 그때 용성 구역 안전부에서는 이 문제가 제기되어 김정일의 비준을 받아 깨끗이 처리하였다. 숨진 사람들은 어쩔 수 없었지만 그 자녀들은 모두 현직에서 해임하고 자강도나 양강도 심심오지에 추방하였다. 물론 그때까지 살아 있던 사람들에 대해서는 비록 오래전 일이긴 하지만 경중에 따라 냉혹하게 처리하였다. 그런데 김정일이 갑자기 그때 일을 다시 끄집어내는 것이었다.

"그걸 다시 심화시킬 수도 있잖아. 전국적으로 보면 그렇게 이력을 기만했던 놈들 자녀들 중에서 우리 당과 국가 요직에 끼어들어 한자리 하는 놈들이 얼마나 많겠어? 수령님의 최고 신임까지 받았던 놈들도 얼마든지 있을 수 있단 말이야. 그런 놈들을 발굴해 무자비하게 처리하란 말이야. 알았어?"

"제가 그 일을 맡아 하라는 겁니까?"

"그래. 넌 원래 물에 물탄 것 같은 놈이라 이번 기회에 좀 독한 것도 배워야겠어. 네가 이 일을 맡아 하는 게 여러모로 적합할 것 같아."

"알았습니다." 장성택이 아랫다리가 후들후들 떨려났다. 이것이 어떤 후과를 불러올지는 뻔하였기 때문이다.

"그런데 이번에는 보위부에 맡기지 말고 인민보안서에서 … 가만 그게 누구더라? 그렇지, 채문덕이 그 놈이라면 잘할 수 있을 것 같아. 보안서에서 이 일을 책임지고 전국적으로 벌리도록 해봐."

인민보안서는 말 그대로 그때까지는 상이 백학림이었다. 하지만 그는 항일무장투쟁 때 김일성의 전령병을 하던 사람으로 그때 벌써 70을 넘긴 사람이었다. 그러다 보니 실제 그는 이미 산송장 같은 사람이고 모든 중요한 일은 정치국장 채문덕이 처리하고 있었다. 채문덕이라면 무식한데다 우직해서 이런 일을 어느 정도로 끌고갈지 오히려 그게 걱정스럽지 않을 수 없었다.

"그럼, 보안서 채문덕 정치국장한테 이 일을 맡기란 말입니까?"

"그래. 그 자식이라면 잘할 수 있을 거야. 그리고 문성술이 하고 서윤석이 그 새끼들도 이번 기회에 아예 제껴버려."

"문성술 동지하고 서윤석 동지까지 말입니까?"

"동지는 무슨 동지야? 그래, 문성술이하고 서윤석이 그 새낄, 이번 기회에 아예 제껴버려."

문성술이라면 본부당 책임비서다. 또 서윤석이라면 당 중앙위원회 정치국 위원에 평양시당 책임비서 그리고 평안남도 책임비서까지 하였던 사람이다. 김정일이 그들한테 평소부터 나쁜 감정이 있었던 건 알만하다. 문성술은 지난번 김혜순의 편지를 김일성에게 그대로 올렸고 서윤석은 김일성에게 너무 바투 가까이 갔던 사람이다. 북한 항간에는 이런 말이 떠돈다.

'우리 수령님이 태양이라고 하는 건 맞는 소리 같다.

너무 가까이 가면 타죽고,

그렇다고 너무 떨어져 있으면 얼어 죽지 않으면 굶어 죽는다.

그러니 태양 아닌가'

장성택은 치가 떨렸다. 그러나 하지 않겠다고 할 수는 없었다.

"알겠습니다. 그렇게 하겠습니다." 장성택은 나왔다. 문성술이는 얼마 전 있었던 서호 초대소 비밀회의에까지 부른 사람이다. 이것이 앞으로 어떤 파장을 불러올지는 생각하기도 두려웠다.

그런데 문제는 김정일이 어떻게 이런 발상을 했는가 하는 것이다. 그리고 보면 김정일이 얼핏 이제강의 이름을 거들었던 것이 생각났다. 그렇다면 이 일은 정말 이제강이 때문에 시작한 일인가. 그리고 장성택이 직접 책임지고 하게 된 것도 이제강 때문인가. 이제강이? 이제강이?

어쨌든 장성택이 이 일을 맡은 이상 하지 않을 수는 없었다. 그래서 이날 장성택이 채문덕을 부른 것이다. 밖에서 자동차 소리가 났다. 채문덕이 온 모양이다. 채문덕으로 말하면 참 웃지 못할 일화를 가지고 있는 사람이다. 원래 그는 호위사령부 행사 호위국 군관이었다. 언제인가 김정일이 신의주 낙원기계 공장에 현지지도를 내려가게 되었다. 당연히 평북도 내 도 보위부는 말할 것도 없고 도 당 위원회까지 발칵 뒤집혔다. 김정일이 지나갈 수 있는 모든 도로에 비상 계엄령이 내려졌고 구간별로 리보위원들까지 총동원되어 철통 경계가 펼쳐졌다.

여기에 어느 한 리보위원이 동원되었던 모양이다. 그가 담당한 구간은 낙원기계 공장 입구 어느 다리목 근처였다. 물론 그는 새벽부터 경계 근무에 들어갔다. 그런데 아침부터 온다던 김정일이 오후 다섯 시가 넘도록 나타나지 않았다. 그렇다고 마음대로 자리를 뜰 수도 없고 때마침 뒤가 급했던 모양이다. 도로에는 개미 한 마리 얼씬하는 것이 없는데 그렇다고 도로 변에서 보기도 민망하였다. 보위원이 생각하던 끝에 그사이에야 무슨 일이 있으랴 하고 다리 밑으로 내려갔다. 하지만 바로 그때 먼 곳에서부터 자동차 소리가 나기 시작했다.

아침부터 기다리던 김정일이 오는 것이었다. 보위원은 급한 나머지 볼 일도 제대로 보지 못하고 부랴부랴 허리띠를 움켜쥐고 다리 위로 올라왔다. 바로 그때 차들이 줄지어 쏟아져 나왔다. 보위원은 차렷 자세를 하고 경례를 붙이었다. 하지만 다른 차들보다 한 발 앞서 오던 차가 갑자기 그 앞에서 속도를 죽이더니 딱 멎어서는 것이었다. 보위원은 무슨 일인가 하여 다가갔다.

그런데 바로 그 순간 차에서 세찬 기관총 사격이 쏟아져 나왔다. 따 따 따 따, 갑자기 무슨 일인가 하여 다가가던 보위원은 그 자리에서 정면으로 기관총탄을 받고 쓰러졌다. 차에서 한 사람이 내려 시체를 다리 밑으로 치우고 차는 그대로 지나갔다. 원래 1호 호위 근무규정상 선발 차가 나가는 앞에는 그 무엇이든 정체불명의 것이 나타나면 안 된다. 이유여하를 불문하고 사살하여야 한다. 아니 사람이 아니고 차가 출현한 경우라면 선발 차는 말 그대로 그 정체불명의 차를 향해 육탄으로 돌진하여야 한다.

하지만 이건 너무도 뜻밖이다. 경례까지 붙이다가 차가 멎기에 무슨 일인가 다가오는 보위원을 향해 정면으로 기관총을 쏜 것이다. 이 문제가 김정일에게 보고되었다. 사람들은 채문덕이 크게 처벌받을 줄 알았다. 본인도 부들부들 떨었다. 그런데 뜻밖에도 김정일은 이 일을 알고 크게 칭찬하였을 뿐 아니라 오히려 그에게 사회안전부 정치국장의 중책까지 맡긴 것이다. 호위 사업에서는 백 명의 무고한 사람을 다치게 할 수는 있어도 절대로 한 건의 불의의 사고도 있어서는 안 된다는 것이 김정일의 뜻이었기 때문이다.

그 채문덕이 들어왔다. 개기름이 번질거리는 얼굴이었다. 그래도 웃음을 짓느라고 애쓰는데 그걸 보느니 차라리 우는 걸 보는 게 백번 나을 것 같다.

"장 부부장 동지, 찾으셨습니까?"

"그래. 여기 와 앉으라고."

장성택이 건성으로 악수하며 자리를 권했다.

작은 키에 배까지 불뚝 나온 채문덕은 어떻게 보면 오뚝이 같다는 생각도 든다. 이런 인간들일수록 윗사람한테는 말 그대로 간에라도 붙을 것처럼 아첨하지만 아랫사람에게는 무지하게 악착스럽게 구는 것이다. 하지만 어쨌든 사업은 사업이다.

"정치국장 동무, 내가 왜 동무를 찾았는지 알겠습니까?"

"예. 장 부부장 동지, 무슨 맡기실 일이라도 있습니까?" 채문덕이 조심스럽게 물었다.

"우리 동무에게 중요한 일을 맡기려고 하는데 …" 장성택은 채문덕에게 김정일한테서 전해들은 이야기를 그대로 했다. 주민등록 사업을 더욱 심화시켜야겠다는 것, 그래서 전쟁 때 이력을 기만하고 당과 국가의 요직에 끼어들었던 사람들, 특히 김일성의 특별 신임까지 받았던 문성술과 서윤석이까지 그들의 이름은 특별히 찍었다. 철저히 검증하여 그에서 걸린 사람들은 가차 없이 제거해야 하겠다는 등의 이야기를 하였다.

"문성술 동지나 서윤석 동지까지 말입니까?" 그가 숨을 딱 멈추고 물었다. 그로서도 자기로서는 감히 상상할 수도 없는 거물들인 이들까지 제거하라는 데는 숨이 딱 멈춰지지 않을 수 없었던 모양이다.

"그래. 윗분의 말씀도 있었으니 특별히 잘 봐야겠습니다." 윗분이라면 더 말하지 않아도 김정일이란 것이다.

"알 … 알겠습니다." 채문덕의 눈에 맹견의 그것과 비슷한 빛이 어리었다. 그다음 일은 더 말할 필요도 없다.

북한 전역에서 이른바 "심화조"라는 특별한 이름을 가진 비상지도소조가 조직되었다. 말 그대로 저승사자 조직이었다. 당 간부며 행정 간부며 상관이 없었다. 걸리면 무조건 총살이었다.

다시 말하지만 이때 기본 실권은 전적으로 사회안전부 정치국장 채문덕이 행사하였다. 참으로 얼마나 많은 사람들을 죽였는지 모른다. 성택이 생각할수록 기가 막혔다. 그러나 그로서 할 수 있는 일은 아무것도 없었다.

특히 보위부, 당 기관 인민보안성 등 권력기관 숙청에 초점이 집중되었다. 마지막 단계에 당 중앙위원회 조직지도부 제1부부장이었고 본부당 책임비서였던 문성술이와 당 중앙위원회 정치국 위원이며 평양시 당 책임비서, 이후에는 평남도당 책임비서까지 하였던 서윤석까지 체포되었다.

이건 다시 말하지만 전적으로 김정일의 직접적 주관에 의해 이루어진 일이다. 그들까지 꼼짝없이 정치범 수용소로 끌려갔다. 그 정도의 거물들까지 잡아갔으니 얼마나 많은 사람들이 잡혀가고 총살당하였겠는가. 당연히 사람들 속에서 좋지 못한 소문이 돌 수밖에 없었다.

김일성에게 충신으로 일하던 사람들은 모두 잡혀간다. 무슨 간부든 김일성 충성파는 용서없다. 이 심화조 사건을 직접 취급하던 사람들은 대체로 인민보안성 사람들이다. 당연히 자기들 눈에 거슬리던 사람들은 모조리 잡아가고 처형하였다.

그러던 중 어느 날 김정일이 또다시 장성택을 불렀다.

"여, 성택이, 너 요즘 소문 들었지?"

장성택도 이젠 나이가 적지 않은데 김정일이 언제 한번 그를 성택 동무라고 불러준 적도 없다. 그저 저희집 꼴머슴 부르듯 한다. 하긴 자기 아버지 김일성까지 "되박" 또는 "영감탱이"라고 부르는 김정일이고 보면 놀랄 것도 없다.

"무슨 소문 말입니까?" 장성택이 짐작이 가지 않는 건 아니었지만 조심스레 물었다.

"밑에 새끼들이 뭐 우리 '되박'한테 충성하였던 사람들은 다 잡아다 죽인다고 지껄인다면서?"

"아니, 전 아직 그런 소문까진 못 들었습니다."

"듣지 못하긴 뭘 듣지 못해? 이젠 채문덕이 그 새낄 거둬들일 때가 된 것 같아."

언제인가 이런 날이 오리라는 것은 알았지만 차마 사람잡이에 달이 오른 채문덕에게 그런 것까지 말해줄 수는 없었다.

"인민보안성 정치국장을 말입니까?"

"그래. 그 새끼를 거두어 들여서 누가 그렇게 당과 인민대중을 이탈시키라고 했는가 처리해 버려."

"알았습니다." 장성택이 대답하는 수밖에 없었다.

"이번에는 호위사령부를 동원해서 조용히 처리하란 말이야."

"알았습니다. 그럼 이미 잡아들인 사람들은 어떻게 처리하면 좋겠습니까?"

"그건 마음대로 해. 김영룡이 다 생각이 있는 것 같던데 그대로 하게 해."

장성택은 나오면서 속으로 또 한숨지었다. 차라리 이런 사정을 모른다면 편안할 것이다. 그런데 곁에 있으면서 이런 인간을 지도자라고 충성을 다하는 척 살아야 하는 자신이 불쌍하기도 했다. 하지만 어쩔 수 없었다.

먼저 호위사령부 참모장을 불렀다. 이때 호위사령관은 이미 전문섭이 아니었다. 이을설이었다. 하지만 그도 역시 이름만 호위사령관이고 실제 일은 참모장이 다 하였다. 호위사령부 참모장에게 당의 뜻이라고 하면서 채문덕을 거두어들이라고 하였다.

그리고 쥐도 새도 모르게 처리할 것을 지시했다. 물론 호위사령부

참모장은 그러지 않아도 자기가 아는 사람들 중에 채문덕이한테 여러 명 당했던지라 이를 갈던 차였다. 하여 김정일에게 충성을 다하기만 하면 모든 문제가 훤히 풀릴 줄 알았던 채문덕이 어느 날 조용히 끌려가 처형되고 말았다.

장성택이 국가보위부 제1부부장 김영룡을 불렀다.

"부부장 동무, 거 당신네 정치범 관리소에 갇혀 있는 "심화조" 사건 관련자들 때문에 이미 각하와 이야기가 있었다면서?"

"아, 그 일 말인가? 이미 이야기가 있었네." 김영룡이 웃으며 대답했다.

"어떻게 하기로 했는데?"

"모조리 석방하라는 지시야. 그런데 석방해도 어떻게 석방하라는지 아나?"

"어떻게 석방하는데?"

"내가 그 양반보고 '민생단 문서 보따리 불사르는 놀음'을 하겠다고 했지. 그러니까 그 인간 아주 좋아서 그렇게 하라고 하더군."

"뭐? '민생단 문서 보따리 불사르는 놀음'?"

"그래. 그래서 당일에는 나뿐이 아니라 자네까지 우리 15호 관리소에 한번 같이 갔다 와야겠다는 걸세. 당의 광폭정치를 알려주자면 당일군이 반드시 가야 할 게 아닌가?"

"그건 동무가 제기한 거지?"

"그래, 내가 제기했네. 이 기회에 장 부부장 동무도 정치범 관리소라는 데를 한번 가보는 것도 나쁘지 않을 것 같고."

"정말 기막히구만. 아니 지금이 어느 땐데 그런 '민생단 문서 보따리 불사르는 놀음'이나 한단 말인가?"

"흥, 그거야말로 병 주고 약 준다고 하겠지. 하지만 어떻게 하겠나? 우리도 그렇게라도 해야 이 자리에 좀 더 붙어 있을 게 아닌가?"

"사람도 참 한심하기는… 알았네." 장성택이 이렇게 되어 또 어쩔 수 없이 15호 정치범 수용소에 내려갔다 오지 않을 수 없게 되었다.

7
광폭정치

"민생단 문서 보따리 불사르는 놀음"이란 다
음과 같다.

1930년대 초 항일연군 2군 근거지인 왕청, 화룡, 연길, 훈춘 지역에
서 "반 민생단" 투쟁이 극심하게 전개되었다. 말하자면 유격 근거지
안에 일제가 "민생단"이라는 주구 단체를 조직하였다는 것이다. 그것
을 각 유격 근거지별로 뿌리를 뽑는다고 미친 듯이 "반 민생단" 투쟁을
벌인 것이다.

물론 처음에 그런 조직이 있었던 건 사실이었다. 서울 매일신문
부사장 박석윤이란 자가 동만을 방문하면서 이런 친일 조직을 만들었
다. 하지만 워낙 그 세력이 미약한 데다 활동도 미미하여 얼마 가지

못하고 스스로 해산하고 말았다. 그런데 동만 유격 근거지에서는 그게 아니었다. 근거지 안에 이런 친일 조직이 있다는 것을 처음 발견한 것은 바로 최룡해의 아버지, 최현이다.

1933년 9월 연길현 왕우구 유격 근거지에서 대원들과 함께 최현이 저녁식사를 하고 나왔다가, 우연히 수상한 사람 몇이 마을 밖에서 배회하는 것을 발견하였다. 이상한 생각이 들어 "다레상"이란 낡은 총을 옷 속에 숨겨 가지고 그들 가까이 다가갔다. 그러자 갑자기 그 사람들이 먼저 사격하며 도망치는 것이었다. 최현이 그들 중 둘을 사살하고 한 명을 산 채로 잡았다. 그로부터 근거지 안에 "민생단"이란 일제 주구 단체가 조직되었다는 것을 알게 되었다.

물론 최현은 이 사실을 곧 윗 조직에 보고하였고, 그 다음부터 근거지 안에서는 반 민생단 투쟁이 미친 듯이 벌어지기 시작하였다. 각 현 근거지마다 즉시 숙반 위원회(내부 반탐 위원회)라는 것이 조직되고 나중에는 고문과 학살로 만들어 낸 "민생단" 숙청 실적 경쟁까지 하게 되었다. 근거지에 "민생단"이란 일제 주구 단체가 있다는 것을 처음 발견한 최현까지도 나중에는 민생단 혐의자로 몰리게 되었다. 아니 최현은 더 말할 것도 없고 김일성까지도 그 혐의자로 몰리게 되었다. 실로 수백 명의 무고한 사람들이 "민생단"으로 몰려 처형되었다.

결국 이런 사태가 중국 공산당 만주 성위(중국공산당)에 보고되지 않을 수 없었다. 중국공산당 만주 성위에서는 이 문제를 신중하게 토의하고, 당장 진정시킬 것을 주보중에게 위임하였다. 하여 주보중이 1936년 1월 20일 영안현 북호두에서 이 문제를 가지고 회의를 열고 그때까지 잡혀 있던 모든 "민생단" 혐의자들을 풀어줄 것을 지시했다. 이에 따라 1로군 정치위원이었던 위증민이 1936년 2월 영안현 남호두에서 다시 회의를 열고 새로 2군 6사 사장이 된 김일성에게 그 혐의자들을 모두 풀어줄 뿐만 아니라 그들을 전부 6사에 받아들일 것을 지시하였다.

결국 김일성은 위증민의 지시를 받아 1936년 5월 무송현 미혼진에서 민생단 혐의자로 있던 100여 명의 사람들을 모두 자기 부대에 받아들이었다. 그러면서 여기서 이들 모두의 혐의 문서 보따리를 불태워 버리는 사건이 있었다. 북한에서는 이것을 마치 김일성이 단독 결심으로 불태운 듯이 이야기하고 있다. 하긴 김일성을 항일 유격대의 창건자로 또 위대한 사령관으로 묘사하였으니 그렇게 할 수밖에 없었을 것이다. 아무튼 이것이 바로 민생단 문서 보따리 소각 사건이다.

그런데 이것을 흉내 내서 무고하게 갇혔던 정치범 수용소 사람들을 다시 풀어주고 김정일의 광폭정치를 선전하라는 것이었다. 참으로 병 주고 약 준다더니 이것이야말로 너무한 일이 아닌가.

하지만 장성택은 그것이 김정일의 지시라고 하니 요덕 수용소에 가지 않을 수 없었다. 원래 김영룡이와 함께 내려가려 했으나 그는 무슨 볼 일이 있다고 하루 먼저 내려가고 성택이는 다음 날 일찍이 내려갔다.

요덕읍에 도착하고 보니 약속한 시간보다 몇 시간 먼저 내려왔다. 요덕 정치범 수용소로 가자면 읍에서 나와 얼마간만 더 가면 되었다. 차가 읍을 지나려는데 운전사가 갑자기 차를 세우는 것이었다.

"저, 부부장 동지, 아직 시간도 있는데 저 여기 잠깐 집에 들렀다 가면 안 되겠습니까?"

"집에? 가만 동무 집이 여기 있던가?" 그리고 보니 운전사 집이

요덕이라던 것이 생각났다.

"여기가 바로 저희집이란 말입니다. 저기 벽돌집이 바로 저희집이구요. 아버지가 여기 읍 이당 비서를 합니다."

"들어갔다 오라고. 난 여기서 두루 상점이나 돌아보고 있을게."

"아니, 부부장 동지도 같이 들어갑시다. 저의 부모님들도 대단히 기뻐하시겠는데?"

"아니 사람도 참, 그러면 미리 이야기라도 하지. 그럼 뭘 좀 준비해 왔을 건데."

"제가 이미 다 준비했습니다. 부부장 동진 그저 함께 들어갔다 오면 됩니다."

"아니 이 사람아, 어떻게 그렇게야 하겠나. 그러지 말고 이번에는 동무 혼자 들어갔다 오라고. 다음에는 나도 함께 들리지."

성택이 끝내 만류하고 상점이나 돌아보겠다고 떨어졌다. 운전사 혼자 들어갔다. 성택이 먼 길을 오다 보니 온몸이 뻐근하였다. 가볍게 걸어도 보면서 식료상점이라고 간판을 붙인 건물 앞으로 다가갔다. 하지만 가는 날이 장날이라더니 문을 닫았다. 그곳은 마침 요덕군 중심가인 모양이었다. 아파트 같은 것도 몇 채 보이고 영화관 같은 것 앞에서는 개가 늘어지게 하품을 하고 있었다. 마침 금야 쪽에서 올라오는 버스가 서더니 한무리의 사람들이 쏟아져 내렸다.

누구라 할 것 없이 허름한 옷차림에 모두 피골이 상접한 모습이다. 누구도 성택이를 알아볼 사람은 없었다. 누가 이런 촌구석에 성택이같이 어마어마한 간부가 나타날 줄을 생각이나 했으랴. 저마다 살기 바쁘다 보니 눈여겨보는 사람도 없었다. 누가 그랬던가, 그곳 사람들의 사는 형편을 제일 잘 알고 싶으면 장마당을 둘러보라고 말이다. 성택이 장마당을 찾는데 그에서 멀지 않았다. 거기서 얼마 멀지 않은 용흥강 동뚝 너머에 바로 있었다.

이미 생각은 하고 있었지만 매대도 따로 없었다. 맨 봉당에 거적 같은 것을 깔고 뭘 사고팔고하였다. 구름처럼 날리는 먼지는 말할 것도 없고 고달픈 인생길에서 지칠 대로 지친 아낙네들이 악을 쓰는 소리가 들리었다. 그 속에서도 뭔가 쩝쩝 먹는 사람이 있는가 하면 승냥이같이 누런 이빨을 드러내고 낄낄거리는 사람도 있었다. 여러 줄로 길게 늘어앉은 행상들 중에는 중국제 크림 한두 통을 놓고 입이 찢어지게 하품하는 여인도 보이고, 먹일 것이 없어 끌고 나온 듯한 제대로 일어서지도 못하는 강아지를 안고 나온 사람도 보였다. 가만 저건 또 뭐란 말인가.

"팽돔, 꺽꺽 막힘, 한 모금만 빨면 전주대를 잡고 30분." 누런 신문 지에 오리발 글씨지만 내용만은 완전히 우리식이다. 담배가 너무 독해 서 한 모금만 빨아도 머리가 팽 돌고, 목이 꺽꺽 막히며 전주대를 잡고 30분 서 있어야 한다는 것이다. 전혀 꾸밈새 없는 소박한 우리식 상품 광고다.

갑자기 장마당이 술렁거리기 시작했다. 특히 떡이며 두부며 음식 물 따위를 가지고 나왔던 아낙네들은 서둘러 감추느라 정신들이 없었 다. 웬일일가. 어럽쇼! 장마당이 한눈에 보이는 뚝 위에 웬 낮도깨비 같은 놈들이 나타났다. 셋이었다.

계급장을 단 걸 보면 분명 군대인 것 같은데, 아 참 그 몰골들하고 는 … 둘은 신발조차 군대에서 내주는 것이 아니다. 어디서 뭣하고 바꿔먹었는지 동네 늙은이들도 신지 않는 넓적 고무신을 꿰고 철떡거 린다. 또 한 놈은 모자조차 없다. 아니 있기는 한데 웬 처녀들의 꽃모자다. 하지만 명색이 꽃모자지 필요에 따라 서슴없이 깔고 앉았던 듯 마른 소똥도 그보다는 나으리라. 소련 영화 "철의 흐름"에 나오는 꼬쥬흐의 병사들도 이렇지는 않았을 것이다. 어디선가 이미 한 잔 걸친 모양이다. 얼굴 모두가 수수떡인데 그래도 뭔가 질겅질겅 씹으며 오는 꼴은 자신도 같은 사람인 것이 창피할 지경이었다.

그들 때문에 결국 사람들은 서둘러 감출 것을 감추고 숨길 것은 숨기느라 정신이 없는 것이었다. 그러거나 말거나 그게 오히려 기분 좋았는지도 모른다. 셋은 사람들이 튀어준 길을 따라 가운데로 걸어왔다. 장마당 한가운데 왔을 때였다. 모두가 자기 행상들을 붙잡고 그들이 지나가기만 기다리는데 할머니 하나만 감감 모르는 모양인 것 같다. 연세 때문인지 가는귀가 좀 잡수신 모양이다.

주위에서 그토록 술렁거리는데 계란 여남은 알이 담긴 광주리를 앞에 놓은 채 졸고 있다. 때가 어느 때라고 경각심 없이 졸고 있단 말인가. 사람들은 모두가 조마조마해서 그들 지나가기만을 기다리는데 셋은 태연하게 그 앞을 걸어간다. 다행히도 그냥 지나가는가 싶다. 아니 그래도 할머니라고 배려했을 수도 있으리라.

하지만 일은 바로 그 순간에 일어나 터졌다. 이게 웬일이란 말인가. 셋 중 마른 소똥모자가 비호같이 몸을 날렸다. 실로 병아리 채는 독수리 같은 모습이다. 불시에 할머니 계란 광주리를 통째로 빼앗아 들고 내뺀다. 어떻게 보아도 김정일 장군이 키워낸 무적의 강도 군대가 따로 없다. 사람들이 깜짝 놀라 '우— 우—' 소리만 치는데 이건 또 뭐란 말인가. 광주리를 들고 도망치는 놈은 놈이고 할머니가 갑자기 허깨비같이 넘어져 먼지 봉당으로 덜덜 끌려간다.

"아이고, 사람 죽는다. 이거 놔라." 할머니가 끌려가며 모기 같은 소리로 비명을 지르는데 그래도 그놈은 광주리를 놓지 않았다.

"야, 이 놈 새끼야. 사람 죽는다. 이거 놔라." 할머니가 마지막 힘을 다 쓰는 것 같은데 그놈이 그래도 광주리를 놓지 못하고 달아나 려고 안간힘을 썼다. 누가 알았으랴, 할머니가 그런 일이 있을 줄을 미리 알고 계란 광주리를 바 오래기로 자기 발목과 연결해 놓았을 줄이 야. 마른 소똥모자가 마침내 혀를 빼물고 멈춰서 헐떡거린다.

"에이, 진짜 악질 노친네군."

광주리를 아무렇게나 집어 던지니 계란이 깨어져 먼지 위에 흐른 다. 할머니가 엉금엉금 일어나 깨진 계란을 모으고 김정일 장군의 군대 는 누런 이빨을 드러내고 다른 사냥감을 찾아 떠났다.

참으로 러시아 10월 혁명 이후 우크라이나 일대에서 활동하였다 는 무정부주의자 두령 마흐노의 군대가 울고 갈 지경이다. 보면 볼수록 기막힌 참상들뿐이었다. 성택이 그 군인들의 지휘관들을 찾아 혼내줄 생각도 해보았다. 하지만 그런 군인들이 어디 그곳 요덕뿐이겠는가 하는 생각이 들었다. 성택은 그냥 돌아서고 말았다.

한숨이 나왔다. 가슴이 아팠다. 자기는 도대체 뭔가 하는 생각이 들었다. 잠시 후 운전사가 나와, 함께 수용소로 향하였다. 수용소 정문 에는 김영룡이 벌써 와서 기다리고 있었다.

"장 부부장 동무, 오느라고 수고했습니다. 거리가 꽤 멀지요?"

"예. 워낙 멀기도 하지만 길이 나빠서 더구나 고생했습니다. 뭐 별일 없었지요?"

"뭐, 별일은 없었는데, 중앙당 본부당 책임비서였던 문성술이 자살 했습니다."

"아니, 문성술이 자살했다니?"

"예. 하루 이틀만 더 견디었으면 모든 것이 해명되었겠는데 끝내 견디지 못하고 자살했습니다." 이건 장성택한테도 충격이었다.

"그러면 서윤석 동지는 어떻게 됐습니까?" 앞에서도 이야기하였지만 당 중앙위원회 정치국 위원에 평양시 당 책임비서 후에는 평안남도 당 책임비서를 하였던 사람이다.

"서윤석이는 아직 그대로 있지만 정신이 좀 이상해진 것 같습니다." 그것도 충격이 아닐 수 없었다. 아무튼 정치범 수용소라는 곳이 어떤 곳이기에 이런 사태까지 일어나는가 생각해보지 않을 수 없었다.

김영룡이 그를 안내하여 소장실로 데리고 들어갔다. 거기는 그래도 제법 갖출 건 다 갖추고 있었다. 그 산골에서도 어디서 날라다 놨는지 소파도 가져다 놨고 창문에는 커튼 같은 것도 쳐 놓았다. 족제비 같이 생긴 소장이 들어와 인사를 하였다.

"15호 관리소 소장입니다."

"그래, 수고가 많겠구만."

"수고랄 게 있습니까? 친애하는 지도자 동지 높은 뜻을 받들어 모든 걸 다할 뿐입니다." 어딜 가나 들을 수 있는 판에 박은 듯한 소리다.

"그런데 좀 기다려야 할 것 같습니다. 작업 나갔던 죄수들이 아직 돌아오지 않아서 조금 기다려야 합니다."

"그래? 그럼 조금 기다리지." 성택이 소파에 앉아 좀 전에 요덕 장마당에서 보았던 그것을 생각하고 있었다. 그러다 어떻게 창문 밖을 내다보았다. 십여 명의 여성 죄수들이 트랙터 짐칸에 파벽돌들을 싣고 있었다. 무슨 건물을 부순 것을 다시 실어다 쓰려는 모양이었다.

"아, 완전통제 구역 여성 소대원들이 파벽돌을 실으러 왔습니다."

족제비 소장이 성택이 보는 것을 보고 얼른 먼저 말해주었다. 이럴 줄 알고 왔지만 하나같이 몰골들이다. 정말이지 장작개비에 비닐 박막을 씌워봐도 그보다는 낫겠다. 거기에다 헌 넝마 같은 것을 대충 가리고 그래도 그 무거운 벽돌을 들어 차에 실었다. 일하는 것도 힘은 하나도 없고 마지못해 무거운 몸을 움직이고 있을 뿐이었다. 여자라니 여자인 줄 알지 겉으로 봐서는 전혀 구분이 가지 않았다.

"소장 동무, 이제까지 여기서 탈출한 사람은 없습니까?"

"허허. 탈출하자고 해도 힘이 있어야 탈출하지요. 뭘 먹은 게 있어 여기서 탈출한단 말입니까?" 김영룡이 대신 대답했다. 하긴 일하는 여성 죄수들만 봐도 모두가 헝겊 막대기 같은데 무슨 힘이 있어 탈출하랴.

바로 이때였다. 문득 한 옆에 총을 메고 서 있던 경비병이 자기가 먹던 옥수수 이삭을 여성 죄수들에게 던져줬다.

뜻하지 않은 일이 일어났다. 그 무거운 벽돌을 차에 싣던 여자들 중에서 몸이 제일 약하고 나이도 어려 보이는 한 처녀 아이가 힐끔힐끔 보초병의 눈치를 보더니 강냉이 이삭을 주어 좀 나이 들어 보이는 한 여인한테 가져다 주었다. 그 여인은 금방이라도 쓰러져 다시 일어나지 못할 것 같았다.

하지만 그 여인이 지긋이 보초병을 쏘아보더니 조금씩 그 강냉이 알을 부셔냈다. 자신이 먹으려고 그러는 줄 알았는데 그게 아니었다. 그 강냉이 알을 다른 사람들한테 몇 알씩 골고루 나누어주었다. 자기 몫은 하나도 남기지 않고서 말이다.

성택이 기가 막혔다. 이 정치범 관리소로 말하면 말 그대로 중세기적 폭압으로 사람들을 다스린다. 특히 먹을 것으로 사람들을 모조리 광인으로 만든다. 때문에 누구든 이 안에만 들어오면 불과 두석 달도 되기 전에 산 미이라가 되어, 끝내는 먹는 본능만 남는다.

그런데 장성택의 눈앞에서 일어난 일은 너무나도 뜻밖이었다. 오히려 밖의 사람들보다도 더 도덕적인 것이다. 이런 사람들을 정치범이라고?

"저기, 지금 강냉이 알을 나누어주던 여자 누군지 아십니까?" 관리소 소장이 하는 말이다.

"누군데?"

"저 여자가 바로 김광협의 딸년입니다. 광협이 아들놈이랑은 모두 함경북도 하성 정치범 수용소에 가고, 저 딸년만 여기 떨어졌습니다."

장성택이 기가 막혔다.

김광협이 누구인가. 동북 항일연군 2로군에서 지대장까지 하였던 사람이다. 6.25전쟁 때에는 사단장을 하였고 1958년부터는 최용건의 뒤를 이어 2대 민족보위상(국방부장관)을 하였다. 그리고 그 이후에는 바로 김일성의 아래였던 내각 제1부수상을 하였다. 하지만 끝까지 김정일이 후계자로 되는 것을 반대하였다가 결국 이렇게 된 것이다.

그뿐만도 아니다. 김창봉이, 허봉학이, 석산이, 정병갑이, 유장철이 … 실로 얼마나 많은 노 혁명가들이 김정일의 후계자 책봉에 걸림돌이 되어 정치범 수용소에 끌려갔던가. 장성택이 기가 막혔다.

더 말이 나가지 않았다. 그래서 잠시 후 회의 준비가 되었다고 이들을 데리러 왔을 때에도 거의 자기 정신이 없이 기계적으로 나갔다. "심화조" 사건으로 끌려온 사람들도 3~4백 명은 잘 되었다. 그들은 기껏해야 잡혀 들어온 지 불과 2~3년 밖에 되지 않았다고 하는데도 사람이라고 알아보기 어려울 정도였다. 소련 영화에 나오는 갓 해방된 독일 아우슈비츠 수용소 사람들 같았다. 삐쩍 마른 몸매, 쑥 빠져 나온

광대뼈들, 꼭 모두가 다시 말하지만 하나같이 장작개비에 비닐 박막을 씌운 것 같았다.

회의가 진행되었다. 성택이보고 무슨 연설을 하라고 해서 이미 준비했던 각본대로 읽었다. 대체로 김정일의 현명한 영도와 온정 깊은 사랑에 대해 이야기했던 것 같다. 차마 말이 나가지 않았지만 억지로라도 할 수밖에 없었다. 성택의 말은 5분도 가지 않았다. 거의 모든 것이 기계적으로 될 수밖에 없었다. 마지막에 그들이 보는 앞에서 정말 옛날 김일성이 "민생단" 문서 보따리를 불태웠다는 것처럼 진술서니 자백서니 하는 것들을 모조리 불태우는 시늉도 해보았다. 그리고 나서 성택은 회의도 끝나기 전 평양으로 올라오는 차에 몸을 실었다.

평양에 올라왔을 때는 9시도 넘은 시간이었다. 그러나 장을 뒤져 술 한 병을 꺼냈다. 빈 거실에 혼자 앉아 마시기 시작했다. 경희가 나왔다. 경희는 워낙 몸이 약한 데다 자꾸 앓다 보니 서로 다른 방을 쓴 지 한참되었다.

"당신, 오늘 출장 갔다 무슨 기분 나쁜 일이 있었어요?" 경희가 묻는 말이었다.

"여보, 난 도대체 누구라고 생각되오?"

"당신이 누구긴 누구겠어요? 당신이지." 경희가 영문을 몰라 대답하였다.

"아니, 난 도대체 무슨 사람인가 말이야?" 성택이 한 잔 들이켜고 다시 물었다.

"글쎄, 그렇게 물으면 제가 뭐라고 대답해야겠어요? 당신이야 그냥 당신이지." 경희는 여전히 성택이가 묻는 말을 몰라 말하였다.

성택이 낮에 요덕 장마당에서 본 이야기를 하였다. 그리고 또 요덕 수용소에서 본 이야기를 하였다.

"어떻게 하겠어요? 그렇게 하지 않으면 그들이 우리를 짓밟는다는데 할 수 없지요."

"그래서 우리는 지금 우리가 살기 위해 인민들과 전쟁을 하는거요?"

"아니, 전 그런 건 모르겠어요. 그저 지금처럼 사는 게 좋지 않아요?"

"지금처럼 사는 게 좋지 않은가? 당신이나 좋겠지. 그걸 위해서 당신 오빠는 모든 것을 다해 인민들과 싸우고 있고." 말이 목구멍까지 나갔지만 끝내 입속에 삼키고 말았다.

"당신, 먼 곳에 출장갔다 오느라 피곤하겠는데 일찍이 쉬세요." 경희는 들어갔다.

이날 밤 성택은 오래도록 잠을 이루지 못하였다.

나는 과연 누구인가.

풀려고, 풀려고 해도 풀 수 없는 의문부호에 휩싸인 채 오래도록 뒤척였다.

8
"7.1경제관리개선조치"

1990년대 여기 남한에서 "강철전사"라고 이름 날렸던 김영환이라는 사람이 북에 가서 김일성을 만나고 왔다. 그 사람이 김일성을 보고 1940년대에서 완전히 박제화된 것 같더라고 하였다. 가장 김일성을 옳게 본 사람이라고 생각된다.

김일성은 죽는 순간까지 스탈린주의, 모택동주의로 박제화되어 있었다. 1978년 중국에서 처음으로 개혁 개방 정책을 실시하자 김일성은 중국이 망하지 않으면 자기 손바닥에 장을 지지겠다고 하였다. 그런데 중국이 망하기는 고사하고 뜻밖에도 급격하게 달라지는 모습을 보여주기 시작하자 김일성이 할 말이 없어졌다.

그래서 북한에서도 개혁 개방의 움직임이 있었던 건 사실이다. 당시 내각 부총리였던 김환이 농촌에서 세대 도급제를 실시하자고 했다. 말하자면 개인 농업을 실시하자는 말을 못해서 세대 도급제를 하자고 한 것이다. 그때까지 집단 영농으로는 더는 농민들의 창조적 열의를 불러일으킬 수 없고, 그것이 오히려 농업 발전에서 새로운 질곡으로 작용한다고 보았기 때문이었다.

하지만 이것이 곧 김일성의 엄청난 분노를 불러왔다. 그가 북한에 자본주의를 불러오려 한다고 목이 떨어져, 어느 지방 산간벽지로 쫓겨가고 말았다. 김일성은 계속 사회주의 계획경제만 그대로 밀고 나가야 한다고 주장하였다. 그런데 경제가 나아지기는 고사하고 점점 더 헤어날 수 없는 수렁에 빠지고 말았다. 특히 1980년대 후반 1990년대 초 소련을 비롯한 동유럽 사회주의 나라들이 모두 무너지면서 북한 경제는 완전히 사면초가에 빠지고 말았다.

김정일도 북한 경제의 개혁 개방에 대해 생각해보지 않은 것은 아니다. 1983년 6월부터 2011년 5월까지 7차례에 걸쳐 중국을 방문하면서 천지개벽하는 중국의 모습에 감탄하지 않을 수 없었다. 그런데 왜 그렇게 중국의 성과에 감탄을 하면서도 자신은 나라를 개혁 개방의 길로 이끌지 못했는가.

한마디로 말하면 자기 자신이 최고 권력을 차지하기 위해 김일성의 혁명업적을 너무 과장한 것 때문이다. 김일성을 완전히 신 같은 존재로 만들어 놓았다. 열네 살에 "타도 제국주의 동맹"을 조직하였고, 열여덟 살에는 "반제 청년 동맹," 스무 살에는 항일 유격대라는 것을 조직하였다고 하였다. 그리고 그와 관련된 수많은 소설과 영화들까지 만들어 놓았다. 당연히 70년대 이후 북한에서 나서 자란 사람들은 그런 줄만 안다. 그때까지는 아직 김일성과 같이 항일한 사람들도 적지 않게 남아 있었고 또 역사의 진리를 아는 사람들도 아직 꽤 있었다. 이들을 견제하기 위해 그렇게 했던 것이다.

그런데 일단 그렇게 해서 나라 최고 권력을 잡고 보니 문제가 생겼다. 자신이 한 거짓말이 모두 그의 발목을 잡는 쇠사슬이 되고 말았던 것이다. 그 모든 진실이 알려지게 되면 김정일이 그 자리에 앉아 있을 명분이 있을까?

1995년 1월 1일에 있던 일이다. 그때까지만 해도 아직 여기저기서 배급을 주지 못한다는 말이 있긴 했지만 본격적인 "고난의 행군"은 시작되지도 않았다. 김정일이 중앙방송위원회 위원장 주창준이를 비롯하여 북한 간판 방송원들인 전응규, 이춘희, 최송원 등 10여 명의 사람들을 자기 사무실에 불렀다. 당연히 이 사람들은 무슨 영문인지도 모르고 그저 김정일이 부르기 때문에 갔다. 김정일이 말했다.

"동무들, 잘 왔소. 지금 사람들은 나보고 우리도 개혁 개방을 하자고 하는데, 그래 정말 꼭 그렇게 해야 되겠소?"

물론 갔던 사람들은 하나같이 김정일을 위해서라면 검은 것도 희다고 할 사람들이다. 그러다 보니 대뜸 김정일의 의중을 파악하였다.

"아닙니다. 장군님. 우리는 어떤 일이 있어도 절대로 개혁 개방할 수 없습니다. 우리 길이 따로 있습니다. 개혁 개방은 사회주의를 망치는 길입니다." 위원장 주창준의 말이었다.

김정일은 말하였다.

"옳소. 내가 동무들을 믿고 동무들은 나를 믿고 따라주오. 우리 함께 노래나 부릅시다." 그래서 함께 어깨를 걸고 "동지애의 노래"라는 것을 불렀다고 한다.

가는 길 험난하다 해도 시련의 고비 넘으리

불 바람 휘몰아쳐 와도 생사를 같이하리라

천금 주고 살수 없는 동지의 한없는 사랑

다진 맹세 변치 말자 한 별을 우러러 보네

김정일이 눈물을 흘리었다. 그러자 갔던 사람들도 모두 함께 목
놓아 울었다는 것이다. 보나 마나 같이 갔던 사람들은 왜 우는지 알지도
못하고 울었을 것이다. 말하자면 다른 사람은 몰라도 김정일은 그때
벌써 "고난의 행군"이라는 엄혹한 시련이 닥쳐온다는 것을 이미 알았다
는 이야기다.

실로 그렇게 되었다. 나라 경제는 여지없이 무너지고 농촌까지 피
폐해졌다. 수백만 사람이 굶어 죽고 수십만 사람들이 살길을 찾아
두만강과 압록강을 넘어 3국으로 떠나갔다. 중국으로, 몽골로, 동남아
시아 나라들로, 결국은 나서부터 철천지원수, 미제의 앞잡이 나라라고
하던 대한민국으로 왔다.

아무리 돌 같은 김정일이라 하여도 생각이 없을 수는 없었던 모양
이다. 2001년 5월 어느 날이다. 밤도 웬만큼 깊었는데 김정일이 장성택
이를 찾았다. 그것도 자기집에서였다. 김정일이 혼자 방에서 술을 마시
고 있었다.

"장군님, 찾았습니까?"

"그래, 앉아." 정일이 커다란 컵에 술을 하나 가득 따라줬다.

"야, 성택이. 너도 나 무섭니?"

뜻밖에 질문이었다. 어떻게 대답하면 좋을지 몰라 어물어물하다가
말했다.

"아니 무섭기는 뭐, 그저 사업상 계선은 정확히 지켜야겠으니 그러는 거지요."

"이 새끼, 또 거짓말을 늘어놓는구나." 김정일이 탄식하듯 말했다.

"우리 '되박'한테는 그래도 김책, 정준택 같은 충신도 있었는데 왜 나한테는 그런 사람이 한 명도 없는 거야?"

"저희들 모두가 충신이잖습니까?" 성택이 모르는 척하고 한마디 하였다.

"개새끼, 충신은 무슨 충신이야? 너희들은 모두 삽살개들이지. 그저 내 눈치나 보면서 어떻게 하든지 자리나 지키기 위해 전전긍긍하지 않아? 자, 너도 한 잔 마셔."

"알았습니다."

성택이도 조금 마셨다. 안주도 없었다. 탁자 위에 땅콩 한 접시를 쏟아놓은 것이 전부였다.

"너, 한 번만이라도 솔직하게 말해 봐라. 이제 어떻게 했으면 좋겠어?"

"뭘 말입니까?"

"뭐 뭐야? 우리 경제를 어떻게 했으면 좋겠는가 말이야?"

"글쎄, 저희들이야 무슨 생각이 있습니까? 그저 장군님께서 결심만 하시면 저희들은 따라하는 거지요"

"너희들은 정말 그렇게 생각들이 없는 사람들이야?"

김정일이 이번만은 정말로 솔직한 이야기를 듣고 싶어 하는 것 같았다.

"정말 솔직하게 말해보랍니까?"

"응, 그래 말해봐."

"제 생각에는 암만해도 지금 상태로는 우리 경제가 다시 일어서기 어려울 것 같습니다."

"그래서?"

"그래서 다시 말하면 변화를 좀 줘보면 어떻겠는가 생각이 듭니다."

"그래 변화를 주면 어떻게 말이야?"

"글쎄, 솔직하게 말해서 완전한 개혁 개방까지는 하지 않더라도 신의주쯤은 중국 선전(深圳)같이 특구로 만들어 놓고…"

"그리고 또?"

"거기서 먼저 경제 활성화를 한 다음 그게 잘 되면 그런 특구를 몇 개 더 만들면 어떻겠는가 생각이 듭니다."

장성택은 그렇게 말하는 것도 조마조마하기 그지 없었다. 김정일이는 워낙 이랬다저랬다 변덕이 많은 사람이기 때문이다.

"그럼, 국내 경제는 어떻게 했으면 좋겠는데?"

"글쎄, 그건 생각해본 게 없습니다."

"없긴 뭘 없어. 그러지 말고 솔직하게 말해봐. 내가 이것 때문에 문제를 세우지는 않겠으니 말이야."

성택이 암만 봐도 김정일이 이번만은 진정성이 있어 보였다.

"사실 우리 경제도 좀 변화를 주긴 주어야 할 것 같습니다."

"어떻게 말이야?"

"글쎄, 제 생각에는 내각에 좀 권한을 주고 내각을 경제사령부로 해서 우리 경제 전반에 새로운 바람을 일구면 어떻겠는가 생각됩니다."

"그래? 말은 하지 않았어도 너 생각은 하고 있은 지 오랬구나. 그런데 왜 이제까지 나한테 그런 이야기는 한 마디도 하지 않았어?"

"아니, 하지 않은 게 아니라 그렇게 하다가 혹시 자본주의 노랑물이 들어오면 어떻게 하겠는가 그래서 이제까지 이야기를 하지 못했습니다."

"그럼 우리, 이왕 이야기 나온 김에 솔직하게 말해보자. 그러다 혹시 중국처럼 정말로 자본주의 날라리 바람이 들어오지 않을까?" 김정일이 말하는 자본주의 날라리 바람이 무엇을 두려워하는 건지 장성택은 잘 알고 있었다.

"아니, 그런 문제라면 저도 생각해봤는데 전혀 걱정할 거 없습니다. 우리가 나라 최고 권력기구들은 다 가지고 있는데 걱정이 뭐겠습니까? 조금이라도 이상하게 노는 놈들은 아예 싹부터 잘라버리면 될 것 같습니다."

"흥, 루마니아의 차우셰스쿠는 뭐 권력기구를 다 가지고 있지 못해 그렇게 됐어?"

"아니, 그것하고야 다르지요. 우리는 체제가 이미 완전히 우리 것으로 굳어졌기 때문에 아무 걱정없습니다."

"정말 그럴까?" 김정일은 여전히 믿지 못해 주저하였다.

"걱정하지도 마십시오. 우리 체제를 반대하는 놈들은 아예 그 싹부터 짓뭉개버리면 된다니까요." 우선은 김정일로부터 개혁 개방의 문을 열겠다는 생각을 받아내는 것이 중요하기에 그렇게 말했다.

"그렇다는 말이지? 알았어. 성택이 하여간 이 문제는 네가 책임지고 어디 한번 힘껏 추진시켜봐."

장성택이 뜻하지 않게 이제까지 계속 속으로만 생각하던 문제들이 너무 쉽게 해결되지 않나 생각되었다. 장성택은 힘이 나지 않을 수 없었다. 개혁 개방 문제를 아직 본격적으로는 아니지만 일부라도 할 수 있게 된 것이다. 생각할수록 가슴이 떨리었다. 하지만 아직 확실한 것은 아니니 조금만 실수하면 개혁 개방 자체가 정말 싹부터 다 짓뭉개질 것이다. 드디어 기회가 온 것이다.

이때로 말하면 나라 전체를 휩쓸던 "고난의 행군"도 한결 주춤한 상태였다. 구체적으로 말한다면 이 문젠 김정일이 그 어떤 선군정치 때문도 아니고 더욱이 핵개발을 적극적으로 추진하였기 때문도 아니었다. 북한의 전례 없는 대 아사(餓死) 사태에 깜짝 놀란 국제사회가 대규모 지원을 해주고, 특히 6.15남북수뇌자회담을 하면서 남측이 엄청나게 지원을 해주었기 때문이었다.

장성택이 우선은 "신의주 특구 개발" 문제를 상정시켰다. 조심 또 조심하여야 하는 일이었다. 외부로부터 조금이라도 김정일이 김일성의 혁명역사를 엄청나게 과장 확대하였다는 말이 나오게 해서는 안 된다. 그러면서 무엇보다 먼저 신의주를 특구로 만들고 그를 모델로 북한 전역 경제에 회생의 봄을 불러일으켜야 한다.

장성택이 먼저 대한민국 현대그룹 정주영 회장부터 타진해보았다. 정주영 회장으로 말하면 엄청난 경제적 힘을 가지고 있기도 했지만 어렸을 때 떠나온 고향에 대한 향수도 그 누구보다도 깊었다. 하지만 정주영 회장은 여러모로 타진해본 끝에 신의주 개방에 대해서는 부정적 태도를 취했다. 결국 해주와 개성을 두드려본 뒤에 개성을 택하였다.

그렇다고 장성택은 신의주 특구에 대해 포기할 수는 없었다. 남쪽은 어쨌든 위험한 존재였다. 그들이 당면하게는 한민족이요, 뭐요, 가까이 다가오지만 언제인가 자신들의 경제력을 바탕으로 반드시 흡수 통일할 생각을 드러내 놓을 것이기 때문이었다. 또 그때쯤에는 이미 남쪽 경제의 맛을 볼대로 본 북한 인민들이겠는데 절대 그대로 물러나자고 하지 않을 것이다. 하지만 신의주 특구는 그런 걱정이 없었다. 그래서 신의주 특구 문제를 강력하게 들고 나왔다. 그러자 김정일이 이번에는 정주영 대신 양빈을 잡아보라고 하였다.

양빈이 어떤 사람인가. 양빈이 중국을 대표하는 엄청난 부자인 것은 사실이다. 그는 중국 남경 출신으로 5살에 고아가 된 사람이다. 하지만 공부도 열심히 하였고 음식점에서 음식 나르는 일, 소포배달부, 별별 잡다한 일을 다 하며 학비를 벌었다. 유학을 가기 위해 영어도 열심히 배웠고 네덜란드어, 벨기에어도 유창하게 하게 되었다. 25살 나던 해에 네덜란드에 이민갔는데 그때로 말하면 중국에서 "천안문 사건"이 있었다. 그것을 계기로 많은 "탈중자"들이 나오면서 네덜란드 국적도 쉽게 얻을 수 있었다.

원래 머리가 좋고 손재간도 좋았던 그는 거기서 적지 않은 돈을 벌었고 사업경험도 쌓게 되었다. 다시 고향으로 돌아왔을 때 그는 이미 두 개의 큰 회사를 가진 사장이 되었다. 이후 그는 중국의 동북지역에서 심양시를 창업기지로 삼고 정부 관원들과 긴밀한 관계를 수립하여 많은 부를 쌓았다. 심양시 교외에 네덜란드 촌이라는 부의 상징촌을 만들기도 하였다. 2001년 양빈은 중국에서 두 번째 되는 갑부로 평가받게 되었는데 바로 이때 김정일과 알게 된 것이다.

양빈은 곧 김정일을 양아버지라고 하면서 달라붙었다. 김정일도 그에 대한 기대가 컸던 건 사실이다. 바로 이러한 때 장성택의 신의주 특구 문제가 제기되었는데 뜻밖에도 김정일이 거기 특구 장관으로 양빈을 앉히려고 하였다. 그러나 양빈은 이 무렵 중국 정부에 의해 감사를 받고 있었다.

중국 정부는 나날이 늘어나는 재정 적자에 국무총리 주룽지까지 양빈과 같이 얼마 되지 않은 기간에 엄청난 부를 모은 사람들에 대해 중심을 두고 조사하기 시작한 것이다. 조사하는 과정에 여러 면에서 양빈의 탈세, 금융사기 등 불법행위가 드러나기 시작했다. 중국 당국은 곧 이 문제를 북한 당국에 제기하였다. 이 문제를 보고받은 사람은 장성택이었다. 그는 곧 이 사실을 김정일에게 보고하였다.

"장군님, 아무래도 심상치 않습니다. 지금 중국 당국이 양빈에 대해 조사하고 있다니 좀 더 지켜본 다음에 그를 신의주 특구 장관으로 임명해도 늦지 않을 것 같습니다."

그러나 김정일이 말했다.

"됐어. 그렇다면 좀 더 당겨서 그를 특구 장관으로 임명해. 그러면 중국놈들도 우리와의 관계를 생각해서 그를 더는 파고들지 못할 거야."

"아니, 그래도 장군님, 이 문젠 좀 더 고려해봐야 하지 않겠습니까?"

"글쎄, 내가 하란 대로 하라잖아. 중국놈들이 이제까지 양빈의 뒤를 팠지만 우리가 그를 특구 장관으로 임명하면 그들도 그만두지 않나 두고 보라고."

장성택도 사실 이 일을 적극 밀어온 사람이다. 그런데 일이 이쯤 되었으니 그로서도 더 어쩔 수가 없었다. 결국 양빈은 2002년 10월 북한 신의주 특구 행정장관으로 임명했다. 그리고 신의주 특구를 다른 곳과 격리시킬 데 대한 문제까지 토론하고 심지어 평안북도 도청 소재지를 정주로 옮기는 문제까지 의논되었다. 한마디로 신의주를 완전히 중국의 선전(深圳)같이 만들려고 했던 것이다. 양빈은 특구에서의 모든 사법권과 행정권까지 맡게 되었다. 김정일의 생각은 그쯤 되면 중국 당국도 북한과 중국과의 관계를 고려하여 놓아줄 줄 알았던 것이다.

그러나 중국 당국의 태도는 엄정하였다. 양빈이 신의주로 가기 위해 떠나려는 날 바로 그를 체포하고 말았던 것이다. 그리고 여러 달의 조사를 통하여 그에게 18년형을 내렸다. 이것으로 장성택의 신의주 특구 계획은 여지없이 좌절되고 말았다. 김정일은 양빈이 체포되었다는 소식에 노발대발하였다.

"개새끼들, 내가 양빈을 신의주 특구 장관으로까지 임명했는데 그를 체포해? 어디 두고 보자, 내 절대로 가만있지 않겠어."

하지만 김정일이 으름장을 놓는다고 놀랄 중국이 아니었다. 중국은 여전히 자기들의 갈 길을 갔고 김정일은 제 집 안에서 허리 부러진 승냥이같이 으르렁거렸을 뿐이다.

일이 그렇게 되었어도 장성택은 계속 개혁을 밀고 나가지 않을 수 없었다. 김정일의 개혁은 사회주의 계획경제 틀 안에서 해보라는 개혁이었다. 물론 그것으로는 어림도 없는 일이었다. 개방을 하지 않고 어떻게 개혁을 한다는 말인가.

이때 북한 경제 상황을 보면 다음과 같다.

1990년대 들어서면서 원유 및 원자재 부족으로 공장 가동률이 완전히 떨어졌다. 거기다 연이은 자연재해로 식량 부족은 사회 전반에 엄청난 위기를 몰아왔다. 이에 외부로부터 지원을 얻기 위하여 미국·일본과의 관계개선을 시도하였으나 그도 실패했다. 암시장이 번성하면서 공식적인 경제체제는 더욱 어려워만졌다. 기존의 계획과 공급 시스템에 기반을 둔 북한의 사회주의 가격제정원칙과 국정가격으로는 도저히 치솟아 오르는 인플레를 감당할 수 없었다. 더 이상 국가의 재정적 통제와 자원배분 기능은 절대로 자기 역할을 할 수 없는 상황에 이른 것이다.

장성택은 김정일에게 제기하였다. 어떻게 하겠는가. 지금 상태로 계속 나갈 수는 없지 않은가. 김정일도 마침내 2001년 10월 3일 당·

경제기관 일꾼들과의 협의회를 열고 현실에 맞게 경제관리 방법을 개선할 것을 지시하였다. 장성택은 나름대로 이 사업에 대한 치밀한 준비를 하였다. 우선은 "6.3지도그루빠"라는 것을 결성하고 그 최고 책임자는 총리 홍성남을 지명하였다. 하지만 그건 허울이고 실제적으로는 장성택이 모든 힘을 행사하였다.

몇 달에 거쳐 평안남도, 평안북도, 황해남도, 황해북도, 함경남도, 함경북도, 양강도, 강원도 등을 돌아다니며 실태를 요해하였고 2002년 6월경 김정일에게 대책 보고서를 올리게 되었다. 그 대책 보고서는 대체로 다음과 같다.

첫째, 현 난관을 타개하기 위해서는 내각 책임제 경제를 운영하여야 한다. 그러자면 무엇보다 먼저 특수부문을 없애고 내각이 경제 전반을 직접 장악 통제하게 하여야 한다.

사실 이 문제는 이미 오래전부터 말썽이 많았던 부문이다. 그때까지 북한의 거의 모든 중요기관들은 자기들의 특수성을 내세웠다. 우선 김정일이 이끈다는 중앙당부터 백수십 정보의 토지를 국가로부터 임대받아 따로 농촌 경영을 하였으며, 거기서 나는 부산물을 이용하여 돼지 목장을 운영하고 그 돼지고기를 중앙당 직원들에게 공급하였다. 중앙당부터 그렇게 하니 그 아래 기관들은 더 말할 것도 없었다. 인민무력부는 인민무력부대로 인민보안성은 보안성대로 국가안전보위부는 또 그들대로 모두 내각과는 아무 상관도 없는 특수 부업기지들을 관리 운영하였고, 거기서 나오는 생산물로 돼지 목장을 경영하였다. 또 노동신문, 중앙통신, 중앙방송까지 토지를 따로 받아 목장을 운영하게 되었다.

물론 이런 목장들은 해당 기관 직원들이 금요 노동 때마다 나가 농사도 하고 생산물도 거둔다고 하였지만 그건 명색일 뿐이다. 실제로는 거기에 수많은 노동자들을 따로 두고 그들이 경영하게 하였다. 심지어 인민무력부는 세 개의 큰 군을 자기들의 개별적 기관의 독점물로 만들었다. 황해남도 용연군, 평안남도 회창군, 강원도 고산군이 그것이다. 이 군들은 군당 책임비서가 소장의 계급장을 가지고 있게 하였고 군내 모든 행정사업까지 내각에서 하는 것이 아니라 인민무력부에서 하게 되었다.

또 인민무력부, 국가보위부, 인민보안성 등 중요기관들에서는 서로 자기들의 특수성을 내세우면서 무슨 "은하무역상사"니 "대성무역상사"니, "용남산무역상사"니 하는 것들을 꾸려놓고 나라의 귀중한 외화 자원을 서로 중국, 일본 등에 팔아먹지 못해 안달이었다. 당연히 원가보다 훨씬 싼 가격으로 팔려나갈 건 뻔한 일이었다. 장성택은 이 모든 것을 없애고 내각의 유일적 지도에 의해 경제관리 운영을 하자고 하였다.

둘째, 가격 현실화 정책을 실시하여 이중가격제도를 없애고 임금과 물가를 현실화하자는 것이었다.

이 문제도 그렇다. 이때까지는 국가가 정한 가격과 농민 시장 가격은 따로 있었으며 그 차이는 엄청났다. 간부들은 모두 국가가 정한 싼 가격에 공급받을 수 있었기 때문에 자신들의 노임을 가지고도 얼마든지 풍족한 생활을 누릴 수 있었다. 그러나 인민들은 그럴 수 없었다. 인민들은 국가가 정한 가격보다 스무 배, 서른 배의 비싼 가격으로 모든 것을 장마당에서 사야 했기 때문에 그 차이는 실로 엄청났다. 장성택은 이런 폐단을 없애자는 것이었다.

셋째로, 북한 전역 모든 협동농장들에서 분조 도급제를 실시하자는 것이었다.

이 문제는 다시 말하지만 이미 1980년에 김환 부총리에 의해 시도 되었던 문제다. 그때 김환은 중국식 세대 도급제를 실시하자고 하였다. 그렇게 하면 적어도 농촌에서의 생산성은 확실히 높아질 게 뻔하였기 때문이다.

그러나 앞에서도 말했지만 그때 김일성은 이렇게 하며 북한에 기본주의가 도입되게 되고, 그러면 자기가 일생 동안 해온 사회주의가 망한다고 절대 안 된다 하였다. 결국 김환 등 그런 주장을 하던 사람들은 모조리 목이 떨어져 나가고 여전히 되지도 않는 사회주의적 협동경리의 길로 나갈 수밖에 없었다. 이것은 분조 도급제라는 감투를 씌워 실제적으로는 세대 도급제를 하자는 것이었다. 이외에도 전략물자와 관련된 계획만은 국가계획위원회에서 수립하고 일반 기업소의 생산계획은 자체로 실정에 맞게 수립한 후에 국가계획위원회의 비준을 받아 집행하게 하자는 문제까지 포함되었다. 또 일반 공장 기업소들도 자체로 무역을 할 수 있는 권한까지 부여한다는 문제도 포함되었다.

김정일은 여기서 특수 부문들에 대한 규제 조항만은 펜으로 줄을 그어 못하게 하였다. 이에 기초하여 2002년 7월 이른바 "7.1경제관리개선조치"라는 것을 발표하게 하였다. 그 주요 내용은 다음과 같다.

첫째, 물가 인상이다. 북한은 계획가격제에 의해 중앙에서 인위적으로 낮은 수준에서 물가를 책정한다. 그러나 경제위기 상황에도 불구하고 원자재가격, 제품생산가격을 국가에서 낮은 가격으로 고정시켜 놓았기 때문에 갈수록 국가의 재정적 부담만 커질 수밖에 없었다. 반면 공장·기업소는 국정가격으로 판매되는 제품판매방식을 거부하고 시장에서 높은 가격으로 판매하길 희망함에 따라 국정가격과 암시장가격의 높은 격차 즉 인플레 현상이 발생할 수밖에 없게 되었다. 국가는 이와 같은 문제를 해결하고자 식량, 공산품, 집세, 전력 등 전반적 물가를 올리자는 것이었다. 그리고 이에 맞추어 임금도 평균 18~25배 올림과 동시에 임금지급 방식도 노동생산성과 공장기업소의 수익성에 따라 차등 지급하도록 하였다.

둘째, 독립채산제 강화와 공장·기업소의 자율성 확대이다. 국가는 물가와 임금을 인상한 만큼 공급(생산) 증대를 위해 공장·기업소의 평가체계를 변화시키고 자율성을 확대한다는 것이었다. 결국 공장·기업소는 이전의 계획목표량 달성방식이 아니라 수익성이 기준인 번 수입에 따라 평가하는 체계를 도입하자는 것이었다. 또한 독립채산제 강화 방침에 따라 이전에는 공장·기업소에서 초과달성한 이윤을 국가에 납부하는 방식에서 기업 자체로 재투자 재원이나 종업원 복지 자금으로 활용할 수 있도록 재량권을 주게 하였다. 또 자재공급을 원활하게 하기 위해 공장·기업소 간 원자재 거래를 허용하도록 한다는 원칙도 포함되게 하였다. 뿐만 아니라 공장·기업소 내 당 위원회의 역할을 제한하고 지배인책임제를 강화하였다.

셋째, 사회보장체계 및 배급제를 개편하는 것이다. 국가는 과거 식량, 소비재, 주택 등을 거의 무상이나 다를 바 없이 낮은 국정가격으로 공급해왔다. 물론 국가는 무료교육, 무상치료, 사회보험 등 이른바 '사회주의의 우월성'을 보여주는 사회보장제도는 여전히 유지한다. 하지만 이것도 절대적으로 공급이 부족한 상황에서 이를 해결하지 않고는 도저히 물가를 안정시킬 수 없다.

따라서 생산 증대를 통한 물자 공급을 확대하기 위하여 공장·기업소와 협동농장에 보다 많은 자율성을 부여하고, 노동의욕 고취를 위한 다양한 제도를 도입하는 등 과감한 개혁 조치를 취하도록 하였다.

물론 이것은 대책안보다도 훨씬 퇴보한 안이었다. 그러나 내각이 모든 것을 책임지고 유일적으로 경제관리를 하게 하자는 문제를 비롯하여 안 하는 것보다는 나을 수도 있는 개혁안이었다.

결국 시작부터 절름발이인데 여기에 기대를 건다는 건 역시 김정일체제 아래서는 어쩔 수 없는 일이었다. 이것이 바로 "7.1경제관리개선조치" 기본 내용이다. 장성택은 김정일을 설복하여 2003년 8월 박봉주를 총리로 앉히는 데 성공하였다. 우선은 이것만으로도 만족할 수밖에 없었다.

어느 날이었다. 뜻하지 않게 총리 박봉주가 찾아왔다.

"아니, 어떻게 총리 동무가 제 사무실에 다 오신 겁니까?"

"부부장 동무, 내 거두절미하고 말하겠습니다. 부부장 동무는 처음부터 내 편이지요?"

"어이고 편은 무슨 편, 하여간 말씀하십시오."

"그래도 나보다는 지도자 동지한테는 부부장 동무가 더 가까운 건 사실이잖습니까?"

"그게 무슨 말씀입니까? 개인 사생활 문제라면 모르겠지만 사업적 면에서는 오히려 남들보다 더 냉혹하다고 해도 과언이 아닙니다."

그건 사실이다. 김정일이 다른 건 모르겠지만 장성택이 친척이라고 절대 봐주는 법이 없다.

"글쎄, 그렇기는 하지만, 어쨌든 하나밖에 없는 매부 처남 간이 아니겠습니까?"

"글쎄, 도대체 무슨 문제인데요?" 성택이 물었다.

"가만, 이거 뭐부터 이야기해야 되나? 다른 것도 그렇지만 우선 '7.1경제관리개선조치'를 제대로 하자면 우리 내각에 대한 자립권을 확실하게 주도록 해야 하지 않겠는가 하는 것입니다. 아래 단위에서 내각이 하는 일에 대해 도무지 말을 듣지 않습니다."

쉽게 말하면 경제 간부들에 대한 인사권을 달라는 소리다. 성택이 생각해봤다. 얼핏 생각하기는 쉬운 일인 것 같지만 아니다. 그렇게 되면 당의 권한이 위축되는 것만은 명백한 일이기 때문이다. 중앙당 조직지도부가 좋다고 할 리가 없었다. 바른대로 말하여 이제까지 내각 간부들에 대한 인사사업은 모두 조직지도부에서 하였다.

총리, 부총리, 그리고 산하 상, 부상들까지도 물론 김정일이 비준을 받기는 하였지만 기안은 조직지도부에서 한다. 또 그 아래 과장, 처장들에 대한 인사사업도 조직지도부 행정 간부과에서 한다. 제일 마지막 지도원들에 대한 비준까지 조직지도부 행정간부과에서 한다. 오직 내각에서 할 수 있는 일은 내각에 수용되는 노동자들에 대한 인사권만 내각 당 위원회 간부과에서 할 수 있다.

박봉주는 이것을 구체적으로 상, 부상들에 대한 비준과 국장, 부국장들에 대한 비준까지 다 자체로 하겠다는 것이다. 물론 그 아래 과장, 처장들에 대한 인사사업은 말할 것도 없다. 박봉주의 요구는 실로 파격적이지만 일을 하자면 그럴 수밖에 없었다. 성택이 깊이 생각해보지 않을 수 없는 문제였다. 잘못하다가는 당의 영도적 역할에 거부한다고 엄청난 반발을 불러올 수 있는 문제였기 때문이다. 다음날 성택은 생각하고 생각하던 끝에 김정일에게 전화를 걸었다.

"장군님, 저 장성택입니다."

"응, 왜?" 김정일이었다.

목소리가 좋아보이었다. 무슨 기분좋은 일이 있는 모양이다. 때는 이때다 하고 장성택이 말하였다.

"저, 장군님. 만나서 꼭 제기할 것이 있어서 그러는데 언제쯤 시간이 괜찮겠습니까?"

"그래? 지금 와."

"알았습니다."

성택이 올라갔다. 김정일이 사무실에 혼자 있었다. 성택이 박봉주가 하던 말을 그대로 하였다. 즉 내각이 경제 문제에서 사령부가 되게 하자면 자체로 인사사업을 비롯해서 모든 사업을 하게 해야 한다는 것, 또 당이 너무 간섭하게 하여서는 어렵다는 것 등을 구체적으로 이야기하였다. 내각뿐 아니라 도 인민위원회, 군 인민위원회도 이와 같은 문제들이 관철되어야 한다는 것 등도 이야기하였다.

김정일이 눈을 감고 한동안 잠자코 있었다. 이윽고 말했다.

"그렇다는 말이지. 그런데 그런 문제를 왜 박봉주가 직접 제기하지 않고 너를 통해 말하는 거야?" 김정일의 말이었다.

김정일은 아무튼 귀신이다. 벌써 장성택의 말을 듣기 바쁘게 그게 그의 머리에서 나온 생각이 아니라, 박봉주의 생각이라는 것을 알고 있었다.

"저, 그건 … 그건 …"

"야, 너 내가 너한테 매형이라고 뭔가 다른 사람들보다 달리 대해 줄 것 같아서 그래?"

성택이 할 말이 없었다. 다 틀렸구나 하는 생각이 떠올랐다. 하지만 다음 대답은 천만뜻밖이었다.

"너와 난 인간적으로는 뭐가 되는지 모르겠지만 사업적으로는 완전히 총비서와 전사와의 관계라는 것을 잊어서는 안 돼."

"알았습니다. 사실은 저도 그렇게 생각하고 있습니다."

"좋아. 그리고 지금 제기한 문제는 그렇게 하도록 해."

"알았습니다." 장성택이 숨이 나오는 것 같았다.

"도와 군 인민위원회도 그렇게 하게 해도 괜찮겠습니까?"

"그래. 그것도 그렇게 하도록 해."

"알았습니다."

성택이 나왔다. 정말 큰 숨이 나가는 것 같았다.

그러던 어느 날이다. 이날도 성택은 하루 종일 "7.1경제관리개선조치"와 관련된 일 때문에 바쁘게 보내고 저녁 늦게야 집에 돌아왔다.

경희가 때 없이 술상을 차리고 기다리고 있었다.

"아니, 오늘이 무슨 날인데 이렇게 차린거요?"

"당신, 오늘이 정말 무슨 날인지 몰라요?"

"오늘이 무슨 날인데? 베네수엘라 독립절인가?"(북한 영화 "우리 옆집 문제"에 나오는 대사. 즉, 자기 친어머니 생일도 잊은 남편한테 무안을 주기 위해 하는 아내의 대사)

"아이고, 참 베네수엘라 독립절은 독립절이고 오늘이 무슨 날이에요?"

"가만, 정말 오늘이 무슨 날이지?" 성택이 정말 아무리 생각해도 무슨 날인지 기억나지 않아 하는 말이었다.

"오늘이 바로 우리가 처음으로 자산역에서 만났던 날이 아니에요?"

"뭐라구?"

"아이 참, 어떻게 오늘을 잊을 수 있어요? 다른 날은 다 기억하면서도 말이에요."

"허허허, 그런가. 참 그게 벌써 몇십 년 전 일인데 당신은 아직도 그걸 기억하고 있소?" 성택이 어이없어 웃었다.

요덕 정치범 수용소에 갔다 온 다음 서로 뜸해졌던 사이다.

말은 하지 않았어도 자기는 부닥치는 현실이 너무나 괴로워 경희에게 몇 마디 하였는데 경희는 남의 일처럼 말하는 것이었다. 처음으로 둘 사이에 깊이 간격을 느꼈던 성택이다.

어떻게 보면 처음부터 예정되어 있었지만 둘 사이에는 건널 수 없는 깊은 강이 가로 놓여 있었던 것이다.

"자, 한 잔 마셔요." 경희가 술을 따라준다.

"자, 이런 양주까지? 이것 참."

"이게 무슨 술인지 아세요?"

"글쎄?"

"이건 남조선 박정희가 좋아하던 술이래요."

"가만 이거 시바스리갈 아니오? 허허, 이건 당신 오빠도 싫어하지 않는데?"

"글쎄, 오빠 오빠고 당신도 오늘은 한 잔 마셔요."

"허허, 이럴 때도 있구만." 성택이 나쁘지 않았다. 지난번 그 일이 있은 다음 어쨌든 뜸한 사이었는데 아무튼 경희 밖에 없는 것 같았다.

"여보, 나 당신한테 할 말이 있어요." 경희가 성택에게 말을 꺼내는 것이었다.

"뭔데?"

"당신, 지금 행복하지 않아요?"

"행복하지 않긴 내가 여기서 뭘 더 바라겠소?" 성택이 정작 경희가 무슨 말을 꺼낼지 몰라 하면서도 말했다.

"난 그 '7.1경제관리개선조치'를 시행한다는 데서 당신은 좀 빠졌으면 좋겠어요."

"뭐? 아니, 그건 왜?"

"난 어쩐지 불안해요. 이제 그러다가 무슨 일이 생길 것 같은 게?"

"무슨 일이 생긴다는 말이오. 당신네 오빠까지, 다시 말하면 친애하는 지도자 동지께서 다 비준한 일인데?"

"아이고, 오빠는 언제든지 결심을 바꿀 수 있는 거예요. 사실대로 말해서 지금 '7.1경제관리개선조치' 실행 때문에 의견을 품은 사람이 어디 한 둘인지 아세요?"

"아니, 의견을 품긴 누가 품는다는 말이오? 나라 경제를 회생시키고 어떻게 하든지 지금의 국면에서 빠져나가자는 것인데 누가 의견을 품는단 말이오?" 성택이 펄쩍 뛰며 말이었다.

"그래도 너무 걱정돼요. 지금 이대로도 행복한데 뭣 때문에 자꾸 그런데 말려드는지 모르겠어요. 당신한테 지금 먹을 걱정이 있어요, 입을 걱정이 있어요? 그렇다고 살 걱정이 있어요?"

그렇다. 장성택이 그 자신으로 말하면 아무 걱정도 없는 것은 사실이다. 하지만 인민이 도탄에 빠져 허덕이는데 자기 하나만 걱정이 없으면 그게 전부인가.

"됐소. 걱정하지 말라고. 내 일은 내가 알아서 하겠으니 당신은 너무 걱정하지 않아도 돼."

"하여간, 내 생각에는 당신이 거기 너무 깊이 빠지지 말았으면 좋겠어요."

"알았소. 어쨌든 내 일은 내가 알아서 처리할게."

이야기는 이것으로 끝났다.

하지만 왜 그런지 그런 경희가 꼭 오스트롭스키의 장편소설 『강철은 어떻게 단련되었는가』에 나오는 또냐 같이만 생각되었다.

기분이 좋지 않았다.

소설에서 산림관의 딸 또냐와 바벨 꼬르차긴은 사랑해도 너무 사랑한다. 하지만 혁명의 폭풍우를 헤쳐 나가는 속에서 또냐는 혁명을 위해 모든 것을 다 바치려는 바벨 꼬르차긴을 이해하지 못한다. 결국 그들은 갈라질 수밖에 없다.

성택은 다시금 자기와 경희 사이에는 건널 수 없는 깊은 강이 있음을 새삼스럽게 느끼지 않을 수 없었다.

9

조선 노동당 중앙위원회 조직지도부

···원래 김일성이 있을 때에는 중앙당 조직지도부가 크지 않았다. 조직지도부는 고사하고 중앙당 전체라고 해도 인원이 겨우 2~3백 명밖에 되지 않았다.

그런데 김정일이 후계자로 되면서 특히 1976년 중앙당을 점령하면서 그 규모를 대폭 늘렸다. 조직지도부는 1부부장만 하여도 4~5명, 그냥 부부장은 10여 명이나 된다. 과만 하여도 종합과, 당 생활지도과, 검열과, 간부과(인사과), 당원등록과, 신소과, 통보과, 기타까지 산하에 여러 개의 부서를 두었다.

선전선동부는 더구나 굉장하다. 산하에 신문과, 보도과, 방송과, 영화과, 문학과, 강연과, 무대예술과, 이렇게 과만 해도 십여 개나 된다.

이런 산하 부서들이 조직지도부나 선전선동부에만 있는 것도 아니다. 간부부, 국제부, 군사부, 민방위부, 근로단체부, 계획재정부, 군수공업부, 경공업부, 중공업부, 농업부, 과학교육부, 그 외에도 실로 수십 개의 국들이 있으니 전체 인원은 약 7~8천 명이나 되었다.

이렇게 중앙당에 근무하는 노동자, 농민들까지 다 하면 만여 명이라고 하는데, 김정일이 중앙당을 얼마나 늘렸는지 짐작할 수 있다. 그 중에서도 역시 제일 핵심부서는 조직지도부다. 말 그대로 당 중에 당인 것이다.

이전에는 중앙당도 도당, 군당과 같이 조직부라고 하였지만 김영주가 조직부를 맡아 보면서 조직지도부라고 하였다. 김일성은 일찍이 조직지도부와 선전선동부의 역할에 대해 다음과 같이 말하였다. 조직지도부가 의사라면 선전선동부는 약사와 같은 역할을 하여야 한다. 조직지도부가 인민들을 진찰하여 이기주의 사상이 있는가, 아니면 본위주의 사상이 있는가, 또 봉건 유교사상이 있는가, 자유주의병에 걸렸는가, 무슨 병에 걸렸는지를 진단하면 선전선동부는 그에 따라 적절한 방법으로 처방을 하여야 한다고 하였다.

중앙당 조직지도부 안에서도 제일 직급이 높은 사람은 역시 본부당을 맡은 제1부부장이다. 본부당이란 중앙당 자체가 하나의 군급 당위원회 기능을 하기 때문에 여기서 책임비서가 제1부부장을 겸하고 있고 당 생활지도과를 비롯하여 조직지도부 내 모든 부서장들을 관할한다. 이때 장성택의 개혁 개방 움직임에 대해 매우 고깝게 생각하는 사람이 있었다. 본부당 책임비서 이제강이었다.

원래 이제강이라고 하면 술도 마시지 않고 담배도 피우지 않는다.

그런가 하면 쉽게 농담도 하지 않고 꼭 필요한 말 외에는 절대로 하지 않는다. 외국에는 한 번도 나가 본 적이 없고 소설책도 거의 본 적이 없다. 봤다면 당에서 필독문헌으로 보라고 하는 김일성 우상화 소설 총서 『불멸의 역사(김일성의 항일무장투쟁을 과대 포장하여 쓴 소설)』 나 한두 권 봤을 것이다. 특히 외국 영화는 거의 보지 않는다.

가끔씩 중앙당에서 하는 "외국 영화" 시연회에도 마지못해 들어가 기는 하지만 무슨 구실을 붙여서든지 슬그머니 나와 버리는 사람이다. 또 그는 모든 사람들을 웃으며 대했지만 속으로는 무슨 생각을 하는지 누구도 모른다. 좋게 말하면 진중하기 그지없는 사람이고, 나쁘게 말 하면 속에 뱀이 들었는지 구렁이가 들었는지 알기 어려운 사람이다. 그러나 그의 인생에 들어가 보면 한번 잘못 본 사람은 절대로 그냥 놓아주는 법이 없다. 한 마디로 사업과 생활에서 조그마한 빈틈도 없는 사람이었다.

중앙당에 들어와서도 보조지도원, 지도원, 책임지도원, 부 과장, 과 장, 모든 단계를 다 거쳐 제1부부장, 본 부당 책임비서까지 된 사람이 다. 장성택하고는 완전 상반되는 사람이라 아니 할 수가 없다. 앞에서 도 말했지만 사실 "심화조" 사건을 발기한 사람도 이제강이었다. 쌀 백 톤을 인민들에게 그냥 가져다 풀면 2백 톤을 요구하지만 "심화조" 사건같이 충격적인 사건을 만들어 내면 인민들이 그 어떤 불평불만도 말하지 못하기 때문에 한 톤의 쌀도 필요없다는 것이다. 그래서 "심화 조" 사건 발기는 이 사람이 해놓았지만 집행은 장성택에게 넘겨씌웠다. 자신은 그런 일에 발을 적시기 싫었던 모양이다.

그런데 여기에 문성술이까지 엮이게 될 줄은 생각도 못했다. 그 와 문성술이는 이만 저만 가까운 사이가 아니었다. 하지만 막상 문성술이까지 엮이게 되니 그를 구출할 방법은 없었다. 그래서 그가 요덕 수용소에서 자살까지 하게 되자 이제강은 그 모든 것이 김정일의 작간이라는 것을 알면서도 장성택에 대해 좋지 않게 생각할 수밖에 없었다. 하지만 어쨌든 문성술이 그렇게 되면서 이제강이 본부당 책임비서로 되었다.

요즘 이제강의 심기가 여간만 불편하지 않았다. 특히 최근 들어 그 심기가 매우 불편해졌다. 장성택이 김정일을 꼬여 개혁 개방을 하자는 것이다. 바른대로 말해서 장성택이 무엇인가. 이제강의 눈에서 본다면 한낱 수령의 사위일 뿐 아무것도 아니다.

술 잘 먹고 헛소리(농담을 그는 헛소리로 생각한다) 잘하고 외국에도 수십 개 나라나 나다니고 원래 당 일군 자격도 없는 사람이다. 기껏 당 간부를 한다면 어느 지방 군급 당 위원회 선전선동부 지도원쯤이나 하면 적당하다고 생각한다. 그런데 말 그대로 곁가지 중에 곁가지이면서도(이제강은 장성택이야말로 곁가지라고 생각하고 있었다) 어이없게도 조직지도부 1부부장이 된 것이다.

거기에다 생각지도 않게 김정일을 꼬여 나라를 개혁 개방하려고 한다. 이제강의 심기가 불편하여도 여간만 불편하지 않았다. 수령님의 사위가 아니고 그가 다른 누구였다면 벌써 무슨 구실을 붙여서라도 열두 번도 더 제거하였을 것이다. 하지만 이건 어쨌든 수령의 사위이고 김정일의 매부이니 속이 부글부글 끓으면서도 참을 수밖에 없었다. 신의주 특구 개발과 관련된 문제만 해도 그렇다. 개혁 개방만 하면 혹 지금보다 잘살 수 있을지는 모르겠다.

그런데 그렇게 되면 틀림없이 자본주의 노랑물이 들어오게 되겠는데 그러면 어떻게 한다는 말인가. 생각만 하여도 끔찍하다. 물론 시작은 특구 개발이지만 그게 어디로 갈지는 너무 뻔하지 않은가. 다행히 특구 개발은 양빈이 중국 경찰에 체포됨으로써 끝났다. 그러자 이번에는 장성택이 또 김정일을 꼬셔 "7.1경제관리개선조치"라는 것을 하겠다고 한다. 이것 역시 무엇을 의미하는 것인가. 분명히 김일성의 사상과 완전히 상반되는 건 말할 것도 없다.

아니 그건 차치하고라도 잘못되면 당 자체가 완전히 바지저고리가 된다. 절대로 용서할 수 없다. 원래 이제강의 고향은 황해남도 신천이었다. 그의 아버지는 4대 독자인데 해방 직전 여기저기 돌아다니다가 어쩌다 신천에 주저앉았기 때문이다. 그런데 그의 아버지는 전쟁이 일어나기 얼마 전에 사망하고 말았다. 처음 인민군대가 남으로 밀고 나갈 때에는 아무 일도 없었다.

그런데 일단 후퇴한다고 하자 사정이 달라졌다. 김일성 체제에 반감을 품고 있던 사람들이 무장 폭동을 일으킨 것이다. 그때까지 아직 신천에는 유엔군이 들어오지도 못했다. 그럼에도 불구하고 폭동을 일으킨 사람들이 모여 "치안대"라는 것을 조직하고 노동당 치하에서 좀 뭘 한다고 했던 사람들은 모조리 잡아 죽이기 시작했다.

"노동당원"이면 모조리 죽였다. 사실 그 잘난 당증이 무엇인데? 김일성이 북한 민주당보다 노동당 세를 더 늘리기 위해 아무 사람에게나 마구잡이로 나누어준 마분지 조각이다. 그런데 그런 걸 하나씩 가진 사람들은 그 본인뿐 아니라 가족까지도 모조리 죽였다.

심지어 누구는 빌린 농쟁기를 제때에 돌려주지 않아 독촉하였다고 해서 그것도 빨갱이라고 죽였다. 때문에 그에 견디지 못한 사람들은 구월산으로 올라갔다. 말하자면 구월산 빨치산이 된 것이다. 그런데 얼마 후 중공군이 나오자 이번에는 정세가 완전히 바뀌었다. 구월산에 올라갔던 사람들이 내려오고 치안대를 하던 사람들은 다시 구월산에 올라갔다.

그 구월산에 올라갔던 사람들은 다시 내려오면서 또 얼마나 많은 사람들을 죽였던가. "치안대"에 들었던 본인은 말할 것도 없고 거기에 이름을 올렸던 사람들까지도 가차 없이 제거해 버렸다. 그리고 그 후 이것은 이른바 "당의 계급노선 및 군중노선"이라는 것으로 완전히 고착되었다. 그런 가족들은 영원히 "복잡한 계층"으로 남게 되고 본인은 물론 자식들까지 좋은 학교에는 물론 농촌에서 제일 마지막 자리 분조 장조차도 하기 어렵게 되었다. 어쨌든 적을 도와준 사람이라면 가차 없이 처리된 것이다.

이제강이 이 모든 것을 보며 자랐다. 다행히 그의 아버지는 다시 말하지만 너무 일찍 죽었기 때문에, 또 4대 독자였기 때문에, 어느 쪽에 가담할 일가친척도 없었다. 그래서 무사할 수 있었다. 그런데 장성택이 불에 뛰어드는 나비같이 아무것도 모르면서 자본주의를 끌어들이려고 한다. 사회주의가 무너지면 장성택이 자기는 무사할 것 같은가. 아무리 생각해보아도 그는 혁명의 회오리바람 속에 우연히 끼어든 회색 분자로 밖에 보이지 않았다. 문 두드리는 소리가 났다. 이제강이 생각에서 깨어났다. 이용철이 왔다. 그 역시 조직지도부 부부장이었다.

"저, 부부장 동지, 말씀드릴 것이 있어 왔습니다."

"그래. 거기 앉으라고."

"부부장 동지, 이래도 되는 겁니까? 이젠 당이 내각이 하는 일에는 일체 손을 떼라고 합니다." 이용철이 믿기지 않는 듯 말했다.

"당이 내각이 하는 일에 일체 손을 떼라 한다? 그럼 손을 떼면 되는 거지. 뭐가 문제되는데?"

"이건 글쎄, 장성택이 내각 총리에 박봉주를 올려놓더니 이젠 완전히 내각이 제 멋대로 하게 놔두라는 겁니다."

"글쎄, 그게 친애하는 지도자 동지 뜻이라면 우리도 그렇게 할 수밖에 없지." 이제강이 남말하듯 하는 말이었다.

"그게 어떻게 친애하는 지도자 동지 뜻입니까? 장성택이 뜻이지."

"글쎄, 그래도 친애하는 지도자 동지께서 비준하셨으니 그렇게 하는 게 아니겠소."

"결재는 하였겠지만 그게 지도자 동지 뜻이겠습니까? 바른대로 말해서 장성택이 누굽니까? 그 자식이야말로 우리 혁명의 대오에 우연히 끼어든 곁가지 중에 곁가지 아닙니까?"

"그렇게 봐야 하는가?" 이제강이 이용철이 무엇 때문에 흥분해 그러는지 뻔히 알면서도 모르는 척 말했다.

"아니, 부부장 동지, 이거 어디 강 건너 불 보듯 할 일입니까? 당이 내각에서 하는 모든 일에 상관하지 말라, 또 당이 내각에서 하는 인사사업에까지 관여하지 말라. 그러면 당이 도대체 뭐가 됩니까?"

이용철이 그러는 이제강의 뜻을 알지 못해 오히려 제 쪽에서 역증을 냈다.

"왜, 그런 것 말고는 당이 할 일이 없을 것 같아서 그러나?"

"그런게 아니라 이건 꼭 동유럽 사회주의 나라들이 망하기 직전 같아서 하는 소립니다." 이용철이 기가 막히다는 듯 말했다.

"동유럽 사회주의 나라들이 망하기 전에 어쨌는데?" 이제강이 말했다.

"부부장 동지, 정말 몰라서 그러는 겁니까? 그 나라들에서도 바로 이렇게 시작하지 않았습니까? 처음에는 당의 영도적 역할을 거부하더니 나중에 어떻게 되었습니까? 결국 폴란드도, 독일도, 체코도 마지막에는 70년 전통의 소련까지 무너지지 않았습니까?"

"뭐 내가 듣기로는 그렇게 되니 우리 같은 당 일군들은 모두 길거리에 나앉아 구두닦이 같은 것을 한다고 하더라고. 우리도 그러면 되는 거 아니겠나?" 이제강이 짐짓 이용철의 화를 돋궈주기 위하여 말하였다.

"부부장 동지!"

"왜? 용철 동문, 거리 바닥에 나가 구두닦기를 하는 게 겁나서 그러나?"

"그런 게 아니라 챠, 이거 바른대로 말해서 우리나라에서 사회주의가 망하면 그 정도로 그칠 것 같습니까?"

"그 정도로 그치지 않는다면?"

"정치범 수용소에 갇혔던 사람들까지 쏟아져 나와 보십시오. 정말 어떻게 될지 생각만 해도 끔찍합니다. 그래서 지금 우리 부서 사람들은 욱욱 합니다." 이용철이 정말 남 말 하듯 하는 이제강의 속내를 알지 못해 화가 머리끝까지 올랐다.

"글쎄, 솔직하게 말하면 나는 그 정치범 수용소에 갇혔던 사람들은 겁나지 않아. 소가 천대받는다고 대드는 걸 봤나? 난 오히려 그때가 되면 글 꽤나 읽었던 사람들이 더 문제될 것 같은데?" 이제강이 그때에야 처음으로 진심으로 말했다.

"그렇다는 말입니다. 그런데 그걸 뻔히 알면서도 강 건너 불 보듯 하면 뭐가 되는가 말입니다." 이용철이 기가 막혀 더 말을 못했다.

"하여간 지금은 섣불리 건드리지 말아야 해. 내 말이 무슨 말인지 알겠소?" 이제강이 정색하고 말하였다.

"선불리 건드리지 말라면?"

"가만, 그건 그렇고. 우리 거 박정순 부부장 딸 결혼식 언제 한다고 했던가?"

"그건 갑자기 왜요?" 이용철이 뚱딴지 같이 이 시점에 박정순 부부장 딸 결혼식 이야기는 왜 나오는가 의아했다.

"이번 토요일이라고 했지? 아마 그렇지?" 이제강이 용철 부부장의 말에는 대꾸도 하지 않고 박정순 부부장 딸 결혼식 생각만 하고 있는 것 같았다.

"히야, 그건 그렇지만 … 그런데 갑자기 여기서 왜 박정순 부부장 딸 결혼식 이야기가 나옵니까?"

"이보라고 용철 동무, 아무튼 거기에 우리 조직지도부 사람들은 한 명도 가지 못하게 해야겠소. 단 한 명도 말이야." 이제강이 말했다.

"그렇게 하면?"

"그리고 될 수 있는 대로 다른 사람은 많이 가게 해야겠소."

"거기 장성택이 간답니까?"

이용철이 문뜩 생각되는 것이 있어 물었다. 이제강이 대답 대신 머리를 끄덕였다.

"알았습니다. 당장 그렇게 하지요."

"거기서 될 수 있으면 '장성택 만세!' 소리가 터져 나오면 더 바랄 게 없고."

"그렇다면?"

"글쎄, 동무는 하라는 대로 하기만 하란 말이야."

"알았습니다."

이용철이 그제야 이제강의 말뜻을 알아 듣고 속으로부터 복받치는 희열을 감추지 못하였다. 이용철이 나갔다. 이용철이 나간 다음에도 이제강은 오래도록 사무실에 혼자 앉아 있었다. 이용철이 말한 것처럼 "7.1경제관리개선조치"를 취한 다음 당이 내각에서 하는 일에 손을 떼라고 한다. 또 내각에서 하는 인사 사업에까지 손을 떼라고 한다. 그러면 당이 도대체 무엇이 되는가. 말 그대로 있으나 마나 하게 된다.

물론 김정일 때문에 생긴 일이지만 기본은 장성택의 작간이다. 이런 사태를 그대로 두고 볼 수만은 없다. 대책을 취해야 한다. 문제는 어디서부터 어떻게 대책을 취하는가 하는 것이다.

장성택이. 장성택이.

생각만 하여도 장성택이한테 이가 갈렸다.

다음 날 조직지도부 각 부서에 "7.1경제관리개선조치"가 내려간 이후 각계각층 반향 자료를 올려 보내라는 지시가 내려갔다. 물론 장성택이 맡은 사법 검찰 부문은 제외됐다. 불과 며칠이 되지 않아 부정 자료들이 봇물같이 올라왔다.

그러지 않아도 당이 행정 경제 사업에서 손을 떼라는 지시가 내려가자 지방 당 조직들에서 불평불만이 봇물같이 일던 차다. 전기 석탄 공업상 주동일은 에너지 관련 대책 회의에서 "우리나라 전력 사정이 매우 좋지 않은데 차라리 장군님의 특각에 들어가는 전기를 돌려쓰면 어떻겠는가?"라고 했다는 자료까지 올라왔다.

또 함경북도 연사군에서는 비료 문제를 해결한다고 "구호 나무"까지 베어 중국에 팔아먹었다는 자료도 제기되었다. 구호 나무란 무엇인가. 구호 나무는 두 가지가 있다. 하나는 1939년 5월 김일성이 동북 항일연군 6사 부대를 끌고 국내로 나왔을 때 7퇀 정치위원 김평(본명 김재덕)

이 대원들을 데리고 진대나무 껍질을 벗기고 쓴 것들이다. 하지만 여기는 "일제를 반대하는 무장투쟁에 총궐기하자", "모든 조선인민은 일제 파시스트 군벌들을 반대하는 투쟁에 떨쳐나서자" 등의 구호밖에 없다. 하지만 1980년대 김정일은 자신을 우상화하기 위해 이런 구호 나무들을 많이 만들어 냈다.

이것이 두 번째 경우인데 여기 구호들에 "백두 광명성"이라느니 "백두산의 3대 장군"이라느니 하는 것들이 있다. 말하자면 김정일이 자신을 우상화하기 위해 1980년대에 그런 것들을 만들어 놓은 것이다. 물론 북한 당국은 이런 것들을 신주단지 모시듯 한다. 그러나 이건 모두 다음 문제다.

장성택의 신상에 관한 중요한 자료도 보고되었다.

이용철이 마침내 고양이 뿔 같은 자료를 묶어 왔다.

그날 장성택이 만경대 청춘 2관에서 하는 박정순의 딸 결혼식에 나타났다.

또 이날 여기에 벤츠만 해도 100여 대가 모였다. 뿐만 아니라 여기서 마침내 장성택의 만세 소리까지 터져 나왔다.

물론 이것은 이용철이 작간이었다.

좀 유감스러운 일이라면 장성택이 여기 나타났다 금방 부조만 하고 간 것이다.

하지만 그쯤한 일은 보고서를 작성하기 탓이다.

이제강은 쾌재를 불렀다.

10
여자 권투 경기

그날은 토요일인데 김정일이 사냥을 나가자고 하였다. 물론 장성택뿐 아니라 중앙당 부부장 몇 명이 더 포함되었다. 성택은 그러지 않아도 "7.1경제관리개선조치" 때문에 일이 많은데 그래도 가지 않을 수 없었다. 이런 일은 그냥 생각나는 대로 하는 것이 아니라 모두 김정일의 책략에 관한 문제이기 때문이다.

먼저 황주 비행장 인근 사냥터에 나갔는데 성택이도 몇 방 쐈다. 작은 물오리 한 마리만 겨우 잡았을 뿐 노루라든가, 또 다른 큰 짐승은 잡지도 못했다.

원래 김정일의 사냥터란 북한 전역에 수십여 곳이 있다. 일단 어떤 곳이든 김정일의 사냥터로 지정되면 그곳에서는 일반 사람들의 사냥이 일체 금지된다. 꿩이 구름같이 날아다니고 노루가 아프리카 들소들처럼 무리지어 다녀도 절대 다쳐서는 안 된다. 오히려 그곳 농민들은 콩이나 강냉이 농사를 하면서도 일부는 우정 남긴다. 그런 노루, 꿩들이 먹게 하기 위해서다.

결국 사람은 굶어 죽어도 그런 곳 노루나 꿩은 절대 굶어 죽는 일이 없다. 또 그런 곳에는 몇십 리에 하나씩 휴식각이라는 것도 있다. 김정일이 사냥하다가 가끔씩 들러서 쉬고 가게 하기 위해서다. 당연히 그런 곳에는 그 군에서 제일 예쁜 아가씨들로 접대부를 둔다.

하지만 바른대로 말해서 김정일이 언제 무슨 시간이 많아 북한 전역 수십 곳이나 되는 사냥터 휴식각에 들리겠는가. 그게 아니더라도 일상적으로 수도 없이 많은 아가씨들 속에 둘러싸여 있는 김정일이다. 당연히 그런 휴식각 아가씨들은 평생 김정일을 한 번도 보지 못하고 독수공방 하다가 늙고 만다. 그러면 또 젊은 아가씨들로 교체하는 것이다. 그래도 혹시라도 김정일이 올 것을 대비해서 끝도 없이 그곳을 지키는 것이다.

김정일은 사냥이 끝나자, 이번에는 나왔던 김에 구월산으로 가자고 하였다. 구월산 월정사란 절에 구경을 간다는 것이다. 월정사는 안악군 월정리에 있다. 옆에 패엽사니 정암사니 절이 여러 개 있었지만 전쟁 때 폭격에 거의 다 없어지고 지금은 월정사만 남아 있다. 이날 김정일은 작은 고라니 여섯 마리와 꿩 여덟 마리를 잡아 대단히 기분이 좋았다. 저녁에 특별한 공연이 있다고 나왔던 간부들을 모두 신천 온천에 데리고 갔다. 신천 온천은 신천읍에서 한 십 리쯤 동쪽에 있다. 이 근방에는 유난히 온천이 많은 것이 특징이다. 삼천군 달천에 달천 온천이 있고 삼천에도 온천이 있다. 뿐만 아니라 그에서 그리 멀지 않은 송화에도 온천이 있고 수교에도 온천이 있다.

하루 종일 돌아다니다 저녁에야 신천 온천에 이르렀다. 신천 온천에 이르고 보니 아직 이른 저녁이었지만 벌써 기쁨조 아가씨들이 와서 기다리고 있었다. 지난번 함흥 서호 초대소에서 만났던 정임이가 먼저 알아보고 반갑게 인사하였다.

"아저씨, 안녕하셨어요?"

"오, 너 정임이구나. 그래 그새 잘 있었니?"

성택이도 나름대로 반가웠다. 사실 그새 먼발치에서 몇 번 보기는 했지만 마주앉아 이야기할 기회는 없었다. 그러다 보니 그와 첫 만남 때의 일이 생각났다.

정임이 자기 아버지를 다시 고향에 돌아가 배를 타게 해달라고 하였다. 그래서 그 후 얼마 되지 않아 그의 부탁을 들어 주었다. 양강도 혜산에 출장갔다 오던 길에 삼수군에 들려 군당 책임비서에게 그런 사람을 고향에 다시 돌려보내주면 안 되겠는가 하였더니 그런 일이라면 걱정도 말라고 하였다. 그리고 다시 평양에 올라와서 문덕군당 책임비서에게 전화를 걸었다. 그런 사람이 가면 다시 배를 타게 해주라 했다. 물론 문덕군당 책임비서도 아무 의견이 없어 원만하게 처리된 셈이다.

"아저씨, 우리 아버지 일은 너무 고마웠어요. 언제부터 인사한다는 게 만날 시간이 없어 올리지 못했어요."

"고향에 잘 갔다는 소린 들었다. 아무튼 다행이다. 그래 오늘 공연 때문에 내려왔냐?"

"네. 다시 말하지만 정말 너무 고마웠어요."

"그래, 알았다. 공연 잘해라."

바로 그때 저쪽에서 정임이를 찾는 소리가 들리었다.

"아저씨, 그럼 나중에 또 봐요."

"그래, 가봐라."

저녁이다. 김정일이 한껏 기분이 떠서 이날은 특별한 구경을 시켜주겠다고 했다. 무슨 공연인지 궁금하지 않을 수 없었다. 또다시 파티다. 그러나 그리 사람이 많은 것도 아니고 사냥 나갔던 사람들이 다 모인 것이다. 김용순이, 장성택이 그리고 이제강이, 이용철이도 보였다. 그새 국가보위부 제1부부장 김영룡은 끝내 자살하고 그가 없는 자리에 류경이 앉았다.

"어이, 이젠 나오지." 김정일이 말하였다.

또다시 한 탁자에 두세 명씩 아가씨들이 나와 나왔다. 정임이는 보이지 않았다. 모두들 마시기 시작했다.

"자, 내가 오늘은 멋진 구경을 시키겠다고 했지? 성택이 뭘 것 같아?" 김정일이 묻는 말이었다.

"글쎄, 잘 모르겠습니다."

"바보, 용순이 넌 뭘 것 같아?"

"글쎄? 전 아무거든 장군님께서 좋아하는 거면 다 좋습니다."

"너도 똑똑한 주견은 없는 놈이구나, 자 시작하자니까."

무대 쪽에 대고 박수를 쳤다. 거기 파티장에도 앞에 자그마한 무대가 마련되어 있었다. 불이 꺼졌다.

"아, 불은 켜. 완전히 켜진 말고 약간 어스름하게 하란 말이야." 김정일이 소리쳤다.

금방 실내등만 켜졌다. 먼저 왕재산 경음악단 공연부터 시작되었다. 첼로 제주(협주)였다. 전쟁 때 나온 노래 "문경고개"였다. 눈같이 하얀 소복을 입은 배우들이 나와 첼로 제주를 시작했다. 아무 때 들어도 좋은 음악이었다.

이면상 작곡, 조기천의 작사이다. 은은하면서도 힘 있고 그러면서도 정말로 힘겹게 고개를 오르는 듯한 "문경고개," 남에서 말하는 "문경세재"다. "문경고개"가 끝나자 이번에는 다시 "신아우"를 연주했다. 역시 첼로 제주였다. 상이 완전히 바뀌면서 힘 있고 신나는 것이 연주되었다.

"어이, 우리 음악만 하지 말고 다른 나라 음악은 없어?"

금세 "베사메 무쵸"라는 음악이 경음악으로 연주되었다. 갑자기 김정일이 김용순에게 물었다.

"여, 용순이, 저 음악 어때?"

김용순이 갑자기 벙어리가 되었다. 좋다고 해야 할지 나쁘다고 해야 할지 갈피를 잡을 수 없는 것이다.

"그럼 이용철이, 말해봐. 저 음악이 어떤 것 같아?"

이용철이 역시 좋다고 해야 할지 나쁘다고 해야 할지 벙어리다. 장성택이 있다가 이용철이에게 귀띔해주었다.

"저건 멕시코 사람이 만든 음악이란 말입니다."

그러자 이용철이 갑자기 한마디 하였다.

"글쎄, 내 어쩐지 … 멕시코가 어디야? 서아프리카에 있는 나라지?"

"그래서?" 김정일이 말했다.

"자본주의 냄새가 난다 했더니 음악도 저렇게 만드니 아직도 나라가 제국주의 굴레에서 벗어나지 못하지 않습니까? 장군님 저건 우리 인민들의 혁명적 정서와는 전혀 맞지 않는 음악 같습니다."

김정일이 어이없어 웃었다.

"어이고, 중앙당 제1부부장이라는 사람이 멍청하기는 멕시코가 어떻게 아프리카에 있는 나라야? 중앙아메리카에 있는 나라지. 그리고 저건 멕시코 피아니스트 콘수엘로 베라스케스라는 사람이 1941년에 작사 작곡한 세계명곡이란 말이야."

"예?" 이용철이 무안하여 자리에 앉았다.

"자, 이거 밤새 음악이나 연주하고 있겠어?"

무대에 다시 조명이 집중되었다.

"어, 이제부터는 내가 이야기했던 특별한 프로란 말이야. 그런데 절대 보기만 하고 다쳐서는 안 돼. 그러면 도둑놈이 된단 말이야."

사람들 모두 무슨 프로가 나오는가 긴장해졌다. 처음에 세 아가씨가 나왔다. 모두 팬티만 입고 유방대만 착용했다. 거기다 둘은 다 권투장갑을 착용하고 나왔다.

"엉? 이게 뭐야?" 성택도 어안이 벙벙하여졌다.

"내 오늘 너희들에게 특별 프로를 구경시켜 주겠다고 하잖았어. 시작하란 말이야, 자."

뜻밖에도 셋 중 하나는 주심이 되고 둘은 진짜 권투를 하는 것이었다. 처음 둘은 몇 번 치고받고하였다.

"아니, 이건 아니지. 브라자까지 다 벗고 해." 김정일이 말하였다.

주심이 뭐라고 하는 것 같았다. 둘은 차마 민망하여 어쩔 줄 몰랐다.

"어이, 뭘 해? 브라자까지 벗고 하라고 하잖아."

두 아가씨는 어쩔 수 없이 그 자리에서 브라자를 벗었다. 상체는 완전히 벗은 상태다. 하체만 손바닥만 한 팬티로 가렸을 뿐이다.

"됐어, 그래야 볼 맛이 있지. 시작해."

둘은 하는 수 없이 다시 권투를 시작했다. 장성택이 기가 막혔다.

"너희들, 내 다시 말하는데 그저 구경만 해야 돼. 절대 다쳐선 안 돼." 김정일이 말하였다.

둘이 치거니 받거니 권투를 하였다.

"아, 됐으니 쟤들은 들여보내고 걔 이름이 뭐라더라? 거 말을 잘 듣지 않는다는 애 있지. 걔 나와서 옥화라는 애와 맞붙게 해. 옥화 걔 가슴이 크지?"

성택은 귀를 의심했다. 벌써 취한 것도 아닌데 이게 꿈인가 생각이 들었다. 그러나 분명 꿈은 아니었다. 이용철이니 용순이니 다른 간부들이 좋다고 야단이었다.

잠시 무대가 비었다. 이윽고 둘이 나왔다. 보기에도 정임이는 약하고 옥화란 아가씨는 키도 머리 반쯤은 더 컸다. 몸도 정임이보다 실팍했다. 둘은 가슴까지도 다 드러낸 채 권투를 시작하였다. 성택이 숨이 막히는 것 같았다. 그대로는 차마 볼 수 없어 슬그머니 밖으로 나왔다. 안에서는 "잘한다" "잘한다" 소리가 연방 터져 나왔다. 술에 떡이 된 영감들이 괴성을 지르며 좋아하는 것이었다. 하지만 오래 나와 있을 수도 없었다. 김정일이 금방 눈치챌 것이다. 할 수 없이 다시 들어갔다. 거의 끝나갈 무렵인 모양이었다.

정임이 온몸이 피투성이가 되었는데 그런데도 옥화라는 애는 정신없이 팼다. 나중에는 둘 다 권투장갑까지 벗어 던지고 서로 머리끄덩이를 잡고 싸우고 있었다. 말하자면 완전히 난투극인 것이다.

"됐다. 그만해."

정일이도 보기 민망하였던 모양이다. 술에 떡이 된 간부들은 그래도 왜 그만두게 하는가 하는 눈치다. 둘은 나갔다.

참으로 어려운 하루가 또 흘러 지나갔다. 며칠이 지난 어느 날이다. 김정일이 장성택을 불렀다.

"야, 성택이. 너 이게 다 무슨 자료인지 알아?" 앞에 놓인 자료철들을 보고 하는 소리였다.

"예? 무슨 자료인데요?" 성택이 앉았다.

"내 한 가지 물어보자. 너 지금 우리가 돈이 없는데도 핵무기를 개발하는 걸 어떻게 생각하니?" 하마터면 진짜 속심을 말할 뻔했다. 하지만 다시 생각하면 이건 김정일이 필생의 과업으로 생각하고 있다는 생각이 들었다.

"뭐 어떻게 생각할 게 있습니까? 그야 다른 건 못해도 무조건 해야 할 일이지요?"

"너, 진짜 그렇게 생각해?"

"그럼요. 그것만 없어 보십시오. 그러면 미국놈들이 우리를 우습게 알고 당장 들이쳐 먹자고 하지 않겠습니까?" 장성택이 말했다. 그렇게 할 수밖에 없었다.

"그런데 왜 당 자금을 떼서 무슨 탄광노동자들을 먹여 살리는 데 썼으면 좋겠다고 하면서 돌아가는가 말이야?"

그런 일이 있었다. "7.1경제관리개선조치"를 하자고 보니 역시 또 돈이다. 중소 공장 기업소들을 돌려야 하겠는데 전력이 없으니 돌릴 수 없다. 그래서 전력 문제를 해결하자고 하니 탄광이 문제다. 탄부들에게 배급을 제대로 주지 못하는 건 더 말할 것도 없고 동발목(버팀목)도 제대로 공급해주지 못하니 탄이 나올 리 없다. 하도 답답해서 당 자금이라도 조금 떼서 돌려준다면 얼마나 좋겠는가고 했다. 그런데 그걸 누가 또 고발질했던 모양이다. 또 이제강이겠지.

"여기 이 자료들을 봐. 이게 다 이번 '7.1경제관리개선조치'가 나온 다음 제기된 너에 대한 자료란 말이야. 물론 이건 그런대로 이해한다고 하자. 그런데 넌 내가 왜 핵무기에 그다지도 집착하는지 알기나 해?"

"그야 알지요."

"알긴 뭘 알아? 바른대로 말해서 우리 내부는 이젠 완전히 다져졌어. 미제와 남조선놈들이 아무리 우리를 어쩐다고 해도 끄떡없이 다져졌단 말이야. 그런데 문제는 우리 국방력이야. 지금 우리한테 뭐가 있어? 그 잘난 240미리 방사포? 175미리 평사포? 그리고 원산을 때리자고 쏘면 함흥에 떨어지는 미사일? 남조선놈들은 우리보다 벌써 경제력에서 40배가 넘는단 말이야. 우리의 국가예산을 몽땅 다 해도 남조선 국방비 예산에도 못 미쳐."

"그럼요. 그러니 우리가 국방에 힘을 넣지 않을 수 있습니까?"

"지난번에 그놈들이 이라크를 칠 때 보지 않았어? 완전히 파리 잡듯 하잖았어. 그때 이라크에 핵무기가 한두 개만이라도 있었어 봐. 그렇게 했겠어?"

장성택 할 말이 없었다.

"이 새끼야, 너 그렇게 잘 아는 놈이 왜 당 자금을 일부 떼내서 탄광 노동자들 배급과 동발목을 해결했으면 좋겠다고 했어? 그래 탄부들 동발목과 배급을 주는 일이 이보다 더 중요해?"

"장군님, 그건 사실 '7.1경제관리개선조치'를 하다 보니 전기가 있어야 모든 걸 할 게 아닙니까? 그래서 저 짧은 생각에 그만… 죄송합니다." 장성택이 일일이 변명하다가는 또 무슨 큰 변을 당할지 몰라 먼저 인정해 버리고 말았다.

"그리고 뭐 지난번에 만경대구역 광복거리 청춘 2관에서 한 박정순 부부장 딸 결혼식에 너도 갔다지?"

그것도 사실이다. 박정순이는 중앙당 조직지도부 중앙급 담당 제1부부장이다. 역시 이제강이구나 생각이 들었다. 그가 아니고는 그 누구도 이런 보고를 일일이 할 수 없기 때문이다.

"글쎄, 지금까지 앞에서 말한 건 다 그대로 개선조치를 제대로 하자고 보니 그랬다고 하자. 그런데 이건 도대체 뭔가 말이야? 내 박정순이 이 새끼도 가만두지 않겠어. 그날 거기 뭐 벤츠 승용차만 해도 100대씩이나 몰려갔다면서?"

"전 갔다가 금방 돌아와서 그 이후 일은 잘 모르겠습니다."

사실 그날 장성택은 일찍이 갔다가 부조만 하고 먼저 돌아왔다. 그러나 그런 건 문제로도 되지 않는다. 그런데 그게 벌써 조직지도부의 그물에 걸려들 줄은 생각지도 못했던 것이다.

"이 새끼야, 네가 거기 나간다고 소문이 나서 더구나 그렇게 많은 사람이 몰렸다면서? 그리고 거기서 너 새끼, 만세 소리까지 터져 나왔다고 하더구나. 그게 무슨 소리야?"

성택이 완전히 이제강이한테 걸려들었다는 것을 느끼었다. 할 말이 없었다.

"그리고 또 삼수군에 있는 웬 영감을 문덕군에 돌려 놨다는 건 또 뭐야?"

김정일이 다 알고 묻는데 거짓말을 할 수가 없었다.

"그건 저, 사실 여기 호위국 기쁨조에 있는 정임이란 아이가 하도 자기 아버지를 도로 문덕 수산에 돌아가게 해달라고 부탁하기에 그렇게 했습니다."

"이 새끼야, 너 이런 것도 문제를 세우면 얼마나 크게 세울 수 있는지 알기나 해? 그 영감은 수령님의 심기를 불편하게 하여서 추방간 영감이야."

"잘못했습니다."

"너 개를 좋아하는 거야?"

"아니, 절대 그런 건 아닙니다."

"너 아무래도 안 되겠다. 몇 달 혁명화를 하고 와야겠어."

"지금 말입니까?"

다른 때라면 모르겠다. 지금이라면 한창 "7.1경제관리개선조치"로 한창 바쁜 몸이다. 원래 절름발이로 시작한 개선조치지만 이제 놓으면 그건 정말 어떻게 될지 앞이 뻔히 내다보인다. 원래부터 이제강이 개선조치에 대해 시답지 않게 생각하고 있다는 것은 장성택도 알고 있었다. 하지만 그 위에 김정일이 있으니 장성택이 그만 믿고 개선조치를 밀고 나갔던 것이다. 그런데 김정일도 이제강의 주도면밀함에는 견디지 못하고 만 것이다.

"하여간 너 주의하는 게 좋겠어. 너 그래도 이번에 우리 경제를 다시 세우자고 애를 썼으니 그쯤이지, 그렇지 않았더라면 아예 끝장날 일이었다는 걸 명심해."

"알 … 알았습니다."

"강선제강소에 나가서 우리 노동계급들이 어떻게 어려운 속에서도 당을 받드는가 좀 보고 와."

"알 … 알았습니다."

장성택은 김정일의 집무실에서 나왔다. 나오면서 자기도 모르게 잔등이 이미 화락하게 젖었다.

"7.1경제관리개선조치"를 생각하면 기가 막혔다.

모든 것이 끝났다. 장성택이 결국은 이제강이한테 한 대 먹어도 단단히 먹은 것이다.

가슴속에서는 보이지 않게 복수심이 불타올랐다. 그러나 어쩔 수 없는 일이었다. 장성택은 무거운 발길을 옮기었다.

11
노동자들 속에서

　　북한에는 다른 어느 나라에도 없는 특별한
처벌이 있다. 혁명화, 노동계급화한다는 것이다. 현직 간부가 일하는
과정에 뭔가 잘못을 범하면 현장에 내보내 노동개조를 시킨다. 이것을
혁명화 노동계급화한다고 한다.

　　그런데 이것도 두 가지 형식이 있다. 하나는 한 번 나가면 영원히
다시 돌아오지 못하는 경우고, 다른 경우는 몇 달씩 또는 몇 년씩 일하
고 다시 돌아오는 경우이다. 여기에는 직위의 높고 낮음이 없다. 최고
직위에 있던 사람이라 하여도 혁명화 노동계급화 나갈 수 있고, 또
중간 간부라 하여도 나갈 수 있다.

　　1956년 8월 종파, 또 1958년 3월 종파, 1967년 5월 반당 반사회주

의 분자들, 1969년 인민군당 제4기 4차 전원회의에서 떨어져 나간 사람들, 이런 사람들은 영원히 돌아오지 못했다. 1969년에 떨어져 나갔던 사람들 중에서 인민군 총참모장 최광만은 황해남도 은률군 자동차 사업소 지배인으로 나갔다가 10년 만에 다시 돌아왔다. 그러나 그렇지 않은 사람들, 이른바 사업과 생활에서 일부 결함이 나타나 혁명화, 노동계급화 나갔던 사람들은 대체로 다시 돌아온다.

성택이 바로 그렇게 나간 것이다. 그가 영원히 나가 있겠는지 다시 돌아올 수 있겠는지는 전적으로 김정일이에 달렸다. 그래도 그는 애초부터 다시 돌아올 수 있을 것으로 예견하고 있었다. 생각해보면 물론 여러 가지 잘못한 것이 있다. 하지만 김정일은 다른 사람도 아니고 장성택에 대해서는 알아도 너무 잘 안다. 그가 이러저러한 잘못은 하였지만 본질적으로 그 무슨 정치적 책략으로 체제를 뒤엎을 꿍꿍이를 할 위인이 아니라는 것이다. 물론 이제강은 이 기회에 장성택을 완전히 거꾸러뜨리려 하였다.

하지만 그의 의도와는 달리 장성택의 문제는 혁명화 나가는 것으로 마무리되었다. 김정일이 하는 모든 말과 행동은 철저히 계산된 것이었다. 장성택으로서는 어쨌든 "7.1경제관리개선조치"가 한창 진행되고 있는 때에 자기가 빠지면 그 후과가 어떻겠는지 모르진 않았지만 어쩔 수 없었다. 남은 건 박봉주밖에 없는데 그 결과는 뻔하였다. 성택이 혁명화 나간 곳은 평양에서 그리 멀지 않은 강선제강소였다. 나가던 날 경희가 그 모든 사연을 듣더니 이렇게 말하는 것이었다.

"흥, 내 그렇게 될 줄 알았어요. 당신 그게 정말 박정순 딸 결혼식에 간 것 때문에 일어난 일인 줄 아세요?"

"그럼, 그게 아니고 뭔데?"

"기본은 '7.1경제관리개선조치'에 개입한 것 때문이에요."

"아니, 그게 뭐 어쨌는데?" 장성택이 말했다.

"뭐 어쨌는데가 아니라, 당 조직지도부 사람들이 그 때문에 얼마나 의견들이 많았는지 아세요?"

"아니, 당 조직지도부 사람들이 왜 의견이 많은데?"

"그 사람들이 왜 의견이 많지 않겠어요? 자기들은 가만있으면 바지저고리가 되는데 솔직히 말해서 그 사람들은 오빠까지 쥐어흔들고 있다는 것을 알아야 돼요."

"아니, 그 사람들이?"

순간 문득 이제강이네가 실제적으로 김정일까지 쥐어흔든다는 생각이 들었다. 하지만 이미 늦었다.

"알았어. 난 뭐 세 살 난 어린앤가?"

장성택은 그길로 강선에 나갔다. 강선제강소 노동과에서는 이미 위에서 지시를 받은 모양이었다. 그를 제강소 건설 직장에 배치하였다. 성택이 다른 것은 몰라도 노동현장 일만은 자신 있다고 생각했다. 자기 자신이 원래 노동계급이기도 하거니와 대학 때에도 힘든 일을 많이 해봤기 때문이었다. 그런데 아니었다.

첫 날 출근이다. 건설 직장에서는 말 그대로 제강소의 크고 작은 모든 건설 일을 맡아 하고 있었다. 김일성의 혁명사상 연구실을 새로 짓는다고 하였다.

제강소 전체 16개 전기로 가운데 15개가 멎고, 나머지 하나도 겨우 외국인들이나 와야 돌리는 주제에 김일성의 사상연구실만은 새로 짓는다는 것이다. 공사가 제법 크게 벌어지고 있었다. 작업현장 책임자는 그에게 무슨 일을 하겠는가 물었다. 아무래도 다른 일보다는 그래도 파악이 있을 것 같아 모래 치는 일을 하겠다고 하였다. 모래 치는 일이란 자갈이 많이 섞인 모래를 채로 쳐서 모래만 따로 분류하는 일이다.

현장 책임자가 그걸 꽤 해낼 수 있겠는가 물었다. 괜찮다고 대답하였다. 그렇다면 한번 해보라고 하였다. 모래 치는 일은 셋이 한 조였다. 한 사람은 삽을 잡고 나머지 두 사람은 줄을 잡고 가래질로 모래를 치는 것이다. 앞에 반쯤 세워놓은 채에 자갈 섞인 모래를 쳐서 모래만 따로 분류하는 것인데 쉽지 않았다. 말이 혼석이지 실제에 있어서는 자갈이 훨씬 더 많은 것을 쳐서 모래를 따로 얻는다는 건 진짜 간단치 않았다. 그를 제외한 다른 두 사람은 아가씨들이기 때문에 성택이가 할 수 없이 삽을 잡았다.

참으로 몇십 년 만에 다시 잡아보는 삽인가. 시작하여 얼마 되지도 않았는데 역시 오랫동안 현장 작업에서 떨어져 있다 보니 쉽지 않다는 생각이 들었다. 그렇지만 할 수 없었다. 더구나 혁명화 첫날이었다. 성택의 일거수일투족이 당 조직을 통해 그날로 위에 보고될 것이다. 애써 참고 끝까지 해보려 하였다. 몇 시간째 같은 일을 계속하다 보니 허리가 시큰거리고 등줄기로 땀이 비 오듯 하였다. 밧줄을 당기던 순임이라는 아가씨가 말하였다.

"아이, 아저씨, 좀 쉬었다 해요. 이젠 모래 쳐 놓은 것도 웬만큼 있는데 …"

"그래. 그럼, 좀 쉬었다 할까?"

성택이 잠시 쉬기로 하였다. 모두 삽자루를 놓고 혼석 더미 위에 아무렇게나 앉았다. 알고 보니 그 아가씨는 순임이고 다른 아가씨는 명심이라고 하였다. 둘 다 아버지들은 제강소에서 용해공으로 일하고 있었다.

"아저씨, 첫날부터 그렇게 하다가는 부러져요." 순임이라는 아가씨가 하는 말이었다.

"그래, 부러지지는 말아야지. 허허, 너희들도 힘들지?"

"그렇잖구요. 그런데 아저씨는 전에도 이런 일을 많이 해본 모양이에요?"

"글쎄, 젊었을 때 좀 해봤지만 이젠 벌써 몇십 년인데…"

"아저씨, 그런데 아저씨는 정말 김경희 동지 남편이에요?" 명심이라는 아가씨가 하는 말이었다.

"허허. 난 그저 평범한 사람이야."

"아니, 그런데 어떻게 이런 일을 다 할 줄 아세요?"

놀라운 모양이다.

"왜 김경희 남편이면 다른 사람들과 다른가?"

"당연히 다르지요. 김경희 동지 남편이면 큰 간부인데 언제 이런 일을 해봤겠어요."

"그래, 순임이 아버지는 용해공이라고 하던데 요즘 로(爐)가 쉬고 있으니 무슨 일을 하지?"

"그래도 매일 출근해서 땅을 파요."

"아니, 땅은 왜 파는데?"

"뭐 별로 할 일이 없으니 땅이라도 파서 파고철이라도 모아야지요 뭐."

"그렇다? 그럼 명심의 아버지는?"

"저희 아버지도 같아요. 뭐 따로 할 일이 있어요?"

하긴 그렇겠지. 따로 무슨 할 일이 있을까. 워낙 때가 때이니만큼 그래도 출근하면 얼마간씩 식량을 준다. 그것조차 하지 않으면 아무것도 없다. 과연 이것이 현실인데 여기 와서 뭘 노동계급화 혁명화 하라는 건가.

점심은 합숙에서 주는 바오라기 같이 굵은 옥수수 국수로 한 끼때웠다. 오후에도 같은 일을 하였다. 고막을 찢을 듯한 혼합기 소리, 삽질 소리, 또치카라고 불리는 외바퀴 손달구지 모는 소리. 거기다가 모래와 시멘트를 혼합하는 곳에서는 줄창 모래가 떨어진다고 소리치니 별로 쉴 틈도 없었다. 끝없이 쏟아지는 땀방울, 이 아비규환의 지옥에서 하루 종일 일하고 보니 아직 자기 자신이 살아 있는가 의심하지 않을 수 없었다. 그러나 첫 날부터 아프다는 소리를 할 수는 없었다.

어쨌든 보름간만 견디자. 첫 보름이 제일 힘들다고 하였다. 먼저 혁명화 나왔던 사람들이 하는 이야기이다. 아니 그게 아니더라도 장성택도 이미 알고 있는 경험이기도 하였다. 그날은 그렇게 하루해를 보냈다. 마침내 영원히 지지 않을 것 같던 해도 서산에 기울고 사위는 어둑어둑해지기 시작했다. 작업도 끝났다.

모두는 커다란 드럼통에 얼굴이며 몸이며 대충 씻고 작업 총화를 짓기 위해 모임장소로 쓰는 함바집에 들어갔다. 이제 총화만 끝나면 이 고달픈 하루도 마침내 막을 내리는 것이다. 서로 얼굴을 쳐다보면 꼭 마치 불에 타다 남은 숯덩이들 같다. 추운 날씨에 바람까지 찬데 내려쬐는 햇빛을 종일 받고 일하니 어쩔 수 없었다. 모두가 마른 장작개비에 비닐 박막을 씌워 놓은 것 같다. 먹는 게 부실하니 어쩔 수 없다.

이게 과연 영웅적 조선 노동계급의 모습인가. 과연 조선의 노동계급은 이래야만 되는가. 그래도 작업 총화를 하자고 모이니 그 순간만은 나름대로 웃기도 하고 말도 한다. 작업반장이 들어왔다. 건설 직장에서 작업반장이기도 하지만 여기 건설장에서도 책임자였다. 모두 도시락곽을 챙겨들고 집으로 갈 시간만 기다린다. 집에 돌아가면 모두는 그래도 기다리던 가족과 더불어 웃기도 하고 말도 하면서 고달픈 하루를 마칠 것이다.

물론 성택은 합숙으로 돌아가서 옥수수밥 한 그릇을 게 눈 감추듯 한 다음 고달픈 이 하루를 총화지을 것이다. 그런데 이상하게도 건설현장 책임자가 말없이 사람들만 둘러봤다. 마침내 입을 열었다.

"저, 이거 참 말하기 어려운 일인데, 일이 생겼습니다."

모두는 머리를 들었다.

"좀 전에 강서역에서 전화가 왔는데 씨리카트 벽돌이 한 차 방통(화물객차 한 량 정도)이 들어왔다고 합니다. 그런데 무슨 일이 있어도 그걸 오늘 밤 중으로 부려야 한다고 하는데 부릴 사람이 열두 명은 있어야 하겠습니다. 누구라고 집지는 못하겠는데 자원해주십시오."

말하자면 밤 동안 부리지 못하면 아침에는 차량이 되돌아가야 한다는 것이다.

그런데 누가 자원한다는 말인가. 하루 종일 일하고 보니 지치고 배고프기는 다 같다. 그래서 책임자가 무겁게 입을 연 것이다.

"그러니 어떻게 하겠습니까? 자원해주십시오."

아무도 대답하는 사람이 없었다. 솔잎 떨어지는 소리도 들릴 것 같다. 작업반장이 먼저 나섰다.

"내가 나가겠으니 이제 열한 명만 자원해주시오."

그래도 대답이 없었다. 다시 말하지만 지치고 배고프기는 누구나 다 같다. 흔히 모르는 사람들은 뚱뚱하고 힘깨나 쓰게 생긴 사람이면 일하는 데서도 한몫할 줄 안다. 하지만 사실은 그렇지 않다. 그런 사람들일수록 오히려 어렵고 힘든 일에서 몸을 사리기 일쑤였다. 성택이 역시 힘들기는 마찬가지였다. 특히 이날은 육체노동 첫날이어서 너무 힘들었다. 하지만 자원하지 않을 수 없었다. 말 그대로 혁명화 나온 주제에 첫날이라고 안 나갈 수가 없었던 것이다.

"내가 나가지요."

"아니, 부부장 동지가 어떻게?"

작업반장이 놀랐다. 그렇지만 만류한다고 그만둘 수는 없었다.

"아니, 내가 나가겠습니다."

미장작업을 하던 사람 하나도 따라 일어섰다. 나이든 사람이다. 또 성택이와 함께 일하던 아가씨 둘도 따라 일어섰다. 여기저기서 할 수 없어 자원하는 사람 몇이 더 있었다. 겨우 열두 명 인원은 채웠으나 먹을 건 아무것도 없다. 작업반장이 성택이 보고 나이도 있는 데다 오늘 첫날 일이니 그만두라고 하였다. 하지만 그럴 수 없었다. 열두 명 제일 마음 약한 사람들만 자원한 것이다. 마지막에 작업반장이 차에 오르면서 창고에서 시뻘건 비닐통 하나를 들고 나왔다.

"어떻게 하겠소? 있는 건 이것밖에 없는데 … 없는 것보다야 났겠지." 차는 떠났다.

"그게 뭔데?" 성택이 물었다.

"농태기 술입니다. 우리한테 이것밖에 더 있겠습니까?"

농태기 술이란 북한 농민들이 집에서 빚는 밀주다.

모두는 "망짝"이라고 부르는 화물자동차에 앉아 강서역으로 나갔다. 저녁이 되자 바람이 한결 차졌다. 아직 절기로는 11월 중순밖에 되지 않았지만 겨울이나 진배없었다. 날은 저물고 진눈깨비까지 슬슬 내리기 시작했다. 기가 막혔다. 얼마 전까지 중앙당 조직지도부 부부장이라고 거들먹거리던 성택이 이제는 말 그대로 제일 밑바닥 노동자가 되어 역에 나가는 것이다.

차가 마침내 어둠에 잠긴 강서역에 들어섰다. 역에서는 더 들어올 차가 없는지 한 방만 불이 켜져 있을 뿐 온통 여우 파먹은 무덤 같기만 하였다. 배가 고팠다. 정말 오래간만에 고파보는 배다. 성택이 생각해보았다. 평양에서 이때라면 자기는 아마도 집으로 갈 것이다. 아니면 중앙당 사람들과 어울려 술 먹으러 갈 것이다.

그리고 밤이 늦도록 술을 마시며 사업과 생활에서 제기되는 문제들을 이야기할 것이다. 그런데 지금은 종일 무거운 일을 하고도 씨리카트 벽돌 부리러 강서역으로 나온 것이다. 가까이에는 사람 사는 집들도 보이지 않았다. 작업반장이 역에 도착하자 가지고 나왔던 벌건 비닐통을 내놓았다.

"그게 뭐요?" 미장 작업을 하던 나이 지숙한 사람이 아까 술이라던 말은 듣지 못한 모양이었다.

"뭐긴 뭐겠소? 술이지. 자 안주는 각자 자체로 해결하고 그래도 이거라도 들어가면 안 들어가는 것보단 좀 나을 거요." 작업반장의 말이었다.

미장 작업을 하던 영감이 먼저 슬쩍 맛을 보았다. 군대에서 쓰는 알루미늄 식기가 어떻게 흘러나온 모양이다. 그것으로 맛을 보았다. 으드득 이빨 쫓는 소리가 났다. 그래도 그것으로 두 눈 질끈 감고 한 사발 퍼 마시었다.

"어떻게 하겠소? 이거라도 마시지 않으면 일을 할 수 없을 것이고 자 한 사발씩 받으라고."

사람들은 주섬주섬 안줏감을 찾아 나섰다. 하지만 허허 벌판에 무슨 안줏감이 있으랴. 멀지 않게 다 캐고 버린 배추밭이 보이었다. 몇은 그거라도 좀 나을까 하여 밭에 나갔다. 하지만 그것조차 기찻길 옆이다 보니 석탄 먼지가 시꺼멓게 한 벌 씌었다. 그것을 들고 와서 손바닥으로 탁탁 털어 입에 가져갔다.

"어떻게 하겠습니까? 부부장 동지도 일을 하려면 한 잔 하는 수밖에 없을 것 같구만요." 작업반장이 말하였다.

그리고 자기가 먼저 한 사발 퍼 마시었다. 또다시 이빨 쫓는 소리가 들리었다. 너도 나도 술을 받아 들었다. 꼭 무슨 사약을 받는 사람들 같았다. 성택이도 받아 들었다.

"부부장 동지, 꺾었다가는 다시 마시기 어려우니 입을 댄 김에 단번에 쭉 내십시오." 작업반장이 하는 말이었다.

그 술 한 사발이면 꼭 한 병은 될 것이다. 성택이 술 사발을 들었다. 마시기도 전에 역한 냄새가 코를 찔렀다. 그래도 단번에 들이켜야 한다. 남들같이 두 눈을 질끈 감고 쭉 들이켰다. 아니다. 이건 도저히 참을 수 없다. 그냥 올라오는 것이었다. 너무 힘들어 절반쯤 마시고 좀 쉬었다 다시 마실 요량으로 꺾었다. 그러고 보니 정말 사약이 쓰면 이보다 쓸까. 어렸을 때 작가 이기영 선생이 쓴 『인간수업』이라는 소설을 본 생각이 났다. 이기영이 생활이 아무리 어려웠다 해도 이런 일까지야 체험하진 않았을 것이다.

"부부장 동지, 단번에 마셔야지, 꺾었다가는 힘들다고 하지 않습니까?" 미장하던 영감이 하는 말이었다.

"예. 알고 있습니다. 하지만 너무 힘들어서."

성택은 다시 눈을 질끈 감고 마지막까지 냈다. 정말 넘어간다는 자체가 놀라웠다. 옆에 있던 젊은 친구가 놀라운 듯 쳐다보더니 얼른 배추 조각을 내밀었다. 성택이 들기 전에는 자기는 그 배추만은 절대로 먹지 않겠다고 마음먹었으나 너무 견딜 수 없었다. 속에서 무작정 치밀어 올라 얼른 그 배춧잎을 받아 입에 넣었다. 그리고 눈을 딱 감고 입을 굳게 다물었다. 오 분쯤 지났을까 마침내 속에서 구역질나던 것이 좀 나아지는 것 같았다. 성택이 너무 힘들 때면 속으로 읊조리는 시 구절이 있다.

"… 그렇다 그러나 오래진 않으리라
이러한 날 기어이 끝장 나리라
조심하라 우리의 복수
무산자들이 모조리 일떠설 것이다"

언제 외워뒀던지 프랑스 파리 콤뮨('코뮌'의 북한어) 참가자 엔 뽀지에라는 사람이 쓴 시였다. 이 경우와는 전혀 맞지 않지만 너무 힘들어 한번 속으로 읊어보았다. 아무리 사람은 혁명화를 나왔다고 해도 뱃속은 아직 혁명화 나온 줄 모르는 모양이다. 꼭 뱀이 목구멍을 타고 내려가는 것 같았다. 다른 사람들도 모두 그렇게 하고 있었다. 마시고 나니 그러지 않아도 부들부들 떨렸던 몸인데 신문지를 찢어 담배 한 대 말 수가 없었다. 하지만 그로부터 15분? 아니 20분? 배에서 슬슬 소식이 오기 시작했다. 아니 천천히 머리에도 전달되었다. 하늘 땅 천지 동서남북이 빙빙 돌아갔다.

"자, 일합시다." 술을 나눠주던 작업반장이 소리쳤다.

그 소리가 마치 돌격 나팔소리 같았다. 조금 전까지만 하여도 춥고 배고프고 지쳐 울상이었던 사람들이 갑자기 호랑이가 되었다.

"그래, 합시다."

누구는 화물차 모서리를 잡고 꼭대기에 올라갔다. 또 누구는 고리를 벗기고 씨리카트 벽돌을 내리기 시작했다.

"허이야, 허이야."

씨리카트 벽돌이 무슨 공깃돌 같았다. 씨리카트 벽돌은 두 가지다. 안주 씨리카트 벽돌은 열두 구멍짜리로 한 개가 18킬로고, 피현 씨리카트는 9구멍짜리 28킬로다. 그런데 그날 부린 벽돌은 피현 벽돌이었다.

어떻게 그 산 같은 씨리카트 벽돌을 다 부렸는지 모르겠다. 그 28킬로짜리 씨리카트 벽돌이 마치 성냥곽이나 되는 것처럼 가볍게 느껴졌던 것이다. 마침내 다 부리고 보니 동녘 하늘이 벌겋게 물들기 시작했다. 장성택의 혁명화 노동계급화 첫날은 너무 어렵게 흘러갔다.

다음 날도 또 그 다음 날도 성택은 일을 나갔다. 정말 차츰 일하는 게 나아지기도 하는 것 같았다. 한 달이 지나가자 일이 손에 잡히기 시작하였다. 한참 보기 좋게 나왔던 배도 언제 나왔던가 싶게 들어가고 그도 남들같이 장작개비에 비닐 박막을 씌워놓은 것 같이 되어갔다. 얼굴도 타다 남은 숯덩이같이 되어갔다. 그게 바로 혁명화 노동계급화 되는 진면모인 모양이다. 석 달째 일하던 어느 날이다.

그쯤 되니 사람들과도 얼굴을 익히고 그들 역시 성택이를 자기 사람으로 인정하는 정도는 되었다. 그날도 하루 종일 역시 힘들게 일하였는데, 점심 때 건설장 사람들 몇이 한 곳에 모여 수군거리는 것이 보였다. 성택이는 물론 그들이 모여서 무엇을 토론하는지 몰랐다. 저녁 일이 거의 끝날 무렵이 되었다. 그날은 토요일이라고 약간 일찍이 일을 끝냈다. 작업반장이 그에게 다가와 어줍게 말을 거는 것이었다.

"이거 높은 어르신한테 이런 말씀을 드려도 되는지 모르겠지만 이제 퇴근하면 뭘 하실 겁니까?"

"뭐, 전 특별히 할 일이 따로 없습니다."

"그렇겠지요. 그래서 말인데 괜찮으시다면 저희들하고 맥주라도 한 잔 마시면 어떻겠는지 해서 그럽니다."

"맥주라고요?"

물론 맥주라면 성택이도 별로 싫어하지 않는다. 아니 좋아해도 아주 좋아한다. 하지만 혁명화 나와서까지? 그러나 이런 기회에 노동자들의 생활도 알아볼 겸 나쁘지는 않을 것 같았다.

"그런데 어디 맥주 마실 데가 있습니까?"

"같이 갑시다. 낮에 이미 사람을 둘씩이나 보냈으니 아마 지금쯤은 받아 놓고 기다릴 겁니다."

"고맙습니다."

성택이 그들을 따라 나섰다. 합숙에 돌아간다 하여도 별로 할 일도 없었다. 이들이 같이 맥주까지 마시자고 청하는 걸 보면 이젠 확실히 성택이를 자기들 사람으로 생각하는 것 같았다. 기분이 좋았다.

하지만 정작 강서 맥줏집에 이르렀을 때는 먼 곳에서부터 벌써 달랐다. 마치 벌집을 건드려 놓은 것 같은 소리가 멀리서도 들렸다. 맥줏집 앞에는 사람들이 별로 없는데 뒤로 돌아가자 아 이거라고야. 인산인해의 사람들이 서로 뒤엉켜 꼭 무슨 전쟁을 치르는 것 같았다. 사람마다 서로 다른 자기 주장을 하며 난투극을 벌이고 있는데 정말 말이 아니었다. 성택이 함께 간 사람들과 뒤에서 멍하니 구경할 수밖에 없었다. 맥줏집에는 예비표와 진짜표가 있었다. 예비표는 각 인민반과 가정을 통해 미리 내어준 표이고 그 표를 가지고 다시 맥줏집에 와서 진짜표와 바꿔야 맥주를 먹을 수 있었다. 맥줏집 뒤에서 바로 그 예비표를 진짜표로 바꾸어 주는 것이다.

이들이 보낸 사람은 벌써 두 시부터 와 있었다는데 장장 네 시간 반을 기다렸다. 마침내 진짜표를 바꿔주는 시간이 거의 다다를 즈음이었다. 갑자기 사태가 달라져서 순식간에 아수라장이 되었다. 멀찌감치 줄도 서지 않고 주변을 빙빙 돌던 사람들이 갑자기 짐승같이 달려들었다. 그 통에 정상적으로 곱게 줄을 서서 기다리던 사람들은 모조리 풍비박산이 나 버리고 말았다.

거기는 원래 한 사람씩만 들어갈 수 있게 50미터 전부터 100밀리 강관으로 차단벽을 만들어 놓고 있었다. 하지만 그것도 상관없었다. 사람들이 그 차단벽 철관을 얼마나 밀어부쳤는지, 그 100밀리 철관이 엿가락같이 꾸부러져 있었다. 어떤 것은 아예 뽑혀져 나간 것도 있었다. 사람, 사람, 또 사람이다.

이번에는 한무리의 군인들이 달려들었다. 그들은 완전히 조직적인 강도떼 같았다. 애초에 한 부대에서 나온 건 아니겠지만 패를 지어 좌우충돌 돌진하며 앞으로 나왔다. 막아서는 사람은 그 누구라도 관계가 없었다. 마구 두들겨 패고 뽑아내고 앞으로 나오는 것이었다. 잠깐 사이에 군대가 거의 앞까지 돌진해 나갔다. 그런데 이건 또 무엇이란 말인가.

"자, 들어갑니다."

뒤에서 소리가 나서 보았더니 정말 말이 나가지 않는다. 웬 짐승같은 놈 하나가 사람들의 머리를 사정없이 밟으며 앞으로 날아가는 것이었다. 무서운 주먹질과 욕설도 상관이 없었다. 특별히 맷집이 좋은지 마구잡이로 쏟아지는 주먹질과 욕설을 뚫고 앞으로 나가 제일 앞 매표구 앞에서 뚝 떨어졌다. 일이 그쯤 되고 보니 악다구니야 더 말해서 무엇하랴.

"죽여라, 죽여라, 저 놈 죽여라!"

성택은 그저 멍하니 보기만 하였다. 과연 장성택 등이 "금준미주는 천인 혈"을 마실 때 노동계급들이 이렇게 사는 것을 알고 있었던가. 생활이 어느 지경으로 굴러 떨어졌는지 기가 막힐 뿐이었다. 옛날 그가 부령 야금 공장에 다닐 때에도 이렇지는 않았다. 언제부터인가. 정말 언제부터 나라꼴이 이 꼴이 되었던가. 참담함과 그로부터 오는 분노가 칼같이 가슴을 저밀 뿐이다.

또다시 "들어간다" 소리가 났다. 이번에는 아예 버젓이 중위 견장을 단 군관이다. 그 역시 사람들의 머리를 밟고 앞으로 나갔다. 하지만 그는 끝까지 나가지도 못하고 도중에 무리 속에 하차하고 말았다. 건설장에서 보낸 사람도 꽤 왈패스러운 인간으로 골라 보낸 것 같은데 그 속에는 끼지도 못하고 밀려났다. 단추를 이미 다 뜯기고 옷도 여기저기 찢겨진 채 밀려났다. 입도 어디서 터졌는지 피까지 줄줄 흘러내리고 있었다.

"아, 이거 안 되겠습니다. 저 군대 새끼들이 마구잡이로 달려드는 통에 …" 그가 변명삼아 푸념질을 하였다.

"내 원래 당신들을 믿고 보낸 것이 잘못이지. 여, 그 돈 여기 가져 와." 작업반장이 장성택을 데리고 앞쪽으로 나갔다.

"아니, 돈은 해서 뭘 하게요?"

"뭘 하긴. 군소리 말고 따라오기나 해."

그 친구에게 돈을 넘겨주었다.

"부부장 동지, 되겠는지는 모르겠지만 한 번 해보겠습니다."

작업반장이 성택이를 남겨 놓고 맥주집 안으로 들어갔다. 성택이도 어떻게 하는가 따라 들어갔다. 물론 그때쯤 되자 이미 맥줏집 안은 초만원이었다. 벌써 한 쪽에서는 맥주를 내기 시작한 것이다. 거기에는 애초에 쪽걸상 같은 것도 놓여 있지 않았다. 맥주는 받아 가지고 그 자리에서 서서 마시고 가라는 것이었다. 바닥에는 쏟는 맥주가 홍건하게 고였다. 어느 우라질놈이 거기다 벌써 오줌을 갈겨놓았는지도 모르겠다. 그래도 맥주를 받아든 인간들은 허연 이빨을 드러내고 연방 웃고 떠들고 있다. 꼭 낮도깨비를 보는 것 같다. 안주로는 마른 조갯살 한 줌씩을 주는 모양이다. 그 모래가 버적버적하는 걸 씹으면서 그래도 뭐라 끝없이 떠들고 주장한다.

"내 이제 두고 보라니까. 우리 작업반장 그 족제비 같은 새끼 아예 죽여 버리고 말겠어."

"어이구, 그래도 당신네 작업반장은 한창 나은 줄 알라. 우리 세포 비서 그 개년은 완전히 정신병자라니까. 내 그년 씹구멍에 말뚝이나 콱 박아 놓지 않나 두고 보라고."

또 다른 탁자다.

"자, 들라구 들라니까. 개새끼들 할 일이 없으니까 또 그 빌어먹을 문답식 학습 경연을 한다는 거야. 그저 모조리 벼락이나 콱 맞았으면 좋겠어."

"자, 자, 내일 일은 내일 일이고, 우선은 한 잔 마시고 보자. 자 들라고 들라니까."

어느 탁 하나 좋은 소리가 나오는 곳이 없다. 기가 막힌 일이었다. 과연 이것이 김정일이 그렇게 요구하는 온 사회 김일성주의화인가. 성택은 자기도 모르게 한숨이 나갔다. 성택이를 여기로 데리고 왔던 작업반장은 곧장 맥주를 내어 주는 창구로 다가갔다. 주변을 흘끔흘끔 살피더니 돈과 함께 맥주 통을 그대로 쑥 들이미는 것이었다.

"자, 또 한 장 들어갑니다. 철철 넘겨나게 꽉꽉 밟아 주시오."

이건 진짜표가 아니라 돈이다. 당장 욕사발이 터져 나오고 맥주 통이 내동댕이쳐지는 줄 알았다. 그런데 웬일인가. 맥주 주는 창구로 웬 동이만한 노친네 얼굴이 나타나더니 밖을 살피고 쑥 들어갔다. 누가 사람이 없나 보는 모양이다.

이어 맥주 통에 정말 철철 넘쳐나게 맥주가 나왔다. 돈은 보나마나 그 노친네 지갑으로 들어갔으리라. 원래 10리터짜리 통이면 맥주가 약간 굻게 나온다. 하지만 이건 정말 발로 꽉꽉 밟아 다져진 맥주가 나왔다. 당연히 작업반장은 으쓱하였고 같이 간 사람들은 작업반장을 영웅이나 된 것처럼 떠받들었다. 돈이야 그 노친네 주머니에 들어갔으면 어떻고 무슨 상관인가. 이것으로 또 성택의 혁명화 노동계급화의 하루가 저물어 갔다.

12
해옥이

또다시 몇 달이 지나갔다. 어느 날 장성택한테 정말 뜻하지 않은 일이 생겼다. 전날 저녁 어쩌다 건설장 친구들과 소주를 진탕만탕 마셨는데 아침에 합숙 식당에 갔더니 뜻밖에도 누군가 자기를 기다리는 사람이 있었다. 돌아보니 정임이었다. 자기 아버지를 고향에 돌아가게 해달라고 그렇게도 애원하던 정임이, 피를 철철 흘리면서도 권투를 하던 정임이, 그 정임이가 뛰어와 그에게 반갑게 인사를 하는 것이다.

"아니, 네가 어떻게 여기 왔니?" 성택이 반가움과 함께 놀라움에 물었다.

"그렇게 됐어요. 어쨌든 저 이젠 완전히 여기로 내려왔거든요."

"완전히 내려오다니? 도대체 어떻게 된 일이야?"

"아저씨는 저의 아버지를 위해 여기까지 혁명화 나왔는데 저는 아저씨를 위해 여기로 오면 안 돼요?"

"뭐야? 너 그게 말이라고 하니?" 성택이 들어볼수록 어이없어 말이 나가지 않았다.

"사실은 저 이번에 제대되었어요. 이왕 제대된 거 고향에 갈 바에는 여기로 오겠다고 했어요."

"아니, 너희들은 내가 알기로는 제대되면 모두 좋은 곳으로 시집보내준다고 하던데 넌 그렇게 되지 않았니?" 성택이 이런 기쁨조 아가씨들의 내막에 대해 좀 알기 때문에 말했다.

"글쎄, 저보고도 낮도 코도 모르는 사람들 사진을 7~8장 꺼내 놓으면서 고르라고 하는데 전 그런 사람한테 가는 것보다 차라리 그냥 고향으로 보내달라고 했어요."

"넌 고향이 여기 강선도 아니잖니?"

"아니지요. 하지만 전 여기로 오고 말았어요."

그다음은 더 말하지 않아도 알만한 일이었다. 성택이 바로 자기 아버지 때문에 이곳에 혁명화 노동계급화 나와 있다는 소릴 듣고 온 것이다.

"아무튼 전 괜찮아요. 여기 와서 아저씨 빨래도 해주고 같이 있으면 좋지 않아요?" 성택은 더 말이 나가지 않았다.

"기막힌 일이지만 이왕 온 걸 어떻게 하겠니? 같이 있어 보자."

성택이는 그를 끌고 합숙 식당으로 들어갔다. 둘은 합숙에서 아침 식사를 하였다. 합숙 밥이라 해야 옥수수쌀이 80프로다. 그래도 성택에게만은 특별히 쌀이 많이 섞인 쪽으로 담느라 여간만 신경을 쓰는 게 아니었다. 그것도 분명 그가 언제인가 다시 올라갈 것이기 때문일 것이다. 합숙 자는 방도 남들은 한 호실에 일곱 명, 여덟 명까지 있지만 성택에게만은 특별히 한 방을 혼자 쓰게 하였다. 식사를 하고 나오자 정임이도 따라왔다.

"그래, 이젠 어떻게 할 거니?"

"뭘 어떻게 하긴 어떻게 해요? 그냥 여기서 일을 하는 거지요 뭐. 아저씨도 일하는데 저라고 못하겠어요?"

"글쎄, 그렇기는 하지만…" 생각할수록 기가 막혔다.

언제인가 만약 자기가 올라간다면 그때 정임이는 또 어떻게 한단 말인가. 첩첩 난관이라고 하더니 또 한 가지 어려운 일이 생긴 셈이다.

"아저씨, 저 오전에 수속이랑 마저 하고 오후부터 일 나갈게요."

"응, 그래. 그렇게 해."

성택이 생각해보면 비록 나이 차이는 엄청나지만 그래도 자기를 오빠삼아 삼촌삼아 의지하고 살겠다고 온 그를 모르는 척할 수는 없을 것 같았다. 그런데 그를 위해 과연 무엇을 해 줄 수 있는가. 성택이로서는 지금 자기 혼자 앞가림도 하기 어려운 형편이다.

정임이를 보내고 출근길에 올라서였다. 합숙에서 나오면서 제강소 쪽으로 쭉 포플러 나무가 두 줄로 서 있다. 그쪽으로 걸어 나오는데 웬 할머니 하나가 성택이 앞을 막아서는 것이었다.

"저, 성택 오빠 맞아요?"

"누구신데?"

도통 그냥 봐서는 누구인지 알 수 없었다. 이까지 다 빠진 할머니다. 흔히 볼 수 있는 누런 국방색 옷에 물 바랜 곤색 바지를 입었다. 얼굴에 패인 깊은 주름이며 볼품없이 들어간 볼은 수난에 찬 그의 역사를 말해 주고 있었다. 암만해도 누구인지 알 수 없었다.

"몰라보는구나, 나 해옥이요."

"뭐? 해옥이? 해옥이? 어느 해옥이?"

"잿마을에 영화보러 갔다 오다가 월봉산…"

"뭐라고?"

그러고 보니 눈언저리에 약간 옛날 모습이 남아 있었다.

"그럼, 부령 야금 공장 부기장 딸 해옥이?" 성택이 깜짝 놀라 물었다.

"이제야 알아보겠소? 나 해옥이오."

실로 얼마 만인가.

부령 공업학교 동창생이다. 어떻게 보면 그의 첫 애인이라고도 할 수 있는 그녀였다. 대학에 오지 않았더라면 그와 평범한 짝을 이루어 함께 살 수도 있었으리라. 그 해옥이 지금 바로 그의 앞에 서 있는 것이다.

"히야, 성택 오빠. 오빠가 여기 내려왔다는 소릴 어제야 들었소. 그래도 긴가민가 찾아왔더니 정말 오빠를 만났구나." 해옥이 반가워 어쩔 줄 몰라했다.

"그래, 네가 어디 이쪽으로 시집왔다던 소린 들었어. 지금은 어디 사는데?"

"여기서 그리 멀지 않소. 저기 배급소 뒤 119반에 사오."

이젠 벌써 그도 부령을 떠난지 수십 년이나 되겠는데 말씨는 여전히 함경도 말씨다.

"그래? 남편은 누군데?"

"보면 알게요. 정용이라고 학교 때 축구를 한다고 줄렁거리던 사람."

그러고 보니 생각났다. 그와 무엇 때문이었던지 되게 싸운 기억까지 났다. 그와 정용이는 나이는 동갑이지만 정용이는 키도 크고 몸도 더 다부졌다. 그래서 싸우다 보니 성택이 더 얻어맞았던 것 같다. 너무 화가 나서 넘어지면서 큰 돌을 들어 그의 발등을 깠다. 그 때문에 정용이 며칠이나 학교에도 못 나왔다. 후에 그는 군대에 가고 성택이는 대학에 갔다. 그리고 그것이 그들의 영원한 이별로 되었다.

"알았소. 아무튼 내 일 끝나면 저녁에 집에 가겠소."

"집에? … 집에 와도 아무것도 없는데?"

"아무튼 저녁에 만나 이야기를 하자고 …"

성택은 해옥이와 헤어졌다. 성택은 하루 종일 일하면서 해옥이 생각만 했다. 아무리 세월이 흘렀어도 어떻게 그렇게도 달라졌을 수 있단 말인가.

정임이 수속하던 게 채 끝나지 않았는지 오후에도 나오지 않았다. 암만 생각해도 저녁에 빈손으로 가기는 좀 안 된 생각이 들어 제강소 후방부 지배인을 만났다. 그리고 꼭 필요해서 그런다고 준비 좀 해달라고 하였다. 당연히 후방부 지배인이 여기 뛰고 저기 뛰어서 닭 두 마리와 술 두 병을 가져왔다. 그 역시 그가 혁명화 내려와 있기는 하지만 다시 올라가게 되리라는 것을 알고 있기 때문일 것이다.

해옥의 집은 어렵지 않게 찾을 수 있었다. 이미 배급을 주지 않은 지는 꽤 되었지만 그래도 배급소라면 모르는 사람이 없었다. 옹기종기 제강소 노동자들이 사는 마을 한귀퉁이에 그의 집이 있었다. 어느 집을 봐도 험한 세상을 억척스럽게 살아가는 모습이 그대로 엿보이었다. 장기판 몇 개를 붙여놓은 것 같은 자리에도 배추를 심었던 흔적이 있고, 또 바람이 불면 금방 날아갈듯 싶은 지붕에는 나무토막이며 돌들을 엎어놓은 것도 보였다.

그곳 제강소 노동자들의 집은 대체로 긴 하모니카식 집들이었다. 다섯 세대 한 동, 일곱 세대 한 동, 집에 들어가면 부엌이고, 부엌에서 올라가면 방 하나가 전부인 집이다. 마침내 집을 찾아 문을 두드렸다. 삽짝도 없는 집이다.

"계십니까?" 성택은 마음을 다잡고 주인을 찾았다.

하나밖에 없는 문이 빼꼼히 열리더니 웬 처녀 아이가 내다보고 혀를 홀랑 내민 뒤 문 뒤로 사라졌다. 이어 정수리까지 벗어진 노인이 나왔다. 몸 한 쪽은 다 닳아빠진 지팡이에 의지하고 있는 것으로 보면 성치 않은 것 같았다.

"정용이오?" 대뜸 짐작이 가서 물었다.

"아이고, 이젠 뭐라고 해야 할지, 부부장 동지 들어오십시오."

"그래, 정말 정용이 맞소?" 성택이 고향에서 쓰던 함경북도 사투리가 되살아남을 느끼며 물었다.

"그… 그래. 어서 들어오십시오."

성택이 안으로 들어갔다.

"야, 너희들, 저 충성이네 집에 가서 놀아라."

안에 있던 두 기집 애를 누군가 다른 애네 집에 쫓아 보내는 것이었다.

"정용이! 내 성택이오."

둘은 손을 붙어 잡았다. 목이 메어 말은 못하고 말없이 흐르고 또 흐르는 감격의 순간 … 하지만 그건 짧은 순간이었다. 정용이 어색하게 물러났다. 그의 달라진 옷차림이며 몸이며 옛날 축구한다고 줄렁거리던 모습은 다 어디로 가고 허리까지 굽어진 늙은 노인만 남은 것일까.

"내 아침에 여편네한테서 들었소. 합숙에 와 있다지?" 정용이 말이 었다.

"뭐 알다시피 건설 직장 노동자로 일하는 거지. 아 그런데 이게 도대체 몇 해 만인가?"

정용이를 붙들고 마음껏 볼이라도 비벼대고 싶었는데 그렇게 되지 않았다.

해옥이 역시 반가워하였으나 부엌에서 뭘 하느라고 정신이 없었다. 성택이 그렇게 처음 왔으니 저로서는 뭔가 색다른 음식을 내놓고 싶었겠지. 성택이 정용이네 집을 둘러봤다. 이것도 집이라고 해야 할까. 흥부네 집이 아무리 어렵다고 해도 이보다는 나으리라.

처음 들어섰던 곳은 틀림없이 부엌이다. 두세 군데 꿰맨 바가지 한 개가 쇠솥 위에 얹혀 있다. 또 그 위로 덕대 같은 것이 매달려 있는데 거기에 비닐버치 몇 개와 사발 몇 개가 올려져 있다. 그게 부엌살림 전부이다. 방도 같다. 몸 좋은 사람 셋만 들어가도 앉을 자리가 없을 것 같다. 그 집 식구들도 그대로는 잘 수 없었던지 좁은 방에 2층 침대를 맸다. 아이들은 모두 2층 침대에서 자는 모양이다.

거기에도 굳이 가구라고 이름을 붙인다면 덕지덕지 신문지를 바른 궤짝이 하나가 있고 그 위에 누르끼레한 이불 두 채가 보였다. 그리고 그 옆에 있는 건 암만해도 정체를 알 수 없었다. 앞에 수상관 같은 것이 있으니 텔레비 같은데 그냥 봐서는 암만해도 토끼장 같다. 아무튼 그게 집 재산의 전부였다. 또 장판이라고 해야 언제 콩물 칠을 했는지 때가 하도 두텁게 앉아 아예 진한 갈색이었다.

"그래, 정용이는 언제부터 여기서 살았소?" 성택이 물었다.

"나야 뭐, 군대에서 제대되면서 무리배치를 받아 이곳에 왔으니 그때부터 살았지."

무리배치란 군대에서 제대되는 사람들을 김일성의 교시나 김정일의 말 한 마디로 아무데고 사정없이 보내는 것을 말한다.

"그렇게 되었구만. 그러니 벌써 수십 년 전 일이겠지? 결혼은 그 이후에 하고?"

"그렇지. 내가 휴가가서 보니까, 저 사람 아직 혼자 있더라고. 그래서 결혼했는데 벌써 옛일로 되고 말았소."

성택의 가슴이 꽉 막히는 것 같았다. 노동자들의 생활이 이런데도 나라에서는 이들을 영도계급이라고 한다. 영도계급이면 영도계급답게 대우를 해줘야 하는 게 아닌가. 말로는 이들을 위해서라면 그 무엇도 아끼지 않는다고 하면서도 빈 말뿐이다. 가슴이 아팠다. 자기 자신이 죄인 같았다.

"이거 오라고는 해놓고 아무것도 없어서 양해하오." 해옥이 술상을 들여오며 하는 말이었다.

그래도 술 한 병은 어디서 얻어서 상에 올렸다.

"참, 아까 내 여기 후방부 지배인보고 이야길했더니 뭘 좀 보내더구만. 그걸 아이들한테 먹이오."

성택이 들고 들어오다가 부엌에 둬두었던 것을 말하였다. 술과 닭 두 마리다. 해옥이 금방 나가 보고 반색을 하였다.

"아이, 뭘 이런 걸 다 가지고 왔소? 역시 당 중앙위원회 부부장이 다르긴 다르오."

둘은 해옥이 봐온 술상에 마주 앉았다.

"하여간 저건 천천히 해서 아이들과 함께 들고 내 그저 오래간만에 옛 친구들을 만나 이야길하고 싶어 왔소."

"아이고, 뭘 이런 걸 다 가져오고 그러오." 정용이조차 반색을 하였다.

"그건 그거고, 가만 내 아까부터 몰라서 그러는데 저건 뭐요? 얼핏 보기에는 텔레비 같기도 하고?" 성택이 물었다.

아까부터 토끼장 같이 생겼다고 하던 물건이었다.

"그게 텔레비 같은 게 뭔가 하면 진짜 텔레비요."

"뭐라고? 텔레비?"

"그래도 저거라도 있으니 아이들이 남의 집에 가서 '텔레비 좀 봅시다, 텔레비 좀 봅시다' 하지 않아 한결 마음이 편하오." 정용이 말이다.

그러고 보니 위에 "왕재산"이라는 상표가 붙어 있었다. 워낙 너무 작기도 하거니와 그나마도 수상관 가운데가 좀 이상했다. 무슨 감자 덕지같은 것이 붙어 있었다.

"어, 왕재산 텔레비요? 그런데 저 가운데가 좀 이상하지 않소?"

"아, 그것 말입니까? 새 건 어디서 구해 놓을 수가 없고 누가 보던 걸 가져다 놨는데 수상관 가운데가 타서 그 모양이오."

"그럼, 거기는 잘 나오지 않을 게 아닌가?"

정용이 말했다. 그래서 텔레비에서 축구를 한다 하면 선수가 공을 몰고 그 수상관 탄 속에 들어가면 좀 쉬다가 나오면 계속해서 본다는 것이다. 기가 막혔다. 세상에 이런 텔레비도 있는가. 얼마 후 둘은 술상에 마주 앉았다. 안주라고 몇 가지 오르기는 했다.

성택이 가지고 간 닭을 제외한다면 무찌개 한 접시, 마른 고사리 한 접시, 김치 그리고 가운데 놓인 사발에 담긴 건 종시 무엇인지 알 수 없었다. 어찌 보면 버섯 같기도 하고 또 어찌 보면 아닌 것 같기도 하고 냄새를 맡아봐도 알 수 없었다. 그래서 성택이 정용에게 물었다.

"아니, 암만해도 이건 도대체 뭔지 모르겠는데 강서 버섯인가?"

"허허허. 강서 버섯? 그래 강서 버섯이지."

성택이 먹을 복이 있으려니 그날 아침 해옥이네 기르던 새끼 돼지가 굶어 죽었다는 것이다.

또 술상 한 귀퉁이에 김치라는 것이 올랐는데 암만해도 김치 맛이 나지 않았다. 희미한 등잔 불빛 밑이지만 색깔은 분명 붉은 색인데 이상한 생각이 들었다. 그래서 다시 물었더니 그건 고춧가루가 없어서 빨간 물감을 풀어 넣었다고 한다. 그러면서 해옥이 하는 말이 그래도 자기네 집은 좀 나은 편이라고 했다. 윗집, 옆집들에서는 아예 소금조차 없어 김치를 담그지도 못했다고 했다.

뭐라고 말해야 하나. 성택은 가슴이 얼어드는 것 같았다. 그런데도 벽 한쪽 위에 높이 걸려 있는 김일성, 김정일의 초상화는 그 모든 것을 아무렇지도 않은 듯 내려다보고 있었다. 인민들이 이렇게 사는 것을 아는지 모르는지 어쩌면 비웃기라도 하는 것 같았다. 성택은 아무 말도 못하고 술만 마시었다. 정용이 한 잔 들이켜고 하는 말이다.

"저, 우린 비록 이렇게 살지만 친애하는 지도자 김정일 동지께서 계시는 한, 언제인가는 꼭 잘살게 될 날이 있을 걸세."

문득 성택은 또 한 번 머리를 되게 한 대 맞은 것 같았다.

누구를 탓하랴, 성택이 자신이 이제까지 인민들에게 그렇게 교육하지 않았던가. 김일성과 김정일은 우리 인민이 수천 년 역사에서 처음으로 높이 모신 위대한 수령이다. 지금 이 어려움은 미제와 그와 야합한 남조선 괴뢰 도당에 의해 경제 봉쇄를 당했기 때문이다. 그러나 언제인가 친애하는 지도자 아무개께서는 우리 인민들을 반드시 승리의 길로 이끌 것이고, 그러면 또 고난의 행군도 낙원의 행군으로 바뀌게 될 것이다.

성택이 이 순간 피투성이가 되어 가지고도 계속 권투를 하던 정임이 생각이 났다. 그걸 보고도 껄껄 웃던 김정일의 얼굴도 떠올랐다. 어쨌든 술을 먹으니 취기가 올랐다. 그 집에서 나오는데 전주대 위에 걸어놓은 방송에서는 "친애하는 지도자 동지 고맙습니다"라는 노래가 흘러나오고 있었다.

자애로운 사랑을 한 품에 안고
행복에로 이끄시는 지도자동지
산이라면 산 넘고 바다를 건너
영원히 모시고 따르렵니다

그런 속에서 또 몇 달이 흘렀다.

13
정임이

      그새 정임이도 나름대로 기중기 운전을 배워서 열심히 운전을 하고 있었다. 워낙 붙임성도 좋아 사람들도 잘 사귀고 나름대로 일 눈도 밝았던 정임이 생활에 잘 안착하는 것 같았다.

      어느덧 12월 24일이 다가왔다. 김정일의 어머니 김정숙이 태어난 날이다. 북한에서는 이날이 되면 모든 공장 기업소, 그리고 협동농장들에서 김정일에게 충성을 다짐하는 "충성의 노래 모임"을 한다.

      당연히 강선제강소라고 제외될 리 없다. 생산이야 되건 말건 각 직장별로 먼저 "충성의 노래 모임" 예선을 하고 거기서 당선된 프로는 다시 전 공장적으로 경연을 한다. 거기서도 우수하다고 평가되는 프로는 12월 24일 공장 전체 종업원들 앞에서 공연을 한다.

김정숙의 생일이 다가오자 건설 직장에서도 "충성의 노래 모임" 준비에 여념이 없었다. 노래는 정임이보다 나은 사람이 없었다. 그도 아주 썩 잘한다고 할 수는 없지만 아무튼 그 판에서는 그만한 가수도 고르기 어려울 것이다. 문제는 반주였다. 반주할 사람이 없어 나중에는 하모니카로 반주하게 하였다. 그런데 역시 노래를 아무리 잘해도 반주가 형편없으니 그 역시 보기 좋지 않았다.

성택이 모르는 척 하였다. 어느 날 지나가다 보니 문득 작업반 선전실에 불이 켜져 있는 것을 보았다. 정임이 거기서 노래 연습을 할 듯싶어 들어갔더니 나름대로 독창 연습을 하고 있었다. 그런데 다시 말하지만 반주가 하모니카니 아무래도 어설펐다. 그래도 정임이 성택이를 알아보고 반갑다고 야단이었다.

"왜, 손풍금은 없는 거요?" 성택이 예술선전대 책임자에게 물었다.

"글쎄, 손풍금은 멋있는 게 있지요. 지난번 문답식 학습경연(김일성의 교시와 김정일의 말씀 등을 학습 문제로 만들어 그것을 전체 종업원들이 외우도록 하는 학습 방법)에 올라가 하나 탔거든요. 그런데 누가 그걸 할 줄 아는 사람이 있어야지요." 예술선전대 책임자가 하는 대답이었다.

"그럼, 그걸 여기 가져와 봐."

"알았습니다." 선전대 책임자가 불이 나게 뛰어가 무대 뒤에서 손풍금을 가져왔다.

성택이 한번 메보았다. 그러나 자신은 없었다. 벌써 손을 놓은 지가 얼마인가. 하지만 한번 손풍금을 메고 바람통을 확 당기며 도미솔 3화음을 짚어 보았더니 그런대로 괜찮았다. "백두산"표 손풍금이다. 썩 좋지는 않지만 그런대로 새것이라 쓸만하였다.

자기도 모르게 옛 우크라이나 민요 한 곡을 타보았다.

뜨네브르는 사납게 노호하고
나무 잎 떨구는 질풍
수림은 세차게 울면서
나무 가지 설레인다

문득 무대에 있던 "충성의 노래 모임" 연습을 하던 예술 소조원들 전부가 뛰어 내려왔다. 뜻하지 않게 박수소리가 터져 나왔다.
"재청, 재청. 부부장 동지, 다시 해보십시오."
여기저기서 소조원들 전체가 박수갈채를 보내었다.
참으로 오래간만이다. 대학 때 평양시 수해 복구에 나가 해본 다음에는 거의 해본 적이 없다. 옛일을 생각하니 서글퍼졌다. 그래도 젊은 친구들이 자꾸 부탁하는데 간부티를 내며 모르는 척할 수는 없었다. 그래서 "가마마차 달린다", "손풍금수 왔네" 등 몇 곡을 더 하고 손풍금을 넘겨주었다. 역시 박수갈채가 폭풍같이 일어났다. 정임이 황홀하여 쳐다봤다. 모두들 눈이 커졌다. 그 자리에서 정임의 독창 반주는 성택이 해야 된다는 요청이 나왔다. 하지만 성택이 조용히 넘겨주고 자기는 해서는 안 된다고 자리에서 나왔다.
하지만 다음 날 아침 건설 직장 부문당 비서까지 찾아왔다. 공장당 위원회에 제기했는데 해도 괜찮다는 것이었다. 오히려 그런 높은 간부였음에도 현장 노동자들과 어울려 예술 소조 공연도 하고 훨씬 좋을 것이라는 것이었다. 성택이 생각해봤다. 틀림없이 이런 일은 김정일에게 보고될 것이다. 김정일이 자기 어머니 생일을 축하하는 행사에 장성택이 참가했다면 절대 싫어하지 않을 건 뻔한 일이었다. 성택이 하기로 하였다. 누구보다 제일 좋아하는 것은 역시 정임이었다.

그러고 보니 건설대 예술 소조원들이 준비하는 "충성의 노래 모임" 전반이 결함이 많았다. 성택이 이들이 하는 작품부터 뜯어 고칠 것은 고치고 다듬을 것은 다듬어 나름대로 다시 준비하기 시작했다. 워낙 위에서 하라니까 마지못해 하던 일이라 시들하게 진행되던 건설대 "충성의 노래 모임"이 단번에 활기를 띠기 시작했다. 성택이 여기에 참가하자 건설 직장 직장장이며 부문당 비서까지 같이 참가하지 않을 수 없었다.

어느 날 밤늦게까지 연습하고 돌아오는 길이었다. 어차피 합숙생은 정임이와 성택이 둘뿐이기에 함께 돌아오게 되었다. 밤이 늦은 시간이어서 다니는 사람들도 없었다. 둘은 합숙으로 향하는 두 줄 포플러나무 숲 사이로 걷기 시작했다.

"아저씨, 전 아저씨가 다른 간부 동지들보다 다르다는 건 알았지만 정말 노동자들이랑 그렇게 잘 어울릴 줄을 생각도 못했어요."

"뭐 노동자들과 잘 어울리는 사람은 처음부터 따로 있니?"

"그래도? 아저씬 정말 너무 좋은 분 같아요."

"너 정말 못하는 소리가 없구나. 나 며칠 전에 옛날 고향에서부터 알고 지내던 친구 집에 갔댔어." 성택이 발걸음을 재촉했다.

"그래서요?"

성택이 해옥이네 집에서 보았던 이야기를 하였다. 그와 해옥이 어렸을 때부터 함께 자라던 일이며 또 이후 대학에 가지 않았더라면 그와 일생을 함께 하였을지도 모를 사이였다는 것까지 이야기하였다. 그리고 수십 년이 지난 후에 다시 만났는데 그 집안 형편이 어떻더란 것까지 다 이야기하였다.

"피, 그런 집이 뭐 한두 집이에요? 우리 인민들 거의 모두가 그렇게 사는 거지요."

"정말 너 생각에는 우리 인민 거의 모두가 그렇게 산다고 생각하니?"

"그렇잖구요? 우리집만 해도 오죽하면 저의 아버지가 제가 어떤 곳에 가는지 짐작하면서도 그런 곳에 보냈겠어요."

"아니, 너희 아버지가 어떻게 네가 가는 곳이 어떤 곳인지 짐작하였단 말이냐?" 성택이로서도 그 말은 잘 이해되지 않아 물었다.

"낮 말은 새가 듣고 밤 말은 쥐가 듣는다고 했어요. 아버지는 제가 5과에 합격했다고 하니까 떠나기 전 날 어디선가 술을 기껏 마시고 와서 저한테 울면서 이야기했어요."

"뭐라고 말이냐?"

"아버지도 네가 가는 곳이 어떤 곳인지 들어서 안다. 그래도 이 산골에서 죽도록 감자 농사짓는 것보다는 나을 것 같아서. 그래서 저 거기 갔어요."

성택이 더 말이 나가지 않았다. 그리고 보면 언제인가 보았던 요덕 장마당 할머니 생각이 났다. 또 수용소 사람들도 생각났다.

"정임아, 우리 인민들은 과연 언제이면 남들처럼 잘살아볼까?"

"잘살긴 언제 잘살겠어요. 그저 이렇게 사는 거지요. 아저씨 우리 그런 말은 하지 말고 다른 말을 해요."

"다른 말은 무슨 다른 말, 이젠 밤도 늦었는데 어서 올라가 쉬어."

그리고 보니 합숙 앞이었다.

이들이 준비한 건설직장 "충성의 노래 모임"은 예선에서 높은 평가를 받았다. 정임이 부른 노래는 물론 김정숙을 흠모하는 노래였다.

밀림 속 깊은 밤 천막 가에서
사령부 보위하는 김정숙 어머니
품안에 젖은 행전 말리우시며
장군님 안녕을 지켜 싸우네, 지켜 싸우네

그러나 성택은 알고 있었다. 이 노래 가사 원형은 사실 김정숙이
아니고 김혜순이었다. 실로 품안에 젖은 행전을 띠고 말리며 김일성의
천막을 지킨 사람은 혜순이었다. 김일성은 그 김혜순이를 남겨두고
소련으로 갔고 김혜순이는 1949년까지 김일성을 기다렸다. 그런데 오
늘은 그 아들이 나라 형편이야 죽이 되건 밥이 되건 오직 모든 인민이
자기한테만 충성을 다하게 하고 있다. 그래서 김혜순이 한 일까지도
자기 어머니 김정숙이 하였다고 노래까지 만들어 부르게 하고 있다.
기가 막혔다.

그러나 그런 것을 알 리 없는 선전대원들은 좋다고 야단하였다.
어느덧 12월 24일이 되어 김정숙의 생일을 축하하는 "충성의 노래 모
임"도 끝나고 새해도 내일로 다가왔다. 새해에는 2일간 쉬게 되었다.
합숙에서는 거의 모두가 집에 가고 몇 명 남지 않았다. 남은 합숙생도
거의 모두 아는 집에 가고 남은 사람은 정말 몇이 되지 않았다. 성택은
그냥 합숙에서 설 명절을 쇠기로 마음먹었다. 혁명화 기간에 마음대로
평양에 올라간다는 것도 그렇고 여러 가지로 생각하던 끝에 그냥 있는
게 나을 것 같았다.

12월 31일 저녁이다. 밖에 함박눈이 소리 없이 내리고 있었다. 성택
이 또 해옥이네 집에 가볼까 하다가 가야 공연히 부담만 될 것 같아
그대로 있기로 하였다. 저녁 아홉 시쯤 되었을까. 정임이가 올라왔다.

원래 여자들의 합숙은 1층인데 그도 갈 곳이 없으니 혼자 있었던 모양이다. 정임이 어디서 농태기술 세 병과 옥수수빵 몇 개를 가지고 왔다.

"아저씨 혼자 외롭게 설 명절을 맞을 것 같아서 왔어요. 괜찮지요?"

북한에서는 신정을 설이라고 한다.

"이거 어디서 이렇게 술까지 마련해 가지고 왔니?"

성택이 반가울 수밖에 없었다. 혼자서 외롭게 명절 밤을 쇠기보다는 한결 나을 것 같았다.

"아저씨, 이걸 진수성찬이라 생각하고 같이 마셔요."

"그래, 그렇게 하자꾸나. 너도 마실 줄 아냐?"

성택이 커다란 물 컵에 술을 따랐다.

"그럼요. 제가 벌써 거기 일을 몇 년이나 했는데요?"

"하긴 그렇지."

그러고 보니 정임이 거기 있은 지도 벌써 여러 해 되었다.

"아니 그 전에, 저 아저씨한테 꼭 할 말이 있어요."

"뭔데?" 성택이 물었다.

"솔직히 아저씨, 저 여기 나올 때 무슨 과업을 받고 온 지 아시겠어요?"

"글쎄? 무슨 과업을 받았는데?" 성택이 별 생각 없이 말했다.

"저보고 아저씨 매일 매일을 적어서 위에 보고해 달래요."

"뭐야? 누가?"

"저한테 직접 과업을 준 건 창광분주소 소장이에요. 제가 여기로 내려오는 날 창광분주소 소장이 따로 만나자고 하더니, 여기에 내려와서 일하는 것도 중요하지만 그보다는 아저씨 하는 매일 매일을 자기들한테 보고하라는 거예요."

성택이 깜짝 놀랐다. 그러지 않아도 정임이 여기에 내려온 문제에 대해 적지 않게 생각이 많았는데 역시 그것이었다. 말하자면 장성택이 이렇게 내려는 왔어도 감시의 검은 그림자는 잠시도 떨어지지 않았던 것이다. 창광분주소라면 보위부 소관이다. 얼핏 보기에는 인민보안성 소속 같지만 분명히 보위부 소속이다. 하지만 그들의 하는 중요 임무는 당 중앙위원회 모든 간부들의 일거일동을 감시하는 것이다.

여기에 이런 지시를 할 수 있는 사람이라면 김정일이거나 혹은 이제강일 수밖에 없다. 생각이 많아지지 않을 수 없는 일이었다.

"그런데 그걸 네가 왜 나한테 말하는 거니?"

"그럼, 제가 아저씨한테 더 가깝겠어요, 아니면 그 사람들한테 더 가깝겠어요?"

"그래서?"

"제가 보고할 건 아저씨가 작성하세요. 그럼 그걸 제가 대신 옮겨 써서 여기 강서 보위부에 가져가면 돼요."

"정임아, 고맙다."

다시 한 번 누가 이런 일을 시켰을까 생각이 들지 않을 수 없었다. 김정일이? 아니 그보다는 이제강의 작간이라는 생각이 들지 않을 수 없었다. 하지만 자기한테 붙은 검은 그림자의 정체를 알았으니 나쁜 일이 아니다. 모든 걸 모른 척해야겠다는 생각이 들었다.

"정임아, 정말 고맙구나." 성택이 말하였다.

그러고 보면 모든 것이 석연해지는 것 같았다. 정임이가 다른 곳도 아니고 바로 여기로 내려온 것도 그렇고 또 여기로 왔어도 자기가 일하는 직장에 온 것도 그렇다.

"자, 이젠 정말 우리 새해를 축하해요."

정임이 술을 따랐다.

"그래, 마시자. 너도 한 잔 들어."

성택이 정임에게도 한 잔 따라 주었다.

"우리 뭘 위해서 들까?"

"글쎄, 아저씨가 빨리 돌아가기 위해서 들어요."

"아니, 그보다는 너의 행복한 앞날을 위해서 들자."

"피, 저한테 무슨 행복한 날이 있겠어요? 그보다는 아저씨가 빨리 제자리에 올라가기를 위해서 드는 게 낫겠어요."

"그래, 그렇게 하자구나."

둘은 같이 술을 마시었다.

그래도 명절이라고 난방도 어느 때보다는 더 보내주어 방안은 제법 훈훈하였다. 겉보기에는 색깔도 부옇고 술 찌꺼기까지 둥둥 떠돌았지만 역시 술은 술이었다. 처음 들어갈 때에는 시큼털털한 것 같기도 한데 몇 잔 들어가니 금방 취기가 올랐다.

"그래, 마실 만하니?"

"아이, 마실 만하지 않구요. 저희 아버진 이런 술 두 병쯤은 혼자서도 끄떡없어요."

"그럴 수도 있겠지. 하지만 그래도 정말 괜찮겠니?"

"괜찮지 않구요. 걱정 마세요. 전 차라리 싫은 사람 속에서 일을 하는 것보다 여기 나와서 노동자들과 함께 일하는 게 훨씬 좋아요. 거기다 더구나 아저씨까지 옆에 있고."

"그래, 우리 그럼 그런 의미에서 또 한 잔 마시자."

성택이 또 한 잔 부어넣었다.

창문 밖에는 여전히 함박눈이 정신없이 내렸다. 나머지 합숙생들도 모두 자기 아는 친구들 집에 갔는지 3층은 텅 빈 것 같다.

"아저씨, 나이란 것이 도대체 무엇이에요?"

"뭐 나이? 나이가 나이지 뭔데?"

그러고 보니 머리가 핑 돈다.

"그래도 아저씬 나이 때문에 저와 서로 어쩔 수 없다고 늘 말하잖아요."

"뭐라구? 야, 그런 말을 하면 못써. 난 너의 삼촌뻘 되는 사람이야."

"삼촌뻘, 삼촌뻘, 삼촌뻘 좋아하시네. 아저씬 제가 마음에 들지 않으세요?"

"마음에 들지 않긴. 어 취한다."

"아저씨, 경희 동지랑 보내던 첫날밤 이야기 좀 해봐요."

"그게 무슨 재미있는 이야기라고. 아 정말 취하는구나."

성택은 정말로 세상만사가 빙글빙글 돌아가는 것 같았다.

"그럼, 취하자고 마시는데 안 취하겠어요? 아저씨 나 여기서 자고 가면 안 돼요?"

"뭐라고? 그건 안 돼."

말은 그렇게 하면서도 성택이 이상하게 정임이가 경희로 보이기 시작했다. 그녀를 붙잡고 입을 맞추려 했다. 그런데 그게 잘 되지 않았다. 옷을 벗기려 했다. 그것도 잘 되지 않았다.

"아이, 가만 계셔요. 제가 벗을게요."

정임이 제 손으로 옷을 벗기 시작했다. 하얀 속살, 봉긋이 솟아난 두 개의 젖무덤, 이건 아닌데 정말 아닌데 … 하면서도 성택이는 끝내 정임이를 붙안고 그 자리에 쓰러지고 말았다. 성택이 천길 미궁에 빠져들고 말았다 …

아침이다. 햇살이 눈부시다. 성택이 눈을 떴을 때 먼저 정임이 얼굴이 보이었다. 환하게 웃는 모습이다. 아직도 벗은 몸 그대로였다.

"아이, 이제야 깨나셨어요?"

"아니, 여기가 어딘데?"

"어딘 어디에요? 아저씨 방이지요 뭐."

정말 티 한 점 없이 맑게 웃는 정임이다.

"아니, 내가 어제 저녁에 무슨 실수를…"

"아이, 괜찮아요. 오히려 제가 아저씨한테 미안했는걸요."

정임이 여전히 웃고 있다. 성택이 그제야 모든 것이 생각났다. 정임이와 끝내 넘지 말아야 할 선을 넘어서고 만 것이다.

"정임아, 내가 너한테 정말 몹쓸 짓을 한 것 같구나."

"글쎄, 괜찮다니까요. 어쨌든 전 끝까지 아저씨 한 사람만 사랑할 거예요."

정임이 자기 호실로 내려갔다. 성택이 아무리 생각해보아도 이건 정말 상상할 수도 없는 일이었다. 그러나 이미 저질러진 일인데 어떻게 한단 말인가. 정임이와의 첫 일은 그렇게 되었다. 하지만 성택이는 그 일이 있고서도 그러면 안 된다, 안 된다 하면서도 두 번, 세 번, 몇 번이나 더 이런 일이 있었다. 그런데 그녀와 가까이 하면 할수록 경희한테는 없는 새로운 것을 발견하게 되었다. 또 여러 달이 지나갔다.

그러던 어느 날 뜻밖에도 경희가 왔다. 성택이 철떡철떡 세면장에서 빨래를 하고 있는데 왔다.

"홍, 잘 하고 있군요. 그래 혁명화 맛이 어때요?" 경희가 묻는 말이었다.

"나야 원래 노동계급이 아니었어?"

"어이고, 노동계급이고 뭐고. 이젠 나하고 같이 평양으로 올라가요."

"뭐 평양으로?"

"그래요. 다시 한번 개혁이다 개방이다 해보지요. 그땐 아예 총살되고 말지도 몰라요." 경희 말이었다.

성택이 경희 말이 옳다는 것을 느끼지 않을 수 없었다.

하지만 인민들은 도탄 속에서 신음하고 있는데 그대로 못 본 척 해야 한단 말인가. 나 하나의 안락을 위해 이 모든 걸 못 보는 척 해야 한단 말인가.

아니다. 어떤 일이 있어도 그대로 두고 볼 수만은 없다는 생각이 가슴에 미어지게 차올랐다.

"아무튼 내 여기 와서 사귄 친구들이랑 있는데 인사는 하고 떠나야지. 좀 기다리오."

"그렇게 해요."

성택이 작업반장이며 같이 일하던 사람들을 찾아 인사를 하였다. 정임이가 제일 슬피 울었다.

"아니, 괜찮아. 내가 올라가 봐서 너도 얼마 있지 않고 불러들일게."

"아저씨, 기다리겠어요."

"알았다."

성택이 떠났다.

김정일이 말한 대로 노동계급의 혁명적 투쟁 정신을 깊이 배운 것이 아니라 어떤 일이 있어도 이들을 이 고역에 그냥 둘 수는 없다는 생각만 깊어진 채 강선을 떠나게 되었다.

14
이제강의 재반격

여기 남한에서는 북한 권력 서열에 대해 말하기 좋아한다. 1위는 물론 김정일이고, 2위는 김영남이, 3위는 또 누구… 그런 식이다. 물론 북한에서도 1967년 5월 25일 전에는 그 비슷한 것이 있었다.

여기서도 1위는 물론 김일성이고, 2위는 최용건, 3위는 김일 이런 식이었다. 그러나 다시 말하지만 1967년 5월 25일 이후에는 그런 것이 모두 없어졌다. 1위만 있을 뿐 그 아래 권력 서열은 모조리 수령의 전사들일 뿐이다. 그래서 말인데 진짜 권력을 따질 것 같으면 최고 권력자의 눈과 귀 노릇을 누가 하는가, 또 간부 인사 사업을 누가 하는가 하는 걸 봐야 할 것 같다. 그런데 그건 전적으로 중앙당 조직지도부가 한다.

중앙당 조직지도부는 물론 서기실을 통하기는 하지만 최고 권력자에게 모든 보고를 올린다. 김정일이 아무리 천재라고 하여도 어떻게 국가 활동의 모든 분야에서 일어나는 일을 다 알겠는가. 조직지도부가 인민무력부에서 제기된 일, 국가보위부에서 제기된 일, 인민보안서에서 제기된 일 그리고 내각에서 제기된 일까지 모조리 종합하여 보고하고 말 그대로 김정일의 눈과 귀의 역할을 하는 것이다.

그러다 보니 그중에서 어떤 자료를 먼저 보고하고, 어떤 자료를 중요하게 보고하는가 하는 것도 전적으로 조직지도부 몫이고 나아가서는 이제강의 몫으로 될 수밖에 없다. 중요한 일 중에 중요한 일이라 하지 않을 수 없다. 뿐만 아니라 중앙당 조직지도부는 성 중앙급 그리고 내각에 이르기까지 모든 간부 인사사업을 한다.

물론 비준은 역시 김정일이 하지만 이것도 기안은 바로 조직지도부에서 한다. 당연히 김정일이 모든 사람을 알 수 없는 조건에서 조직지도부에게 기안하는 문제가 거의 그대도 통과된다. 실로 북한 당 중앙위원회 조직지도부의 기능은 막강할 뿐만 아니라 실제적 권력의 제2인자도 조직지도부라고 봐야 할 것이다. 그리고 보면 그 제1부부장 이제강의 권한이 어느 정도인지 알 수 있다.

그렇다면 여기서 당 중앙위원회 정치위원이요, 정치국 상무위원이요 하는 사람들은 어느 정도인가. 한마디로 그 사람들은 형식만 갖추고 있을 뿐 실은 유명무실한 사람이다.

최고 독재자가 제 마음대로 모든 문제를 제기하고 결정하는데 정치국 위원이면 무엇이고, 정치국 상무위원이면 뭘 한단 말인가. 기껏해야 "옳소, 옳소." 거수기 역할밖에 할 것이 없다.

장성택이 돌아왔다. 2년여 혁명화 노동계급화 과정을 마치고 그가 돌아왔다. 장성택이도 자기가 누구 때문에 무엇 때문에 혁명화 노동계급화에 나갔는지 모르지 않을 것이다. 그러고 보면 그가 뭘 어떻게 하자고 할 것인가. 하지만 이제강은 느슨한 웃음을 짓고 있었다. 이미 그를 맞을 준비가 끝났기 때문이다.

문 두드리는 소리가 났다.

"들어와."

조연준이 들어왔다. 얼마 전에 새로 조직지도부 부부장이 된 사람이다. 그 사람 역시 모든 면에서 조심성이 있는 것이, 이제강과 판에 박은 듯하다.

"부부장 동지, 장성택이가 돌아왔다는 소릴 들었습니까?" 조연준의 말이었다.

"그런데?"

"장성택이 돌아왔다는 소릴 들었는가 말입니다."

"그런데 어쨌다는 말인가?"

"그래도 그가 돌아왔으면 무슨 대책이 있어야 하지 않겠습니까?"

장성택이 혁명화 노동계급화 나간 데는 물론 이제강이 주도하긴 하였지만 조연준의 역할도 적지 않았다.

"대책은 무슨? 참 내 지난번에 박봉주 총리 자료하고 또 평성 시장을 비롯해서 전국 장마당 실태를 요해하라던 건 어떻게 됐나?"

"그건 아직 … 그보다는 먼저 장성택에 대한 대책이 시급할 것 같아서 준비하지 못했습니다."

"여보, 조연준 동무, 동문 내가 시키는 일은 하지 않고 왜 쓸데없는 일에만 신경을 쓰면서 그래?" 이제강이 버럭 화를 냈다. 웬만해서는 화를 내지 않는 사람이다.

"알았습니다. 전 그것보다도 장성택이 올라왔으면 지난번 일이 조용하지 않을성 싶어 그 일에만 신경을 쓰다 보니…"

"글쎄, 쓸데없는 생각은 하지 말고 동문 자기 맡은 일이나 제대로 하면 된다고 하지 않아? 그 자료를 사흘 안에 올려 와."

"알았습니다."

조연준이 나가려 하였다. 그러고 보니 이제강이 조연준이에게 너무 하였다는 생각이 들었다. 조연준이와는 모든 문제를 터놓고 말할 때가 되었다고 생각했다.

"여보, 연준 동무, 거기 앉으라고. 우리 오늘은 좀 서로 터놓고 이야기해보자고."

조연준이 다시 앉았다.

"바른대로 말해서 우리 지난번에 장성택이를 어떻게 혁명화 노동 계급화 내보냈나?"

"그야 뭐. 부부장 동지, 잘 알지 않습니까?"

"물론 그래. 그런데 그게 만약 다른 사람이 그런 문제들이 제기되었다면 혁명화 노동계급화로 끝났을 것 같아?"

"그야 물론 아니겠지요."

"동무 생각에는 조세웅 부부장은 왜 그렇게 일찍이 죽은 것 같아?"

조연준은 여기에 왜 갑자기 조세웅이 이야기가 나오는지 몰라 머뭇거리었다.

"그건 뭐 고혈압이 튀어서 사망한 게 아닙니까?"

"고혈압 같은 소리를 하고 있네. 한 번 혈압이 높다는 말도 없던 사람이 왜 그렇게 갑자기 그렇게 죽는단 말이야?"

"글쎄, 그건 …"

"동무도 조세웅이를 알지?"

"그야 물론 알지요."

"그 사람 말이야 …"

이제강이 조세웅 이야기를 하였다.

조세웅이는 원래 역시 중앙당 조직지도부 부부장을 하던 사람이다. 사람이 청렴하기도 하지만 원래 뭔가 하기 위해서 애를 쓰는 사람이었다. 그런데 그 사람이 어떻게 김정일의 지시를 받고 함경북도 도당 책임비서로 내려갔다. 거기 가서 그는 곧 부정부패, 각종 비리들을 파헤치는 일에 전력을 다하였다. 간부들의 부패, 그 밑에 붙어먹으면서 사는 중간 간부들의 부패, 인민들에게 공급하여야 할 물자를 떼먹는 놈들의 부정행위, 온갖 부정부패행위를 하던 사람들과의 전쟁을 선포했다.

그리고 감옥에 처넣을 사람은 감옥에 넣고 혁명화시킬 사람들은 가차 없이 혁명화시키었다. 직급에 관계없었다. 높은 자리에 앉아 있던 놈, 중간 자리에 앉아 있던 놈, 그리고 그들한테 발라맞추면서 자기 잇속을 차리는 놈들까지 모조리 쓸어버리었다. 하면서 자기 나름대로 그 열악한 조건에서도 인민들의 생활을 조금이라도 올려 보려고 모든 것을 다하였다. 곧 함경북도 인민들 속에서 "조세웅 만세!" 소리까지 나올 정도가 되었다.

이 소식이 중앙당에 보고되었다. 김일성은 인민들이 그렇게 조세웅 만세를 부른다는 것은 곧 자기 만세를 부르는 것이라고 하면서 대단히 만족해하였다. 하지만 김정일은 아니었다. 그를 즉시 소환하여 이번에는 평안북도 인민위원장으로 보냈다. 그런데 거기 가서도 역시 그 사람이 워낙 너무 소박하고 순수한 데다가 간부들의 비리를 사정없이 파헤치고 무자비하게 족쳤다. 그래서 이번에는 다시 평안북도에서 조세웅 만세 소리가 나오게 되었다. 그렇게 되자 얼마 되지 않아 김정일이 그를 소환하였다. 소환된 뒤 어떻게 된 일인지 그 사람은 워낙 혈압이 높다 어쩌다 말도 없었는데 갑자기 고혈압이 터져서 사망하고 말았다.

"터놓고 말해서 친애하는 지도자 동지께서 제일 싫어하는 것이 뭐였어?"

"글쎄, 그건…"

"우리 둘끼리니 말이지, 다른 사람이 인민들 속에서 높이 평가되는 게 아니었어?"

"그… 그럴지도 모르지요."

"그럴지도 모르지요가 아니라 바른대로 말해서 그게 아니고 뭐였어?"

"그… 그러고 보면…"

"바로 그래서 조세웅이 죽었던 거란 말이야."

"아니, 설마 하면…"

"설마 하면이 뭐야? 조세웅이 바로 그래서 죽었단 말이야. 그런데 지난번에 우리가 올린 자료가 뭐야?"

"그… 그야 뭐, 장성택의 이러저러한 자료들을 모아 올려 보낸 게 아닙니까?"

"만경대 청춘 2관에서 한 박정순의 딸 결혼식에 장성택이 온다는 소문을 듣고 벤츠만 100대 이상 모여들었다는 자료잖아? 그리고 또 제일 중요하기는 거기서 장성택이 만세 소리까지 터져 나왔다는 자료는 어때?"

그 자료는 이용철이 직접 조사하였지만 조연준이 작성하여 올린 자료다.

"거기다 또 양강도 삼수에 추방된 사람을 문덕군에 다시 보낸 자료는 어때? 그 삼수군에는 그렇게 추방된 사람만 70프로가 넘어. 그런데 그 영감은 다른 문제도 아니고 수령님을 무시한 것 때문에 추방되었는데 그를 다시 자기 고향에 돌아가게 하였다면 다른 추방된 사람들은 어떻게 생각하겠어?"

"그렇지요. 사실 그 문제도 생각에 따라서는 여간만 심각한 문제가 아니지요."

"바로 그렇다는 말이야. 조세웅이는 기껏 자기 일이나 잘해서 사람들한테서 좋은 소리나 들었지만, 장성택은 그 정도면 다른 사람 같으면 벌써 죽어도 열 번 더 죽었을 게 아니겠어?"

맞는 말이다. 그 정도면 다른 사람은 목이 떨어져 나가도 몇 번도 더 떨어져 나갈 수 있는 일이다.

"그런데도 위에서는 그를 기껏 혁명화 노동계급화 시키는 것으로 끝냈단 말이야."

"그렇지요."

"역시 장성택이 그 자식은 운이 좋은 놈이야. 문제는 지도자 동지도 자기 누이동생한테는 어쩌지 못한다는 게 문제지."

"옳습니다. 그런데 그 장성택이가 이제 다시 돌아왔으니 문제가 아닙니까?" 조연준의 말이었다.

"그렇기 때문에 이번에는 박봉주를 쳐야 한다는 거야. 박봉주를 치면 장성택이 제 혼자서 무슨 용빼는 수가 있겠어? 내 말을 알만해?"

"옳습니다. 그러고 보면… 알만합니다."

"장성택은 좀 더 때를 기다려야 돼. 하여간 너무 걱정할 건 없어. 때가 되면 그땐 장성택은 아예 절대 빠질 수 없게 다시 말해서 다시는 솟아나지 못하게 족쳐야 해."

조연준이 이제강의 이야기를 듣고 보니 이해할만하였다. 이제강이 바로 그래서 박봉주 자료를 요구한 것이라는 걸 알았던 것이다. 정말 큰 시름이 놓이는 것 같았다.

조연준이 나갔다. 그리고 3일 만에 이제강이 요구하던 모든 자료를 가져왔다. 이제강이 조연준이 가져온 자료철을 펼쳐들었다. 실로 고양이 뿔 같은 자료들이 많았다. "7.1경제관리개선조치" 이후 제기된 자료들이었다.

인민군 부대들에서 공급이 제대로 되지 않아 영양실조자들이 많이 생기었다. 그래서 처음에는 집단군에 하나씩 영양실조자 중대 즉 "영실중대"들을 만들기 시작하였는데 나중에는 연대에 하나씩 영실중대를 만들지 않을 수 없게 되었다. 그렇게 되자 김정일이 사단, 군단에 염소 500마리를 기르는 목장을 만들라고 지시하였다. 그 염소젖을 짜서 영양실조자들을 퇴치하라는 것이었다. 하지만 한두 마리도 아니고 갑자기 염소 500마리씩 어디서 얻어 온다는 말인가.

상부의 독촉은 불같고 할 수 없이 산하 부대들에서는 다했다고 거짓 보고를 하는 수밖에 없었다. 그러다 보니 김정일이 이쪽 부대에 나간다고 하면 저쪽 부대에서 염소를 끌어다 마릿수를 채우고 저쪽 부대에 나간다고 하면 이쪽 부대에서 염소를 끌어다가 마릿수를 채웠다. 물론 김정일은 가는 부대마다 자기 지시가 잘 집행되고 있으니 가슴이 흐뭇하였을 것이다. 그런데 실태는 이 정도이다. 결국 이런 문제도 군대에 대한 당의 영도가 제대로 보장되지 않아 이런 현상이 나타났다는 것이다.

또 황해남도 어느 부대에서 있던 일이다. 북한 모든 군부대들에는 인원수에 맞추어 방독면을 가지고 있다. 이 부대에서도 당연하게 인원수에 맞추어 방독면을 가지고 있었다. 그런데 주변 농민들이 시장이 활성화되면서 밀주를 뽑아 파는 일이 만연하게 되었다. 옥수수 한 킬로를 그냥 먹으면 하루도 견디기 어렵다.

하지만 그것으로 밀주를 뽑으면 술 두 병에 술 찌꺼기까지 나온다. 농민들로서는 술 찌꺼기는 술 찌꺼기대로 먹고, 술은 술대로 다시 팔면 옥수수 두 킬로를 살 돈이 생긴다. 그러니 왜 술을 뽑으려 하지 않겠는가. 그런데 이렇게 개인 집들에서 뽑은 술은 정제를 잘 하지 않아 "농태기"로 되고 만다. 하지만 그 정제에 군대 방독면, 방독통을 이용하면 완전히 공장에서 나온 술보다 더 맑아진다는 것이다.

주변 농민들은 그 사실을 알고 군대 내 사관장(하사관들 중 제일 높은 직책에 있는 사람)들과 사업을 하여 그런 방독통을 전부 술 여과장치로 이용하였다. 대신 술 몇 병씩은 군대에 공짜로 준다. 몇 년을 그렇게 하고 보니 중대 방독면은 모조리 술 찌꺼기로 오염되었다. 거기다가 더구나 그런 방독면, 방독통은 전부가 구소련에서 가져온 것들이라 자체로 만들 수도 없다.

이것이 어떻게 인민군대 한 개 중대에서만 일어난 일이겠는가. 실태를 요해해보니 인민무력부 여러 부대가 같은 형편이었다. 이것도 역시 이제강이 군대 내에 당의 영도가 약화된 때문이라고 보고할 수 있었다. 이것뿐이 아니다.

한국 비디오와 상품들에 대한 반향자료다. 시장이 활성화되면서 북부 국경 일대로 중국 보따리 장사꾼들이 끝없이 들어온다. 그런데 이것들을 통해 한국 비디오와 상품들까지 대량으로 들어온다. 한국 비디오는 같은 말이기 때문에 따로 번역할 필요도 없다.

지방 보위원, 보안원들을 통해 이런 비디오를 보는 현상을 철저히 단속하라 하였다. 그랬더니 보위원, 보안원들이 더 본다는 것이다. 회수한 비디오들, USB들을 보위원, 보안원들이 먼저 보고 결국은 일부 당 간부들까지 함께 본다는 것이다. 북한 사회 전반에 급속히 한국 문화가 유포되기 시작한 것이다. 또 한국 상품들에 대한 문제도 같다.

기본은 중국 보따리 장사들을 통해서 들어오는데 적지 않은 곳들에서는 아예 공개적으로 한국 상품들이 팔리고 있으며 아예 "아랫동네" 상품이라고 하면 묻지도 따지지도 않고 산다는 것이다. 또 그뿐만 아니라 남쪽으로 간 탈북자들에 대한 문제도 심각하다. 그들이 한국에 가서 가만있는 것이 아니라 북에 남겨진 자기 부모 친척들에게 외화를 보낸다는 것이다.

당에서는 그들이 사회주의 조국을 배신한 변절자들이라고 하는데 그들이 자기 부모 친척들한테 달러를 보내다 보니 결국 잘살 수밖에 없다. 이것도 결국은 장마당이 활성화된 후과라고 말할 수 있는 것이 아닌가. 이런 달러를 받은 탈북자 부모 친척들은 자랑삼아 자기네 누가 남에 갔기 때문에 이렇게 잘산다고 한다는 것이다.

결코 용서할 수 없는 일이다. 이제강이 이만하면 박봉주를 때리기에는 자료가 충분하다고 생각하였다. 이제강은 이 자료들을 묶어 그대로 김정일에게 올려 보냈다.

15
내각 대논쟁

여기 장성택이 돌아오고 보니 그새 많은 것이 달라졌다. 우선 그의 두 형들인 3군단 사령관을 하던 장성우는 제대되었고 5군단 정치위원을 하던 장성길은 교통사고로 돌아갔다는 것이다. 그 외에 또 자기와 가깝던 사람들은 대부분 지방으로 좌천되었거나 나이를 먹었다고 물러나고 병으로 그만두었다. 이 모든 것이 무엇 때문인지도 모르지 않았다. 장성택이 할 수 있는 일은 아무것도 없었다. 어쨌든 먼저 김정일부터 찾아보지 않을 수 없었다. 김정일의 사무실이다.

"장군님, 저 돌아왔습니다."

"그래 혁명화 노동계급화 잘 하고 왔어?"

"예, 장군님의 배려로 내려가서 많은 걸 배워왔습니다."

"하여간 그랬다면 나쁜 일은 아니고. 나 요즘 이상하게 정신이 갑자기 아찔아찔하여진단 말이야."

그러고 보니 그새 김정일이 많이 수척해져 보였다. 몸도 얼굴도 일찍 노쇠하여진 게 눈에 띄었다. 전에는 그래도 내밀 성 하나만은 꽤 있어 보였는데 이젠 그도 사라지고 초췌하고 걱정만 남은 늙은이로 변했다.

"나가서 '충성의 노래 모임'이랑 아주 열심히 하였다고 소식은 들었어. 아무데 가서도 간부 티를 내지 않고 노동자들과 섭슬려 일한 건 아주 잘한 일이라고 할 수 있지."

성택이 김정일의 어미인 김정숙 생일을 맞으며 제강소에서 하였던 노래 경연을 두고 하는 말이었다.

"그새 여기 일은 잘돼 가십니까?" 성택이 물었다.

"글쎄? 아무튼 '7.1경제관리개선조치' 말이야, 정말 쉽지 않아." 김정일이 잔뜩 시름에 싸여 말하는 것이었다.

"하지만 뭐 좋은 소식이 전혀 없는 건 아니야."

"무슨 좋은 소식이 있습니까?"

"우리가 이제까지 끙끙 앓던 문제가 기본적으로 해결된 것 같단 말이야. 멀지 않아 핵실험을 할 수 있을 것 같아."

"핵실험이요?"

"그래. 그것만 하게 되면 내 전에도 이야기하였지만 그러면 이젠 미국놈도 감히 우리를 어수룩하게는 보지 못해."

"그거 정말 다행한 일입니다."

장성택은 가슴이 뜨끔하였다. 이제 그것만 하게 되면 국제사회가 가만있지 않을 것이다. 그건 또 어떻게 한다는 말인가. 난감한 일이 아닐 수 없었다. 하지만 그 문젠 김정일이 오래전부터 꿈꿔오던 일이니 말도 꺼낼 수조차 없었다.

"그래, 전 이제부터 무슨 일을 하게 됩니까?"

"응, 너 말이야. 이제 조직지도부 일에서 행정부 일을 따로 떼내려고 해. 국가보위부, 인민보안성, 그리고 사법 검찰까지 말이야. 난 그걸 네가 맡아 해줬으면 해. 이제강이 저 새끼 암만 봐도 조직지도부를 맡아 혼자 독판치는 것 같단 말이야."

"알았습니다."

"하여간 잘해봐."

"알았습니다."

장성택이 나왔다.

물론 그렇게 되면 당 행정부도 힘이 강해진다. 국가보위부, 인민보안성, 그리고 비록 허울뿐인 사법 검찰이지만 그 모두를 틀어쥐면 엄청나다. 하지만 그래도 조직지도부에 비교하면 그 세가 약한 것도 사실이다. 조직지도부는 무엇보다도 성 중앙기관은 물론 지방 당 조직들에까지 자기의 정연한 조직체계를 가지고 있기 때문에 그 힘은 어느 기관에 비할 바 없다. 거기에다 조직지도부는 군대에 대한 인사권까지 가지고 있다.

이제강이. 이제강이.

장성택이 생각만 하여도 마음속에서 불이 일었다. 그러나 지금으로서는 어쩔 수 없는 일이었다. 그새 박봉주가 맡아 추진하던 "7.1경제관리개선조치"는 대체로 시들해져 마지막 길을 가고 있었다. 한때 그렇게도 마음먹고 추진하던 경제관리개선조치지만 그새 장성택도 없고 또 내각이 말 그대로 조직지도부 압력에 이리저리 비틀거리다 보니 드디어 마지막 길을 걷기 시작한 것이다.

　어느 날 장성택은 내각 총리 박봉주의 사무실을 찾았다. 그새 몇 번 만나기는 했지만 이야기할 기회가 없었던 것이다. 전화도 몇 번 하였는데 받지 않았다. 이상한 생각이 들어 찾은 것이다.

　"총리 동지, 이거 몇 번이나 전화했는데 받지 않더군요."

　"죄송하게 되었습니다. 사실은 그새 너무 바빴습니다."

　"바쁘다니 뭐가 그렇게 바빴는데요?"

　"우리 내각이 당 중앙위원회 집중지도를 받다보니 그렇게 되었습니다."

　"아니, 내각이 당 중앙위원회 집중지도를 받는단 말입니까?"

　"예. 그렇게 되었습니다."

　장성택이 대뜸 박봉주의 마지막 날이 되었구나 생각하였다. 이런 일은 자기도 많이 해보았기 때문에 잘 안다. 적어도 단위 책임자든가 누구를 뗄만한 자료가 묶어지지 않으면 그런 일을 벌이지도 않는다. 이제강의 오랜 뒷 공작이 마침내 성공하는 날이 온 것이다. 그새 박봉주도 많이 늙어 보이었다. 머리도 벗어지고 허리까지 꾸부정한 게 옛날 모습이 아니었다. 2003년 우리나라도 개혁 개방을 하여 중국보다 부럽지 않게 살아보겠다던 그때의 그 패기와 열정은 다 어디로 갔는지 …

　"언제부터 집중지도를 받았습니까?"

　"이젠 벌써 5개월 잘 되었습니다."

　"5개월? 그쯤 되었다면 총화할 때도 되었겠구만요?"

　"오늘, 그 총화를 한다고 합니다."

장성택이 생각이 틀리지 않았다.

중앙당 집중지도를 하기 시작하였다면 그건 다시 말하지만 이미 다 되었다는 소리다. 원래 중앙당 집중지도라고 하면 이것은 말 그대로 김정일이 만들어낸 특이한 사업지도 방식이다. 어떻게 보면 암행어사(暗行御史) 비슷한 사업지도 방법이라고 해야 할 것이다. 역사에서 암행어사라고 하면 임금이 몰래 지방에 사람을 파견하여 지방 관리들의 정치를 감찰하고 백성의 사정을 조사하는 일을 하였다고 한다. 그런데 중앙당 집중지도라고 하면 그렇게 한두 사람만 파견하는 것이 아니다.

또 비공개적으로 지방 관리들의 정치를 감찰하고 백성의 사정을 조사하는 것도 아니다. 단번에 열 명, 스무 명, 많을 때에는 30여 명까지 어떤 기관 또는 단체에 내려가 모든 것을 파헤친다. 물론 내려가는 최고책임자는 당 중앙위원회 조직지도부에서 파견된 과장, 혹은 처장 그 이상의 사람이 될 때도 있다. 기간은 따로 정해진 것도 없다. 3개월, 6개월, 필요하다면 1년까지도 가능하다.

이 기간 동안 기관 내 각 부서에는 위에서 파견한 사람들이 들어가 모든 문제를 밝혀낸다. 필요하다면 기술 성원들까지 망라되기 때문에 어떤 문제이건 밝혀내지 못하는 것이 없다. 내려가서는 제일 먼저 말단 평당원으로부터 시작하여 기관 내 모든 사람들을 만나고 잘못된 문제들을 밝혀낸다.

첫째는, 물론 유일사상과 어긋나는 문제들부터 시작한다. 다시 말하여 김일성, 김정일의 사상과 어긋나는 문제들로부터 시작하여 모든 사람의 사생활 당 조직생활에 이르기까지 어느 것 하나 빠지는 것이 없다. 여기서도 김일성, 김정일을 모시는 사업(구체적으로는 초상화 모시는 사업), 김일성, 김정일의 교시나 말씀을 집행하는 사업, 그리고 조직생활에서 나타난 결함까지 샅샅이 조사한다. 그것을 가지고 제일 먼저 당 세포 총회를 시작으로 하여 부문 당 총회, 분초급 당 총회, 나중에는 초급 당 총회까지 한다. 물론 이렇게 하다 보면 밝혀지지 않은 문제들이 있을 수 없다.

마지막에, 초급 당 총회, 또는 군 당 전원회의를 열어 제기된 자료들을 놓고 사상투쟁을 벌린다. 최종 사상투쟁은 대체로 대논쟁 형식으로 한다. 수백 명 사람들 앞에 몇 사람을 내세우고 모조리 달려들어 집중적으로 비판한다면 누군들 견디겠는가. 참으로 살인적인 비판이라고 하지 않을 수 없다. 때문에 국가보위부 제1부부장 김영룡도 결국 이런 비판을 받다 자살하고 말았다. 아니 김영룡뿐 아니라 그전에 대남부서 담당이었던 유장식도 이런 대논쟁에서 비판을 받고 자살하고 말았다. 특히 이런 비판은 사전에 준비시킨 사람들이 하기 때문에 실로 그 정도는 엄혹하다.

성택은 내각이 당 중앙위원회로부터 집중지도를 받는다는 순간에 벌써 "7.1경제관리개선조치"는 최종적으로 끝났다는 것을 알았다. 물론 이런 일은 김정일이 모르게는 있을 수도 없는 일이다.

"총리 동지, 이거 안 된 일이지만 제가 회의에 참석해도 괜찮겠습니까?"

"거, 뭐 참가해서 뭘 하겠습니까? 참가해보나 마나 뻔한 일인데 …" 박봉주의 말이었다.

"글쎄, 그렇긴 하겠지만."

"그새 장 부부장 동지만 현직에 있었어도 …"

"그런 이야기를 이제 해서 뭘 하겠습니까?"

다른 일도 아니고 "7.1경제관리개선조치"에 대한 집중지도이다. 자기만 현직에 그냥 있었어도 일이 이 지경까지는 되지 않았을 것이다. 이젠 늦었다. 어떤 방법으로든 어렵다는 것을 알면서도 회의에 참석해 보기로 하였다.

"전 원래 이 회의에 참석하자고 내려온 것은 아니지만 이왕 온 김에 한번 참석해보겠습니다."

"글쎄, 정 그러시다면 참가하십시오. 하지만 뭐 결과야 뻔하지 않겠습니까?"

"누가 책임지고 나왔습니까? 이제강 부부장이 책임지고 내려왔습니까?"

"그 밖에 올 사람이 있습니까?"

"알겠습니다."

특히 이제강이 책임지고 나왔다면 뒷일은 뻔하다.

내각 회의실에는 벌써 입추의 여지없이 사람들이 들어찼다. 4, 5백 명은 될 것 같았다. 장성택이 회의장 제일 뒷자리에 앉았다. 그의 얼굴을 아는 사람들이 슬슬 옆자리를 비켜주었다. 자리가 대체로 정돈되자 앞자리 왼쪽에 앉았던 십여 명의 사람들이 일어났다. 구호대인 모양이다.

구호대란 북한에서는 무슨 회의를 하든 먼저 이런 것들이 준비된다. "위대한 수령 김일성 동지 유훈교시를 철저히 관철하자!" 일어선 사람들이 일제히 함께 고성을 질러댔다. 회의장 모든 사람들이 할 수 없이 따라 일어섰다.

"관철하자. 관철하자, 관철하자!" 팔을 높이 들어 밖으로부터 안으로 세 번 굽혔다 펴면서 구호를 외치었다. 안에서부터 밖으로 폈다 굽히는 것은 "미제는 남조선에서 물러가라!" 같은 구호를 외칠 때에만 한다.

3창이다. 구호대가 또 소리를 질렀다.

"친애하는 지도자 김정일 동지, 높은 뜻을 관철하는 친위대 돌격대가 되자!"

"친위대 돌격대, 친위대 돌격대, 친위대 돌격대!"

"사회주의 경제건설에서 당의 영도를 철저히 사수하자!"

"사수하자, 사수하자, 사수하자!"

모두 따라하였다. 바로 이것이다. 사회주의 건설에서 당의 영도를 철저히 사수하자. 이것 때문에 이 회의를 하는 것이다. 말하자면 경제관리개선조치를 하면서 당의 영도를 일부지만 배격했기 때문에 오늘 모든 결함이 나타났다는 것이다. 계속하여 몇 가지 구호가 더 난발하였다. 사람들은 할 수 없어 계속하여 소리쳤다. 물론 이런 구호 원문은 이미 당 중앙에서 내려온 지도검열 성원들에 의해 작성된다.

이윽고 주석단 간부들이 등장하였다. 내각 초급당 비서가 가운데 앉고 그 옆에 중앙당 조직지도부 제1부부장 이제강이 앉았다. 또 내각 초급당 비서 왼쪽으로 내각 총리 박봉주도 앉았다. 말하자면 회의 주역들이 다 나와 앉은 것이다. 내각 초급 당 조직 부비서가 사회를 보았다.

"이제부터 친애하는 지도자 김정일 동지의 크나큰 정치적 신임과 배려에 의해 마련된 당 중앙위원회 '7.1경제관리개선조치'에 대한 집중지도 총화를 하겠습니다. 보고는 초급 당 비서 동지가 하겠습니다."

내각도 북한 내 모든 기관들과 같이 당 조직이 있다. 거기에 초급 당 비서가 보고를 한다는 것이다.

"에, 이번 초급 당 총회에서는 친애하는 지도자 김정일 동지의 현명

한 영도와 배려로 있게 된, 당 중앙위원회 집중지도에 대한 총화사업을 기본으로 하겠습니다 …"

초급 당 비서는 검열기간에 나타난 성과들에 대해 먼저 지적하였다. 그러나 기본은 성과를 지적하자는 회의가 아닌 것이기 때문에 간단하게 지적할 수밖에 없었다.

결함 부문이다. 제일 먼저 지적된 문제는 무엇보다도 김일성, 김정일을 모시는 사업이다. 구체적으로는 각 사무실에 있는 초상화를 모시는 사업이다. 하지만 이것도 기본 문제가 아니었던 만큼 길지 않았다.

계속하여 행정경제 부문이다. 먼저 원광석 저가 수출 문제가 제기되었다. 이것은 구체적으로 북한 국내에서 생산되는 원광석을 중국에 싼 값으로 수출하고, 그 대신 중국으로부터 각종 체화(재고) 상품만 들여와 북한에 비싸게 팔아서 중국 사람들의 배만 부르게 하였다는 문제가 지적되었다.

둘째는, 함경북도 연사군에서 구호 나무를 벌목 밀매한 사건이다. 이 문제는 구체적으로 2005년 말 내각에서 외화벌이를 강화하여 자체로 부족한 비료와 식량 문제를 해결하라고 하여 비롯된 문제이다. 함경북도 연사군에서 외화벌이를 위해 이 "구호 나무"까지 채벌하여 중국에 팔아먹었다는 것이다.

셋째는, 청진 수남시장에서 관리소장이 2006년 12월에 수없이 많은 장세를 부정 축재하여 인민들에게 큰 고통을 주었으며, 여기에 많은 간부들까지 연루되었다는 것이다. 이것도 내각이 제대로 일을 하지 못해 이런 결함이 나타났다고 했다.

넷째는, 탈북자 문제이다. 국경지대에서 많은 탈북자들이 중국으로 해서 한국으로 갔다는 것이다. 그런데 이런 탈북자들은 그저 가기만 한 것이 아니라 가서 외화를 보내줌으로써 북한에 남은 가족, 친척들이 오늘에는 제일 잘사는 사람으로 되었다는 것이다. 심지어 국경지대 보위원, 보안원들까지 이런 탈북자들이 보내준 돈을 먹고 산다는 것이다.

다섯째로, 한국의 사상과 문화적 침투이다. 오늘 북부 국경지대를 비롯하여 전국적으로 한국 비디오, 씨디 등이 확산되어 봇물을 일구고 있다. 결국 인민들 속에서는 적들에 대한 새로운 환상이 싹트기 시작했고 이것이 오늘은 걷잡을 수 없이 되었다는 것이다. 이 모든 것은 내각이 당의 영도를 거부하였기 때문에 나타난 결함이라고 하였다. 이외에도 여러 가지 문제들이 제기되었다. 물론 이런 보고도 이제강이 먼저 보고 통과시켰을 것이다.

다음은 토론이다. 먼저 두 명의 부총리들과 한 명의 국장이 나가 비판하였다. 물론 그들에 대한 비판도 혹독하였다. 미리 준비시켜 놓은 토론자들이 나가 마치 그들이 무슨 반당, 반혁명 행위나 한 것처럼 비판하였다. 하지만 어쨌든 이들도 기본 공격 대상이 아니었던 만큼 그런대로 넘어갔다.

마지막으로 박봉주 총리가 나갔다. 먼저 자기비판이다. 이런 무대에 올라가면 무조건 모두 자기가 잘못했다고 해야 한다. 박봉주도 자기비판부터 하였다. 보고서에서 지적된 모든 결함은 자기가 잘못해서 제기된 결함이라고 하였다. "7.1경제관리개선조치"에 대한 당의 뜻을 깊이 헤아리지 못하고 시장경제에 대해서 옳은 인식이 없이 그대로 받아들이려 했기 때문에 이런 결함이 나타났다고 하였다.

결국 연사군에서 구호 나무까지 채벌하여 팔아먹는 결함도 또 원광석을 싼 가격으로 팔아먹게 한 것도 모두 자기가 잘못해서 나타난 결함이라고 하였다. 이뿐만 아니라 탈북자 문제도 남조선 사상, 문화 침투도 모두 자기가 잘못해서 나타난 결함이라고 하였다. 그런데 문제는 이런 결함이 나타난 것은 사실이지만 이와 같은 건 모두 어떻게 하든지 자기가 나라 경제를 회생시키자고 한 것이지 그 어떤 개인 욕심으로 한 것이 아니라고 하였다.

이건 사실일 것이다. 박봉주는 정말 그런 마음으로 했을 것이다. 하지만 장성택은 그런 토론이 이런 회의에서는 오히려 이제강의 반감을 사리라는 것을 알았다. 아니나 다를까.

"자, 총리 동무의 토론이 끝난 것 같은데 그럼 다른 동무들의 의견을 들어봅시다. 의견이 있는 동무들은 말씀하십시오."

이제강이 박봉주의 토론을 듣고 코웃음을 쳤다. 박봉주는 토론하던 그대로 연단에 서 있었다. 제일 앞에 앉았던 키가 작고 이마가 뒤통수까지 훌렁 벗어진 사람이 일어섰다.

"제가 토론하겠습니다. 화학공업부 박영만입니다."

"말해보시오."

"총리 동무, 뭐라구요? 그러니까 동무가 말하는 자기 결함이라는 것은 결국 우리 경제를 회생시키기 위해 노력하는 중에 나타난 결함이란 말입니까? 그렇습니까?"

"아니, 저, 그… 그런 게 아니라 … 사실은 …"

"여보, 박봉주 동무, 동문 지금 제정신이 있고 하는 소리요? 아니 함북도 연사군에서 '구호 나무'를 벌목하여 팔아먹은 것도 친애하는 지도자 동지 뜻을 받드는 길에서 범한 과오란 말이오? 동무가 군들에서 외화를 벌어 자체로 농사에 필요한 비료와 자재들을 구입하라고 하지 않았으면 왜 그런 결함이 나타났겠는가 말이오? 저 동무 틀려먹어도 대단히 틀려먹었다고 생각합니다. 난 저 동무를 법 기관에 넘길 것을 제기합니다."

법 기관이라고 하면 형사재판을 의미한다. 또 다음 사람이 일어섰다.

"박봉주 동무는 말이야, 처음부터 당의 영도를 회피하고 제가 뭐라도 되는 것처럼 무슨 일을 하여도 내가, 내가 하면서 동무 도대체 뭐야? 내가가 뭔가 말이야? 친애하는 지도자 김정일 동지께서는 다음과 같이 지적하셨습니다. '우리들이 사는 보람은 수령님의 심려를 덜어드리기 위한 정력적인 투쟁 속에 있어야 합니다. 동무가 잘나서 그렇게 활개치고 다닌다고 생각하지 마시오. 수령님의 크나큰 정치적 신임을 떠나서는 동무는 버러지보다 못한 인간이라는 것을 알아야 합니다.' 이상과 같이 지적하셨습니다. 그런데 동무는 뭐야? 내가 내가가 뭔가 말이야? 저 동무는 애초에 당의 크나큰 신임에 보답하겠다는 생각조차 없는 동무입니다. 전, 저 동무를 법 기관에 넘길 것을 제기합니다."

또 다음 사람이 일어났다. 회의 분위기는 점점 더 살벌해졌다. 그는 박봉주가 잘못한 것 때문에 아래에서 남조선 비디오와 상품들이 들어와 판을 친다는 이야기를 하였다. 말하자면 남조선 괴뢰들의 좋은 일만 하게 하였다는 것이다. 이것이 어떻게 보면 남조선 국정원놈들의 책동에 물젖어 그런 게 아닌지 모른다고 했다. 그래서 그 사람도 박봉주를 법 기관에 넘겨야 한다고 했다.

또 한 사람이 일어섰다. 그 사람은 박봉주가 김정일의 선군 정치를 음으로 양으로 반대하기 위해 군대에 대한 공급 물자를 줄여서 군대 내 영양실조자가 나오게 했다고 했다. 또 방독면이 아주 밀주 정제에 쓰이는 도구로 되게 하였다고도 했다. 그러면서 이는 전적으로 박봉주의 반당 반혁명적 기질과 관련된다고 했다. 장성택이도 이런 일을 많이 해봤기 때문에 안다. 이런 토론은 미리 준비시킨 사람들이 나가 토론하는 것이다.

"자, 또 박봉주 동무에게 의견을 줄 동무들이 있으면 나오십시오."

가운데 좌석에 비스듬히 앉았던 이제강의 말이다.

박봉주에 대한 비판은 계속되었다.

박봉주는 한 마디도 변명하지 못했다. 할 말이 없어서가 아니라 이런 회의 분위기에서라면 그 어떤 변명도 허용되지 않기 때문이었다. 또 한 사람이 달려 나갔다. 나가면서 소리부터 질렀다.

"박봉주, 네 이놈!"

앉아 있던 사람들이 깜짝 놀랐다. 그 사람은 나가면서부터 욕설을 퍼붓기 시작하여 들어올 때까지 욕설이었다.

성택이 기가 막혔다. 그러나 할 말이 없었다. 이제 이쯤되었으면 박봉주의 해임 문제는 결정된 거나 같았다. 이제강이 마지막으로 입을 열었다.

"먼저 친애하는 지도자 동지 말씀을 인용하겠습니다. 2005년 2월 5일 말씀입니다. '지금 일부 일꾼들은 시장경제를 이용하자는 것을 시장경제로 전환하자는 것으로 오해하고 있는 것 같은데 그렇게 해서는 안 됩니다. 우리 내각은 머리에는 사회주의 모자를 쓰고 몸뚱아리는 완전히 자본주의 척후병 노릇을 하고 있습니다. 절대로 이렇게 해서는 안 되겠습니다.' 이상과 같이 지적하셨습니다. 따라서 박봉주 동무에 대한 처리는 추후에 친애하는 지도자 동지 결론을 받아서 하기로 하고 오늘 회의는 이상으로 마치겠습니다."

회의는 끝났다.

장성택은 허탈하였다. 중앙당 집중지도를 한다고 할 때부터 이렇게 끝날 것을 모르지 않았지만 너무나도 허탈하였다. 박봉주가 잘못한 것이 무엇인가. 잘못하였다면 정말 그의 말같이 처음부터 김정일이만 믿고 어떻게 하든지 나라 경제를 개혁하여 살리자고 한 것 밖에 없다. 그런데 전국적으로 제기된 모든 결함을 그 한 사람에게 다 덮어씌우는 것이다. 돌아오는 성택의 머리는 무거웠다. 이대로는 안 된다. 뭔가 대책이 있어야 할 것 같은데 암만해도 떠오르지 않았다.

성택의 머리에는 새삼스럽게 해옥이네 살림살이 생각이 났다. 그러나 그로서 할 수 있는 일은 아무것도 없었다. 눈물이 나왔다. 얼마 후 박봉주는 허울뿐인 순천 비날론 연합기업소 지배인으로 좌천되고 말았다.

이것으로 장성택의 팔다리가 다 잘려 나가고 만 것이다.

16
삶과 죽음

　　성택이 조직지도부에서 나와 행정부장으로
된 다음, 나름대로 행정부 사업을 강화하려 하였다. 조직 기구도 만들고
기강도 바로 세워보려 하였다. 김정일이 뜻밖에도 행정부 기구를 조직
지도부만 못지않게 갖추도록 하였다.

　　사실 사법, 검찰, 그리고 보위부, 안전부 등만 맡아본다면 그런
기구가 필요하지도 않았다. 그런데 그런 기구를 갖추도록 허락하는
것이었다. 나쁠 것이 없었다.

　　성택이 이 기회에 장수길이는 물론 전부터 잘 알고 지내던 이용화
도 부부장으로 데려왔다. 그리고 정임이도 데려다가 타자수라도 시키
려고 했다. 부부장 이용화에게 과업을 주었다. 참 여기서 장수길이는

원래부터 믿을 만하다는 건 더 말할 것도 없었다. 그런데 이틀 뒤 강선제강소로 갔던 용화 부부장이 빈손으로 돌아왔다.

"아니, 부부장 동무, 어떻게 된 일이오? 왜 제강소에서 정임이를 놓지 않겠다고 하던가요?"

"아니, 그런 게 아니라 부장 동지, 그 정임이라는 애 말입니다. 알고 보니 여기 호위사령부 2국 3부 의례부에 있던 애라더군요?"

원래 기쁨조라고 하면 두 종류로 갈라져 있다. 하나는 당 중앙위원회 재정경리부 소속으로 있고, 다른 하나는 호위국 2국 3부 즉 의례부 의례원으로 있다. 명칭상으로는 의례원이라고 하는 것이다.

"그래, 그런데?"

"뭔가 찜찜한 생각이 들어 데려오지 않았습니다."

"찜찜하긴 뭐가 찜찜한데?"

"그래도 혹시?"

"아니오. 그 앤 내가 잘 아는 애요. 그 애 아버지도 잘 알고 말이오."

"어떻게 잘 안다는 말입니까?"

"그 애는 원래 양강도 삼수군에 있던 애요. 내가 그 애 아버지를 삼수군에서 다시 원래 있던 문덕 수산에 보내 주었고. 배를 타겠다고 해서 말이오. 그리고 바른대로 말한다면 그 앤 내가 혁명화를 할 때 창광분주소에서 내 일거일동을 보고할 데 대한 과업받은 것까지 모조리 나한테 말하는 애란 말이오."

"그것까지 창광분주소의 계략인지도 모르지요."

"여보, 용화 동무, 사람이 그렇게 믿지 못해서야 어떻게 일하겠소? 공연한 걱정을 하지 말고 데려오라구."

"글쎄, 데려오라면 데려오겠는데 아무튼 찜찜한 건 사실입니다.

솔직하게 말해서 타자수면 우리 내부의 최고 비밀은 다 알게 되어 있는데 그런 자리에 걔를 데려다 놓는다는 건 전 암만해도 마음이 좋지 않습니다."

"걱정도 팔자다. 걘 그런 애가 아니오. 데려오라고."

"알았습니다."

용화 부부장 대답은 하면서도 마뜩지 않아 하는 기색이다. 용화 부부장이 무엇을 염두에 두고 말하는지 성택이도 모르지는 않았다. 그러나 정말 그렇게까지 사람을 믿지 못해서야 어떻게 일을 하겠는가 하는 생각이 들었다.

용화 부부장이 다시 강선으로 내려간 날 저녁이다. 뜻하지 않은 일이 일어났다. 저녁 아홉시쯤 되었을까. 경희가 전화를 받더니 갑자기 성택이를 끌고 김정일이 집에 가자는 것이었다.

"왜, 무슨 일이 있소?"

"오빠가 쓰러졌어요. 빨리 가요."

"뭐야? 오빠가 쓰러지다니?"

"글쎄, 두말 말고 빨리 가요. 방금 정철이한테서 전화가 왔는데 오빠가 갑자기 쓰러졌다는 거예요. 정신이 없다고 해요."

둘은 급히 김정일의 집으로 향했다.

평양시내에만 김정일의 집은 네 곳이나 있었다. 매일 밤 그 네 곳 중에 어느 곳에서 자는가는 김정일이 직접 결정한다. 신변 안전을 위해서다. 독재자들일수록 자기 생명에 대한 애착이 그 누구보다 강한 모양이다. 그렇게 어마어마한 호위무력을 거느리고 있으면서도 마음이 놓이지 않는 것이다. 김정일이 쓰러진 집은 중구역 해방산동에 있는 자택에서였다.

이미 경희가 떠나면서 봉화산 진료소에서 의사 몇 명을 불러왔다. 봉화 진료소란 북한 최고위급 간부들만 보는 병원이다. 그 밑으로 남산 진료소, 평양 적십자병원 등이 있다. 성택이 경희와 함께 김정일의 방에 들어갔다. 김정일이 죽은 듯이 침대에 쓰러져 있었다. 저녁까지도 아무렇지도 않았다는데 갑자기 쓰러졌다는 것이다. 정철이, 정은이, 여정이만 한쪽에서 겁에 질려 어쩔 줄을 모르고 있었다. 2002년 고영희가 죽은 다음 김정일은 김옥이란 여자를 마치 자기 여편네처럼 끌고 다녔지만 정식으로 결혼한 사이는 아니었다.

"그래, 누구한테 알렸지?" 성택이 들어가자 바람으로 정철에게 물었다.

"아직 아무한테도 알리지 않았어요. 먼저 고모한테만 알렸을 뿐이에요." 정철이 우들우들 떨며 대답했다.

"잘했어. 지금은 이 사실이 절대 밖으로 나가지 않도록 해야겠어. 누구라도 상관이 없으니 절대 밖에 알려지게 해서는 안 되겠어."

성택이 암만 생각해보아도 이건 비상사태였다.

봉화 진료소에서는 심장 담당 의사인 최송원 박사와 두세 명이 더 나와 있었다. 최송원 박사가 김정일을 꼼꼼히 살피고 있었다. 김정일이 꼭 죽은 사람 같았다. 최송원 박사가 마침내 진찰을 끝내고 이쪽 방으로 나왔다. 성택이 아이들을 피해 다른 방으로 데리고 갔다.

"그래, 어떻습니까?" 성택이 물었다.

"지금으로서는 어떻다고 말하기 어렵습니다. 한 마디로 매우 심각한 건 사실입니다." 최송원 박사가 이마에 맺힌 땀방울을 닦으며 하는 대답이었다.

"병명은 도대체 뭡니까?"

"심장 심근경색인데 문제는 이틀이 고빕니다. 어떻게 보면 유전과도 관련이 있는 병이라고 봐야겠지요."

"그렇다면 수령님께서 별세하셨던 그 병이요?"

"예, 바로 그 병입니다."

"알았습니다. 아니 그런데 어떻게 그런 병이 다시 나타난 겁니까?"

"글쎄, 단정하기는 어렵겠지만 이 병은 여러 가지 선천적 요인으로도 나타날 수 있지만, 그 어떤 문제로 너무 크게 상심하였다거나 거기에 술과 담배가 해로운 건 사실입니다."

장성택은 김정일의 왜 그런 병에 걸렸는지 알 것 같았다. 더구나 김정일의 술과 담배에 대한 집착은 말할 것도 없지 않은가.

"그래, 앞으로 경과는 어떻게 보십니까?"

"이자도 이야기했지만 한 이틀 정도가 최대 고비인데 두고 봐야 알 것 같습니다."

"아무튼 당분간은 의사 선생님들은 그저 병 치료에만 전념해주십시오."

"알겠습니다." 최송원 박사가 대답했다.

장성택이 이쪽 방으로 나왔다.

"그래, 어떻대요?" 경희가 물었다.

"글쎄, 지금으로 봐서는 이틀이 고비라는데 아무튼 내 당장 사무실에 나갔다 와야겠소. 지금으로선 어쨌든 이 말이 밖으로 새지 않게 해야겠소."

"알았어요. 그런데 사무실에는 왜요?"

"급히 의논할 문제들도 있고, 아무튼 내 나갔다 온 다음 이야기하자고."

성택은 급히 사무실로 나갔다. 나가면서 장수길과 이용화에게 급히 나오라고 불렀다. 이용화는 강선에 갔다 저녁에야 돌아왔지만 영문을 모르고도 나오겠다고 하였다. 장성택이 사무실에 나가서 얼마 되지 않아 수길이와 용화가 나왔다.

"부장 동지, 도대체 무슨 일이 생긴 겁니까?" 장수길이 눈이 커져서 묻는 말이었다.

"장군님께서 쓰러졌습니다." 장성택이 말하였다.

"뭐라구요? 장군님께서 쓰러지다니? 죽었단 말입니까?" 장수길이 묻는 말이었다.

"아니, 아직 죽은 건 아니고 말 그대로 쓰러졌단 말입니다."

"그렇다? 이건 정말 비상사태구만요." 장수길이 말하였다.

"그래서 무슨 긴급한 대책들을 세워야겠는지 급히 토론하자고 이렇게 나오라고 했소."

"장군님께서 의식도 없으십니까?" 이용화 부부장이 묻는 말이었다.

"당연히 의식이 없지. 이틀이 제일 고비라고 하는데 아직은 앞으로 어떻게 될지 전혀 알 수 없는 상태요."

"가만, 그렇다면 먼저 이 소식이 절대로 밖에 알려지지 않게 해야 되겠는데 …" 이용화의 말이었다.

"글쎄, 대책을 취하느라 했지만 조직지도부에서도 오래가지 않아 곧 알아차릴 겁니다."

"글쎄, 알아차리기는 하겠지만 최대한 늦춰야겠지요. 그런데 어떻습니까, 지도자 동지께서 정말 일어날 것 같습니까?"

"글쎄, 그걸 지금 상황에서는 짐작하기 어렵네." 장성택이 말이었다.

"부장 동지, 이럴 때 우리가 먼저 국가보위부를 이용하여 이제강이 며 조연준이며 잡아들이면 어떻겠습니까?" 장수길이 하는 말이었다. 그도 그 사이 벌써 여러 차례 조직지도부에서 장성택을 없애지 못해 애쓰는 걸 알고 있었던 것이다.

"무슨 이유로?"

"그야 이유는 만들기 나름이지요. '7.1경제관리개선조치'를 음으로 양으로 방해했다고 할 수도 있고, 또 무슨 반당 반혁명 종파분자로 처리할 수도 있지 않습니까?"

하지만 성택이 생각해보아도 그건 아닌 것 같았다. 국가보위부가 아무리 자기 소관이라 하여도 이제강이며 조연준 등을 잡아들이자고 하겠는지도 문제이지만, 그들이 말을 잘 듣지 않을 경우 오히려 엄청난 화를 불러올 수도 있기 때문이다.

"아니, 그건 안 돼. 그런 방법은 절대로 안 돼."

"그리고 이건 정말 만약의 경우인데 말입니다 …"

"또 무슨 일인데?"

이용화가 주저하였으나 말하였다.

"만약의 경우 지도자 동지께서 정말 끝내 일어나지 못하는 경우도 생각해둬야 하지 않겠습니까?"

하긴 그 경우도 생각하지 않을 수 없게 되었다.

"그래서 그런 경우에는 어떻게 하면 좋을 것 같은데?" 성택이 말 했다.

"지도자 동지 아들 김정철이를 후계자로 세우고 우리가 뒤에서 받들 어주면 어떻겠는지?"

그건 일리가 있는 말이었다. 하지만 김정일이 평소부터 김정철이보다 김정은이를 더 신뢰하였다는 것을 생각하면 그건 그리 현명하지 못한 것 같다.

"가만, 그것도 일리는 있지만 그보다는 장군님께서 평일에 정철이보다는 정은이를 더 재목이라고 했던 점을 생각해서 정은이를 차라리 후계자로 내세우는 게 어떻겠소?"

"글쎄, 그렇다면 정은이를 후계자로 내세워야겠지요. 그런데 그런 경우에라도 우리가 철저히 정은이 보호자가 되어야 할 것 같습니다." 이용화가 말이었다.

"하여간 그건 차후에 볼 이야기고 이제 나는 집에 들어가야겠소. 동무네는 아무 소리 말고 저쪽 동향만 잘 살펴주오."

"알겠습니다." 이용화가 대답했다.

밤 두시다. 장성택이 이용화, 장수길 등과 만나 토의하고 김정일의 처소에 다시 돌아오니 벌써 밤 두시가 지났다. 그때까지도 김정일은 깨어나지 못하고 있었다. 시간이 그렇게 되고 보니 정철이, 정은이, 김여정은 자러 가고 의사 몇 명과 경희만 옆을 지키고 있었다.

"여보, 여기 좀 나오라고."

성택은 이용화, 장수길이와 토론된 모든 것을 이야기하였다. 경희도 의견이 없었다.

그러나 이들이 그토록 비밀로 하였던 김정일이 쓰러진 소식은 예견했던 대로 그리 오래가지는 못하였다. 조직지도부에 포착되고 만 것이다. 김정일이 쓰러진 지 2일 만이었다. 조연준이 급히 이제강의 방에 나타났다.

"부부장 동지, 이거 큰일났습니다."

"도대체 무슨 일인데?"

"지도자 동지께서 무슨 변을 당한 것 같습니다."

"지도자 동지께서 변을 당하다니?"

"아직 구체적인 것은 알 수 없지만 모든 정황으로 미루어보아 틀림없습니다."

이제강이 깜짝 놀라지 않을 수 없었다.

"아니, 갑자기 지도자 동지께서 무슨 변을 당하다니? 그게 무슨 소리요?"

"아직 증거라고 하기보다는 그제 저녁 봉화진료소 최송원 박사랑 네 명이 급히 댁에 갔다는데 아직 돌아오지 않고 있습니다."

"그리고 또?"

"오늘 아침부터 댁에 근무하는 모든 사람들도 일체 외부 전화를 받지 않습니다."

"전화를 받지 않아?"

"그리고 또 그제 저녁, 성택 부장이 급히 나와 사무실에서 이용화 부부장이랑 장수길 부부장이랑 무슨 긴급 토론을 하고 갔다는 것도 그렇습니다."

"아니, 그런 일이 있었소? 또?"

"그리고 또 어제 아침부터 장군님 댁에 보초를 완전 증강 배치했습니다. 하여간 댁에서 이제까지 누구도 밖에 나온 사람이 없습니다. 모든 상황으로 봐서 장군님의 신변에 무슨 불상사가 일어난 게 틀림없습니다."

이제강에게도 이 일은 엄청난 일이 아닐 수 없었다. 만약에 정말로 무슨 불상사가 났다면 장성택이 쪽에서 가만있을 리 없었다. 아니 벌써 그제 저녁에 장성택이 나와서 이용화, 장수길이를 불러내 뭔가 긴급 토론을 하고 다시 들어갔다고 한다. 어떻게 할 것인가? 이제강이도 당황하지 않을 수 없었다. 저녁에 조연준이를 포함하여 황병서, 이용철 등이 다시 모여 앉았다.

"동무들도 들어서 알겠지만 지금 친애하는 지도자 김정일 동지께서 신변에 무슨 불상사가 생긴 것 같습니다. 그런데 문제는 저쪽에서 그 일을 절대 비밀로 지키고 있다는 것입니다."

"아니, 친애하는 지도자 동지 신변에 무슨 불상사가 생겼다면 죽기라도 했다는 말입니까?"

이용철이 당황하여 눈이 커졌다. 이 소리를 처음 듣는 황병서도 같이 놀라지 않을 수 없었다.

"내, 그래서 오늘 이 문제를 토론하자고 동무들을 찾았는데 … 문제는 지금이라도 급하게 그 내부 사정을 아는 것이 제일 중요할 것 같은데, 무슨 방법이 없겠소?" 이제강이 말하였다.

"그런 일이 있었다? 그렇다면 우리 쪽에서도 만약의 경우를 생각해서 무슨 대책을 취해야 하는 게 아닙니까?" 조연준의 말이다.

"그래 그렇다면, 무슨 대책을 취할 수 있겠소?" 이제강이 말하였다.

"후계자 문제에 대한 대책이겠지요. 그게 제일 중요한 게 아니겠습니까?" 이용철이 말하였다.

"글쎄, 그렇기는 한데?"

"가만 제가 만약의 경우를 생각해서 저 핀란드에 나가 있는 김평일이 소재를 한번 파악해보겠습니다." 이용철이 말하였다.

"김평일이? 아니 그건 안 돼. 그는 우리가 주역이 돼서 곁가지 때리기를 하잖았소."

"그렇다면 누구? 홍콩에 나가 있는 김정남이?"

"아무튼 우리는 모든 경우를 대비해야 할 것 같아."

"알았습니다."

모임은 이것으로 끝났다.

17
후 폭풍

김정일이 예상외로 어려운 고비를 넘겼다. 열흘 만에는 깨어나기까지 했다. 하지만 의사들은 한동안 더 안정을 취해야 한다고 했다. 김정일이 자기가 직접 급히 결재해야 할 문건들은 장성택과 김경희가 토론하여 하라고 했다. 둘은 한동안 그렇게 하기로 했다.

일이 이쯤 되자 조직지도부에도 김정일의 상황을 이야기하지 않을 수 없었다. 이제강이 제일 먼저 찾아왔다. 또 다른 간부들도 연이어 찾아왔다. 하나같이 너무 놀랐다느니 빨리 병상에서 나을 것을 바란다느니 이야기들을 하고 돌아갔다. 성택이 어차피 자기들의 의논하였던 일을 김정일이 알 것 같아 먼저 말하였다.

"장군님, 한 가지 말씀드릴 게 있습니다."

"뭐야? 말해봐."

김정일이 이젠 병상에서지만 비스듬히 일어나 기대앉을 수 있을 정도는 되었다.

"장군님, 저희들이 이번에 정말 얼마나 놀랐는지 모릅니다."

"그래서?"

"바른대로 말한다면 장군님께서 정말 그대로 가신다면 어떻게 합니까?"

"그러면 너희들이 대신 하면 되는 거지, 뭘 어떻게 해?"

"아니, 장군님, 이번 경우를 봐서라도 이젠 장군님 후계 문제를 정식 의논할 때가 된 것 같습니다."

"후계 문제? 그래서?"

"이제 일어나셨으니 말이지 사실 저희들은 장군님께서 그대로 가시는 줄 알고 이미 후계 문제까지 의논이 있었습니다."

"어떻게?" 김정일이 눈이 날카로워졌다.

"아무래도 장군님께서 평소에 김정은이를 큰일할 놈이라고 자주 말씀하시던 걸 생각해서 그를 후계자로 하면 어떻겠는가 이야기가 있었습니다."

"걔는 아직 나이도 어린데 안 돼."

"아닙니다. 나이는 어리지만 김정은이라면 능히 무슨 일이든 잘 이끌어 나갈 수 있을 것 같다는 생각을 했습니다."

"그래도 걔는 아직 너무 어려."

김정일이 말은 그렇게 하면서도 눈가에는 한결 안도하는 빛이 보이었다. 장성택은 자기가 잘못 보지 않았다고 생각했다.

"왜 어리다고 그러십니까? 수령님께서는 벌써 스무 살에 유격대를 창건하시고 항일전을 벌리셨잖습니까? 그 애 나이라면 절대 어리지 않지요. 바른대로 말해서 핏줄이야 어디 가겠습니까?"

"그렇다는 말이지? 그렇지만 걔는 아직 너무 어려."

"괜찮습니다. 옆에 경희도 있고 또 저도 있지 않습니까? 얼마간만 옆에서 봐 준다면 저희들보다 열배나 나을 줄 압니다."

그러고 보니 김정일이 벌써 마음속으로 정은이를 찍고 있는 것이 분명했다.

"하여간 그 문젠 좀 더 시간을 두고 봐."

며칠이 지난 어느 날이었다. 국가보위부 우동측이 쪽에서 뜻밖의 보고가 들어왔다. 김정일이 쓰러져 있을 때 당 대남공작 부서인 조사부 쪽에서 요원 하나가 몇 해 전부터 홍콩에 나가 있던 김정남의 현황을 알아보고 돌아갔다는 것이다. 또 며칠 있다가 다른 보고가 들어왔다. 핀란드 대사관에 나가 있던 보위부 요원으로부터 그쪽에도 또 김평일의 신상을 알아보고 돌아갔다는 것이다.

장성택도 처음에는 별치 않게 생각하였다. 그 부서에서 무슨 필요가 있어 그런 것들을 조사했거니 생각했다. 그래서 이 문제를 이용화에게 이야기했다. 그런데 갑자기 그의 눈이 커지는 것이었다. 조사부가 누구 소관인가. 이미 대남공작 부서는 모두 인민군 정찰총국 소관으로 넘어갔다. 그리고 보면 대남공작부 조사부라 하여도 그것은 이용철이 소관으로 넘어간 것이다. 이용철 부부장의 소관 부서라면 왜 다른 때도 아니고 친애하는 지도자 동지께서 쓰러졌을 때 김정남에게 더구나 김평일에게까지 신상을 조사해 가지고 갔겠는가.

"부장 동지, 이거 일이 될 것 같습니다." 이용화의 말이다.

"가만 그렇다면?" 장성택이도 그때에야 눈이 번쩍 띄었다.

"옳습니다. 이건 어떻게 보면 장군님께서 쓰러지고 다시 못 일어나는 경우를 생각해서 취한 조치였을 겁니다. 김정남이나 김평일이까지 대타로 내세우자는 속심이었겠는데 뭔가 이건 정말 문제가 있는 게 아닙니까?" 이용화가 하는 말이었다.

"가만, 김평일이까지?" 이건 심각한 문제였다.

"부장 동지, 마침내 걸려든 것 같습니다. 우리가 지난번에 그 일을 철저히 비밀로 한 효과가 이제야 나타난 것 같습니다. 됐습니다." 이용화가 쾌재를 불렀다.

사실 김정일과 둘째 동생 김평일은 완전히 적대 관계였다. 김정일이 이른바 곁가지 치기에 평일이는 물론 그 어머니 김성애, 누나 경진이까지 모두 한시에 쫓겨 나았고 말았다. 특히 거기서 평일이와 경진이는 해외에 쫓겨 나갔고 김성애 일가는 완전히 거덜이 나고 말았다. 그들의 원성이 어떠할지는 보지 않아도 알만한 일이었다. 김정일이 이 일을 안다면 절대로 가만있지 않을 것이다.

"가만, 아무튼 이 일은 내가 알아서 처리하겠소."

장성택은 더 말을 하지 못하게 이들의 입을 막았다.

다음 날 장성택은 이 문제를 즉시 김정일에게 보고하였다. 김정일도 깜짝 놀란 기색이었다. 그러나 아무 말도 없었다. 김정일이 분명 단단히 기억해 두었을 것만은 틀림없었다. 김정일은 거의 두 달이나 병상에 누워 있다가 늦게야 일어났다. 다시 현지지도도 나가고 군부대 시찰도 나갔다. 모든 것이 완전히 이전 상태로 돌아온 것 같았다.

이제강이 뒤늦게야 김정일의 뜻이 둘째 아들 정은에게 있음을 알고 그를 후계자로 내세워야 한다고 온갖 수선을 다 떨었다. 하지만 김정일은 이외에도 후계자 문제를 선포하자면 무슨 계기가 있어야 하지 않겠는가 하면서 냉담하였다.

이제강은 그런 것쯤은 당장 3차 당 대표자회의를 개최해서라도 자기가 마련하겠다고 바싹 달라붙었다. 물론 장성택은 반대할 이유가 없었다. 여기에 대해서는 더 말하지 않아도 주지된 바 그대로이다. 얼마 후 제3차 당 대표자대회가 열리었으며 김정은은 직제에도 없었던 당 중앙위원회 군사위 부위원장에, 국방위원회 부위원장, 그리고 인민군 대장이 되었다. 김정은은 말 그대로 김정일의 유일한 후계자가 된 것이다.

모든 것이 아무 일도 없었던 것처럼 흘러갔다. 김정일은 "7.1경제 관리개선조치"를 완전히 포기하고 사회주의 계획경제에로 복귀하라는 지시를 내리었다. 그러면서도 은근히 장성택의 행정부에 힘을 실어 주었다. 당연히 불과 얼마 되지 않아 장성택의 세력은 확장되어 당 조직지도부와 맞먹게 자라났다. 말하자면 김정일이 조직지도부와 행정부를 맞세워 두 세력이 서로 충성 경쟁을 벌이도록 한 것이다.

이제강이 속으로는 의견이 없지 않았겠지만 표면적으로는 어쩔 수 없었다. 새로 후계자가 된 김정은한테까지 충성하느라 정신없었다. 이런 가운데 2008년 10월 평양에서는 내각 전원회의 확대회의가 개최되었다. 새로 내각 총리가 된 김영일 총리가 회의를 주재하였다.

회의에서 김영일 총리는 "김정일의 로작 ≪경제사업에서 사회주의 원칙을 고수하며 사회주의경제의 우월성을 높이 발양시킬데 대하여≫에 제시된 과업을 철저히 관철할데 대한 문제"를 보고하였다. 말하자면 사회주의 계획경제로 완전히 복귀한 것이다. 그런데 이렇게 되자 또다시 문제들이 발생하였다.

화폐 문제인 것이다. 국가 은행에 돈이 없어 공무원들에게까지 월급을 주지 못하게 되었다. 원래 북한 경제 시스템은 나라 모든 경제를 국가 계획위원회가 책임지고 운영하는 체계이다. 그런데 물론 이 시기부터 시작된 것은 아니지만 나라 경제가 완전히 멎고 말았으니 돈을 아무리 찍어내고 찍어내도 부족하게 되었던 것이다.

이런 상황에서 "7.1경제관리개선조치"로 그나마 힘을 얻기 시작하였던 중소기업들까지 전면적 계획 경제에로 다시 복귀하면서 완전히 마비되고 말았다. 당연히 모든 공장, 기업소가 다 원료난, 자재난으로 문을 닫아 버리고 결국 국영 상업망까지 닫지 않을 수 없게 되었다. 이렇게 되자 국가 은행에 돈이 있을 리 없게 되었다. 농민들은 1년 농사를 짓고 분배받은 몫을 아예 은행에서 줄 생각도 하지 못하게 되었다.

따라서 그 저금한 돈을 찾자면 리 담당 보안원이라든가 이당 비서에게 찾을 돈의 30프로까지 주고야 자기 돈을 찾을 수 있게 되었다. 노동자, 사무원들에게는 물론 당 일군, 보위원, 보안원에게까지 월급을 주지 못하게 되었다. 돈은 오직 장마당에서만 돌아가고 사람들은 절대로 국가 은행에 맡기려 하지 않았다.

결국 북한 당국에서는 "화폐개혁"을 하지 않을 수 없게 되었다. 구체적으로 이 "화폐교환"은 2009년 11월 30일 진행하였는데 낡은 돈 100원으로 새 돈 1원과 바꾸는 형식이었다. 그런데 이것도 세대당 바꾸는 액수를 10만 원으로 한정시켜 놓았기 때문에 남은 돈은 모조리 휴짓조각으로 되고 말았다. 이것을 위하여 당 재정 계획부장이었던 박남기는 러시아에까지 가서 "화폐개혁"의 경험을 배워 오게 하였다. 하지만 허사였다.

결국 "화폐개혁" 때문에 제일 큰 직격탄을 맞은 것은 서민층이었다. 특권층들은 그래도 애초에 북한 돈을 믿지 못하여 금, 달러, 유로화, 또는 중국 위안화로 바꾸어 가지고 있었기 때문에 큰 손해가 없었다. 그러나 일반 주민들은 그럴 수 없었다.

2009년 11월 당시의 쌀값은 kg당 낡은 돈 2,200원가량이다. 그런데 새 돈인 경우 20원 정도이면 정상적인 값이다. 하지만 2009년 12월 중순에는 벌써 킬로당 50원을 하더니 2010년 1월 초에는 150원, 1월 중순에는 300원, 1월 말에는 600원까지 올라갔다. 곧 800원까지 거래가 이루어졌다. 결과적으로 두 달 만에 물가가 최소 30배 이상 급등한 것이다.

문제는 다시 말하지만 만성적인 공급 부족 현상에 있었다. 1월 들어 위안화를 비롯한 모든 외화사용을 사실상 금지시켰지만, 시장에서 거래되는 상품 중 70%가 중국산이었고 당연히 위안화로 거래되었다. 자본, 원자재, 에너지, 기술 등이 만성적으로 부족한데도 각종 생산적 요소들이 제2경제(군대), 당 경제(노동당)에 우선적으로 인입되다 보니 내각이 할 수 있는 일은 아무것도 없었다.

사람들의 불평불만은 끝없이 높아지고 그런데도 당국에서는 노동자 임금과 노인 연금을 종전과 동일하게 유지(결과적으로 보면 100배 상승)했다. 또 농민들에게는 가구당 신권 14,000원씩을 나누어 주기도 하였다. 당연히 농민들은 기뻐했겠지만 얼마 못가서 물가가 급격히 오르기 시작하자 그것까지 기뻐할 수는 없었다. 한 마디로 북한 경제는 엉망이 되고 만 것이다.

인민들의 반발이 봇물같이 터지기 시작했다. 인민보안성은 모든 인력을 주민 통제에 내보냈고 국가안전보위부와 보위사령부, 모든 조선

인민군 부대에 비상대기령이 발령됐다. 신의주에서는 집집마다 실신상태에 빠진 주민들의 통곡소리가 그치지 않고 부부싸움도 폭발적으로 일어났다. 담당 보안원들과 보위지도원들은 집집마다 찾아다니며 문을 두드리고 상황을 알아보려 하였지만 대답하는 사람조차 없었다.

그렇게 되자 거리의 민심은 또 얼마나 흉흉한지 밤거리에 보안원들(경찰)은 나가 다닐 수도 없는 상황이 되었다. 누군가 몰래 보안원들을 때려죽이기 때문이었다. 돈을 마대자루에 담아 쓰레기로 버리는가 하면 강이나 하천 등에 뿌려버리고 심지어는 불에 태워버리는 경우도 비일비재했다. 가장 중요한 문제는 화폐교환 이전까지만 해도 불평불만은 주로 시장 상인계층에 국한되어 있었는데 이젠 그 반감이 전체 노동자, 농민, 그리고 사무원들에게로 확산되었다는 것이다.

결국 김정일은 위기를 느끼고 박남기 재정경제부장에게 책임을 뒤집어씌워 총살하는 수밖에 없었다. 그런데 사실상 박남기는 인민들에게 구권과 신권을 40만 원까지 바꿔주자고 하였다. 40만 원씩만 바꿔줘도 보통 사람들은 그래도 살 수가 있었다. 그런데 그러자면 또 당 자금에서 일부 떼어서 돌려야 했다. 당 조직지도부에서는 이때라 생각하고 이제강이 직접 김정일에게 눈물로 호소하였다.

당 자금은 한 푼도 뗄 수 없다는 것, 그건 어떤 일이 있어도 핵무기 만드는 데만 사용할 수 있다고 했다. 김정일이 여기에 끝내 감동받아 못이기는 척 적지 않은 당 자금을 떼어 화폐개혁에 돌리자던 것을 그만두었다. 그리고 보니 결국 인민들에게는 한 세대당 10만 원씩밖에 바꿔 줄 수 없게 되었고 인민들의 엄청난 반발을 불러오지 않을 수 없었다.

이렇게 되자 김정일은 터무니없이 박남기에게 "혁명대오에 잠입한 대지주의 아들로서 계획적으로 국가경제를 파탄"시켰다는 누명을 씌워 총살하는 수밖에 없었다. 하지만 누구도 그것을 박남기 한 사람의 잘못이라고 생각하지 않았다. 사람들이야 믿건 말건 김정일이 그것으로 마무리하는데 누가 뭐라고 한다는 말인가.

어느 날이었다. 이제강의 방에서 조직지도부 성원 몇 명이 모여 앉았다. 화폐개혁 총화와 관련된 문제를 토의하기 위해서다. 모인 사람들은 화폐개혁에서 당 자금지출을 중지시킨 것은 백번 잘한 일이라고 이구동성으로 말하였다. 이용철은 말할 것도 없고 황병서니 조연준이니 그나마 이것을 통해 조직지도부의 위상을 높였다고 이야기하였다. 회의가 끝난 다음이다. 이제강이 다른 사람들은 모두 돌아가게 하고 조연준만 남으라고 하였다.

"여보, 조연준 동무, 동문 이번 화폐교환 사건에 대해 어떻게 생각해?"

"회의에서도 이야기하였지만 아주 잘되지 않았습니까? 그 때문에 그새 추락되었던 우리 조직지도부 위상이 와짝 올라가기도 했고 또 친애하는 지도자 동지께서도 우리를 다르게 보게 된 것 같습니다." 조연준의 말이었다.

"흥, 그래? 동무는 정말 그렇게 생각해?" 이제강이 문득 좀 전 회의와는 완전히 달리 코웃음을 쳤다.

"아니, 왜 그러십니까? 정말이지 이번 화폐개혁 문제를 그렇게 처리했으니 망정이지 그러지 않았더라면 어떻게 될 뻔했습니까?"

"그렇다는 말이지? 동무 지난번에 친애하는 지도자 동지께서 쓰러졌을 때 일 기억하지?"

"그럼, 그야 물론 기억하지요. 그런데 왜 그러십니까?" 조연준이 그건 꽤 지나간 이야기이기 때문에 영문을 몰라 물었다.

"이용철이 그 사람, 그때 시키지도 않은 일을 했더구만."

"뭘 말입니까?"

"그날 이후 이용철이 홍콩과 핀란드에 사람을 보냈다는 거야."

"그래서요?"

"그게 친애하는 지도자 동지께 들어가지 않을 수 있겠어?"

"아니, 그 이야기가 어떻게? 그리고 그게 벌써 언제 때 이야기입니까?"

"뭐, 대사관에 보위부 사람들이 나가서 상주한다는 건 다 아는 일이고 그게 언제 때 이야기든 친애하는 지도자 동지께서는 그런 일이라면 아마 백 년이 지나간다고 해도 절대 잊지 않을 걸세."

"설마 …"

"그래서 말인데 웬일인지 요즘 불안한 생각이 자꾸 든단 말이야."

"불안한 생각이라니요? 그건 공연한 걱정입니다."

"아니야. 내 예감이 틀리지 않는다면 앞으로 멀지 않게 꼭 무슨 일이 생기지 않나 두고 보라고."

"글쎄, 공연한 걱정이라니까요. 저도 사실 지도자 동지께서 다시 일어난 다음 적지 않게 걱정했습니다. 하지만 벌써 3년 전 일입니다."

"그렇기는 하지. 하지만 3년이고 10년이고 내 다시 이야기하지만 지도자 동지께서는 그런 일은 절대 잊지 않는다는 것만 명심하라고."

"아니, 그래도 그렇지, 벌써 오래전에 지나간 일입니다. 그리고 또 바른대로 말한다면 그래서 이번 화폐개혁에도 우리가 결사로 당 자금 투입을 막지 않았습니까?"

"글쎄, 그랬지. 하지만 내 선입견인지는 몰라도 지난번 일이 있은 다음 며칠 전에 처음으로 지도자 동지께서 나한테 웃으며 이야기를 걸더란 말이야."

"아니, 그럼 언제 뭐 싸움걸듯 말을 했습니까?" 조연준이 말했다.

"그런 게 아니야. 시종 나한테 냉담하게 말을 하였는데 며칠 전에 처음으로 웃으며 말을 거니 속이 섬뜩하더란 말이야."

"그래, 무슨 말을 하였는데요?"

"말이야 뭐, 이번 화폐개혁 때 우리 조직지도부가 수고했다느니 그런 말을 하였지만 어쩐지 예감이 좋지 않아."

"어이고, 부부장 동지, 그건 공연한 걱정입니다. 바른대로 말해서 이번에 우리가 수고한 건 사실이잖습니까? 그래도 그쯤하기를 다행이지 진짜 사람들이 확 들고 일어났더라면 어쩔 뻔 했습니까?"

"글쎄, 그건 두고 보면 알게 되겠지. 그렇지만 내 짐작이 틀리지 않았다면 조만간 우리 조직지도부에 무슨 큰일이 닥칠 수도 있다는 생각이 들어."

"무슨 큰일이요? 아닙니다. 공연한 걱정입니다."

"어쨌든 장성택이를 경계해. 이제 그 인간에게 손댄다면 다시는 살아나지 못하게 아예 짓뭉개 버려야 할거야."

"알았습니다. 그까짓 장성택이 뭐라고 이젠 절대 걱정하지 않아도 됩니다."

"정말 그럴까?"

이제강이 여기서 말을 마쳤다. 조연준은 이제강의 방에서 나오면서 이제강이 너무 잔걱정을 한다고 생각했다. 하지만 걱정하던 일은 그리 오래 기다리지 않고 일어났다.

처음 잘못된 것은 이용철이었다.

그는 언제 심장이 나쁘다고 한 적도 없는 것 같은데 갑자기 심장마비로 쓰러졌다. 그리고 이틀 앓고 죽었다. 그때만 해도 조연준은 그가 정말로 심장마비로 죽은 줄 알았다. 또 얼마간 날들이 지나갔다. 이번에는 이제강이 갑자기 교통사고로 잘못된 것이다.

조연준이 그때에야 이제강의 말이 빈 말이 아니었음을 알았다. 이제강이 새벽 세시 평양시내 한복판 종로 네거리에서다. 그의 차가 좌회전을 받기 위해 서 있는데 난데없는 보위부 20톤 화물 자동차가 전속으로 달려오다 깔았다는 것이다. 물론 운전사까지 사망하였다.

다음 날 노동신문 한쪽 귀퉁이에는 오랫동안 우리 당 발전을 위해 많은 기여를 해온 이제강이 갑자기 자동차 사고로 죽었다는 기사가 났다.

조연준이 그때에야 이제강의 말이 빈말이 아니었음을 알았다.

18
김정일의 유언

2011년에 들어와서 김정일의 건강은 급격히 나빠지기 시작했다. 2008년에는 한 번 쓰러졌다 일어난 다음에는 그래도 괜찮은 것 같았다. 그러나 다시 계속되는 연회와 술, 담배로 2011년에 들어와서는 4월과 9월에 두 번이나 쓰러졌다. 이때에는 오래 누워 있지 않고 2~3일 만에 일어났다. 그러면서도 계속 현지지도도 다니고 또 여기저기 얼굴을 자주 드러냈다. 자기의 건재함을 보여주기 위해서였다.

그러나 9월에 다시 쓰러지면서 김정일 자신도 자기가 오래 살지 못할 것을 예감하였던 것 같다. 어느 날 김정일이 자기 방에 몇 명의 사람들을 불렀다. 장성택과 김경희는 물론 김정은과 황병서까지 불렀다. 황병서는 사실 그와 인간적으로 매우 가까운 사이었다. 그의 처와 김정일의 전처는 이만저만 가까운 사이가 아니었던 것이다.

병상에 누워 있는 김정일의 몰골은 말할 수 없이 초췌하였다. 호랑이도 쓰러지고 보면 불쌍하다더니 그렇게 최고 권력을 마음대로 휘두르고 또 그 권력을 지키기 위해서라면 무슨 짓도 마다하지 않던 김정일이었지만 쓰러지고 보니 측은하기도 하였다.

김정일이 말하였다.

"이제부터 내 말을 녹음해야 하겠다. 어떻게 보면 이게 내 유언이라고 할 수도 있으니까."

"아니, 무슨 말씀을 그렇게 하십니까? 병이야 치료받으면 나을 수 있는 거지, 괜찮을 겁니다." 황병서가 말하였다.

"흥, 그런 게 아니야. 내가 시키는 대로 해."

정은이 녹음기를 가져왔다.

"난 그래도 수령님만큼을 살 줄 알았는데 그렇지 못할 것 같아."

"아니, 그래도 이제 곧 제대로 치료하면 일어날 수 있을 겁니다." 황병서가 김정일이 여느 때와 다르다는 것을 알면서도 한마디 하였다.

"됐어. 누가 조직지도부 사람이 아니라고 할 것 같아 그래? 다른 말 하지 말고 내 말을 명심해 들어."

"알았습니다." 황병서가 더 말을 하지 못했다.

"바른대로 말해서 난 평생을 우리 사회주의체제를 지키자고 모든 것을 다 했어. 그러다 보니 옳은 일도 하였겠지만 옳지 못한 일도 적지 않게 한 건 사실이야."

김정일이 한참동안 기침을 하더니 다시 말을 이었다.

"그런데 내 오늘 너희들에게 말하고 싶은 것은 나도 우리가 갈

길은 사실 개혁 개방 밖에 없다는 걸 잘 알아. 그런데 성택이 넌 내가 왜 그렇게 하지 못했는지 잘 알지? 그래, 그때 내가 그렇게 우리 되박을 내세우지 않았더라면 만주에서 항일 꽤나 하였던 놈들은 저마다 자기들이 수령이 돼야 한다고 들고 일어나지 않았겠어? 그래서 할 수 없이 그렇게 했던 거야. 알겠어?"

성택이 무슨 말을 한단 말인가. 아무 말도 못했다.

"그래서 말인데 내가 죽은 다음에라도 개혁 개방은 해라. 그 길만이 살길이야."

김정일이 뒤늦게야 자기 잘못을 느끼는 모양이었다.

"그래서 이건 어떻게 보면 진짜 내가 마지막으로 남기는 말이라고 할 수 있겠는데, 성택이 너 어떻게 하든지 경희하고 의논해서 정은이를 옆에서 잘 좀 봐줘, 알겠지?"

"알았습니다. 저희야 당연히 그렇게 해야지요." 성택이 대답하였다.

"그래. 내 지난번에 보니까 너희들 그렇게 할 것 같아. 그리고 황병서 내 이번에 마지막으로 너희들 조직지도부를 손 좀 봐줬지만 아무래도 너희네 조직지도부 기가 너무 세. 겉으로는 고분고분하는 척하면서 너무 세단 말이야."

"알았습니다." 황병서가 대답했다.

"앞으로는 그러지 말아야겠어. 저 성택이랑 손잡고 정은이를 잘 밀어주란 말이야. 바른대로 말해서 저 정은이 아직 철이 있어? 그렇지만 어떻게 하겠어? 저 망아지 같은 놈 철이 좀 들 때까지는 옆에서 함께 밀어줘야지, 안 그래?"

"알았습니다. 그렇게 하겠습니다." 황병서가 대답했다.

"내 생각 같아서는 앞으로 한 십 년만 밀어주면 그런대로 제 발로 나갈 거야, 알았지? 내 그 때문에 오늘 너희들을 부른 거야."

"알았습니다." 장성택이 대답했다.

"너희들 누구 다른 사람을 올려놓으면 잘될 것 같지만 그건 모두 함께 망하는 길이야. 알았지?"

"알았습니다." 황병서가 대답했다.

"됐어. 녹음 다 했지?"

"예, 했습니다." 정은이 말했다.

"그럼 내 말은 끝났으니 너희들 나가서 자기 일들을 봐."

정일이 말을 맺었다.

성택이 나왔다. 성택이뿐 아니라 경희도, 정은이도, 황병서도 서로 생각은 달랐지만 정일의 마지막이 멀지 않았구나 하는 생각은 같았다. 김정은만 아무렇지도 않은 듯 녹음한 테이프를 뽑아들고 흔들거리며 저쪽으로 갔다. 역시 그는 아직 철이 없었다. 하긴 겨우 27살짜리가 철이 들면 얼마나 들었을까. 그리고 김정일은 몇 달을 마치 아무 일도 없었던 것처럼 지나갔다.

하지만 정확히 2011년 12월 17일 김정일은 세상을 떠났다. 그 다음 일은 물론 여러 사람이 의논하여 하였지만 거의 장성택이 주관하여 진행하였다. 장의 위원회 명단을 비롯해서 시신 운구 인원까지 장성택이 주관하여 진행되었다. 모든 것을 김일성의 죽었을 때와 꼭 같이 하려 했지만 역시 김정일은 김일성보다는 못했다. 무엇보다 분위기부터 잘 서지 않았다. 김정일의 죽음에 대해서는 사람들이 덜 슬퍼하였기 때문인 것 같다. 김정일의 장의까지 끝난 다음 장성택의 방에서는 몇 명이 모여 앉았다. 장수길이, 이용화 그리고 나머지 몇 명이다. 장성택은 먼저 김정일의 유언을 들려주었다.

"자, 어떻소? 그래도 이 인간이 마지막에는 제대로 한 것 같지 않소?"

"됐습니다. 됐습니다. 이제 우리한테 무슨 걱정이 있겠습니까? 그저 경제만 쭉 밀고 나가는 일만 남았습니다."

무엇보다 장수길이 거의 환성을 질렀다.

"아니, 그래도 우리가 완전히 마음놓아서는 안 될 것 같습니다. 그 녹음 파일을 한 부 복사해서 우리도 가지고 있어야 할 것 같습니다." 이용화의 말이었다.

"알았소. 하지만 뭐 그렇게까지 걱정하지 않아도 될 것 같소." 장성택의 말하였다.

"정말 이제부터는 나라 경제만 쭉 밀고 나가는 것밖에 남은 것이 없구만요. 안 그렇습니까?" 장수길이 한껏 들떠서 하는 이야기였다.

"바른대로 말해서 개혁 개방하지 않고서야 어떻게 나라 경제를 다시 일으켜 세우겠소? 이젠 때가 된 것 같소."

장성택이도 솔직히 김정일이 마지막에 그렇게 유언을 남기리라고는 생각지도 못했다. 하지만 모든 것은 너무나도 갑자기 해결된 것이다.

바른대로 말해서 개혁 개방을 반대해왔던 기본 세력들이 모두 처리되었겠다. 이제 김정일까지 잘못되었으니 거칠 것이 없었다.

"그러고 보면 지도자 동지께서도 개혁 개방에 대해 많이 고심하였던 건 사실인 것 같습니다. 하지만 끝내 못하고 세상을 떠났으니 우리라도 그 일을 제대로 해야지요."

"글쎄, 그렇기는 하지만 다 끝났다고 보기에는 아직 너무 이르다고 생각되지 않습니까? 제 생각에는 아직 조직지도부가 그대로 있고 생각을 깊이 하는 게 좋을 것 같습니다." 이용화가 장수길의 말에 다시 토를 다는 것이었다.

"글쎄, 그렇긴 하지만 이제 너무 걱정할 게 없을 것 같아. 친애하는 지도자 동지 말씀대로 우리가 확고하게 주도권을 잡았는데 무슨 걱정이요?" 장성택이 말하였다.

"하 이거, 이러다간 얼마 되지 않아 장성택 수령님의 만수무강을 축원하는 날도 있지 않겠는지 모르겠습니다." 장수길이는 시종 들떠서 말이 아니었다.

"이거 말로라도 아직 그런 소린 하지 맙시다." 이용화가 급히 장수길의 말을 제지하였다.

"아니, 그건 내 농으로 한 말이고 일이 너무 잘 돼서 내 기뻐서 하는 소립니다."

어쨌든 이날 장성택이네 부서 분위기는 확 달라졌다. 모두가 내놓고는 말하지 못했지만 김정일이 죽은 것이 천만뜻밖에도 복이 되었다는 분위기였다.

한편 이와 거의 같은 시각 조직지도부 조연준의 방에도 몇 사람이 모였다.

"황 동무, 지도자 동지께서 정말 그렇게 유언을 남겼단 말입니까?" 이미 황병서에게서 김정일이 유언을 전해들은 조연준이 하는 말이었다.

"제가 옆에 있는데 바로 그렇게 말하였습니다."

분위기가 푹 가라앉아 있었다. 조연준이 애초에 이제강이 무슨 일을 당할 줄 알고 또 그래서 조연준에게 미리 유언삼아 말하기도 하였지만 김정일의 마지막 말은 정말 뜻밖이었다. 어떻게 할 것인가. 그대로 끌려가야 하는가. 아니다 절대로 그렇게 할 수는 없다. 하지만 무엇을 어떻게 할 것인가.

김정일이 마지막 뜻은 분명 조직지도부의 권한을 대폭 축소시키라는 것인데, 그리고 개혁 개방의 길로 나가라는 것인데 그렇게 할 수는 없다.

"지금 장성택은 모든 것이 자기들 뜻대로 되었다고 쾌재를 부르고 있겠지."

조연준이 말이다.

"그야 물론 그렇겠지요."

"가만 …"

문득 조연준이 장성택이 쪽에서는 모든 것이 만세를 부르고 있을 때가 오히려 어떻게 보면 절호의 기회이지 않을까 생각이 들었다.

"황병서 동무, 그러니 지금 저쪽에서는 완전히 방심하고 있지 않을까?"

"그야 물론 그렇겠지요. 저쪽에는 지도자 동지 유훈 녹음테이프까지 있는데 그것이면 그들이 못할 것이 무엇이겠습니까?"

"하지만 녹음테이프는 어디까지나 녹음테이프고, 저쪽에서 그것만 믿고 방심하고 있는 때에 우리가 오히려 자중하는 척하면서 틈새를 파고들 수 있지 않겠는가 하는 거요?"

"글쎄?"

황병서도 별로 자신 없으면서도 그대로 무너질 수 없다는 생각만은 같았다.

"됐소, 황 동무. 당분간은 우리 쪽에서 모든 면에서 자중 또 자중하면서 두고 보자고."

"알았습니다. 지금은 그렇게 할 수밖에 없지요."

황병서가 대답했다. 말하자면 그렇게 하여 저쪽이 마음 놓을 때를 기다리자는 것이었다.

"지금은 장성택이 쪽을 도와주는 척하면서 먼저 인민군 총참모장 이영호에 대한 자료부터 묶는 게 좋을 것 같구만."

"이영호는 왜요? 제 생각에는 그보다는 국가보위부 우동측이가 더 위험인물인 것 같은데?"

"아니오. 지금 이영호를 쳐야 할 것 같소. 그가 때가 되면 더 위험할 수 있으니까."

"알았습니다. 그렇게 하겠습니다."

"자, 다른 문제는 다음에 이야기하기로 하고, 문제는 지금은 철저히 우리 쪽에서 죽은 듯이 가만있는 거요. 그만 합시다."

모두는 나갔다.

한편 장성택으로서는 갑자기 너무나도 할 일이 많아졌다. 물론 엉망이 된 나라 경제를 회생시키자면 중국에서 자본을 끌어오는 길밖에 없다. 그런데 어떤 방법으로 중국 자본을 끌어들일 것인가. 난감한 일이 아닐 수 없었다. 중국도 이젠 자본주의 물을 먹더니 입으로는 북중 관계가 순치의 관계니 뭐니 떠벌이면서도 실제에 있어서는 자기들한테 돈이 되지 않는 일은 하나도 해주려 하지 않는다.

또 일이 그뿐이라면 모르겠다. 김정은을 수령으로 만드는 일도 간단치는 않다. 이미 외형은 그런대로 프랑스 정형외과 의사들을 불러 그럴듯하게 만들어 놓았다. 문제는 사람됨됨이다. 어떻게 해도 이놈은 제멋대로인 것이다. 김일성의 현지지도 영화를 하루 네 시간씩 보고 그대로 행동하라고 해도 모조리 제멋대로였다. 그렇다고 김정일의 빈 자리를 그대로 둘 수는 없다. 억지로 여기저기 현지지도에 내보내도 가는 곳마다 사고만 쳤다.

서포 닭 공장에 가서도 그렇다. 아침에 그곳 여성 노동자들이 밥을 해먹고 설거지를 하고 그러다 보니 지각하는 현상이 잦다고 했다. 그러자 김정은이 아침에 바쁜데 뭘 그렇게 요란하게 해먹는가. 유럽 사람들처럼 간단히 우유에 비스킷이나 몇 조각 먹고 나오는 게 좋을 게 아닌가 했다는 것이다. 물론 노동자들은 코웃음을 쳤다. 우리나라에 무슨 우유가 있고 비스킷이 있어 그런 걸 먹고 나오겠는가.

또 우리 중앙텔레비를 보다가는 만날 똑같은 것만 하지 말고 좀 프로를 다양하게 편성하라 했다. 말하자면 어디서 개성 보쌈김치가 좋다는 소리는 들은 모양이다. 그런 것도 만드는 방법을 텔레비로 내보내는 것이 좋지 않겠는가. 물론 중앙텔레비에서는 김정은의 말을 관철하느라고 정말로 청류관에 가서 거기 모든 식자재를 총동원하여 개성 보쌈김치 만드는 걸 찍어 내보냈다. 그러자 인민들에게서 반항이 폭풍같이 올라왔다. 개성 보쌈김치를 제대로 만들자면 18가지 각종 진귀한 식자재들이 들어간다. 중앙텔레비 놈들은 어디 하늘에서 떨어진 놈들인가. 인민들은 지금 소금도 없어 김치를 담그지도 못하는데 그 열여덟 가지 식재료들이 어디서 나는가.

그래서 할 수 없이 이번에는 군부대 현지지도에 나가 보라고 하였다. 그랬더니 이번에는 또 뚱딴지같이 마식령에 스키장 만들라는 소리만 늘어놓고 왔다. 또 다른 데 가서는 평양 문수에 물놀이장을 만들어야겠다느니 사동에 경마장을 만들겠다느니 소리만 늘어놓다 왔다. 하는 소리마다 모조리 엉터리 같은 소리들뿐이었다. 바른대로 말해서 지금 나라 경제 형편에 어디다 스키장을 만들고 또 어디에 물놀이장이나 경마장을 만든다 말인가.

나라 인민들은 배가 고파 못살겠다고 하는데 이 녀석은 가는 곳마다 자기가 잘사는 나라 스위스에 나가 유학하면서 본 소리만 한다. 장성택이 김정은에게 되게 한마디 하였다. 그렇게 해서는 안 된다. 이불을 보고 발을 펴랬다고 지금 나라 경제 형편에서 그게 당한 소린가. 하여간 머리 아픈 일이 한두 가지가 아니었다.

그래도 그중 제일 바쁜 일은 역시 자본을 끌어들이는 일이기 때문에 이용화 부부장한테 초대형 경제 방문단을 데리고 중국으로 갈 준비를 하라고 했다. 벌써 7월이다. 김정일이 죽은 지 여덟 달이나 되었다. 뭔가 해야 하겠는데 날짜는 자꾸 가고 되는 일은 없고 실로 안타까워 죽을 지경이었다.

그런데 어느 날 뜻밖에도 본부당 책임비서로 된 조연준이 찾아왔다. 이제강이 죽은 다음 그가 본부당을 맡게 되었다.

"아니, 어떻게 본부당 책임비서 동지가 찾아오셨습니까?"

사실 장성택은 이제강, 이용철이 그렇게 된 다음에는 워낙 일이 많아 바쁘기도 하고 거의 존재를 잊고 있던 조연준이었다.

"예, 뭘 좀 토론할 것이 있어 찾아 왔습니다."

"이거 미안하게 됐습니다. 요즘 여러모로 너무 바쁘다 보니 미처 당에 보고드리지 못한 것도 많고 죄송합니다."

"이건 아무래도 장 부장 동지도 알고 있어야겠기에 말씀드리는 건데, 지금 저 인민군 총참모장이라는 이영호를 어떻게 했으면 좋겠습니까?"

"이영호는 왜요?" 성택이 영문을 몰라 물었다.

"이영호가 지금 자기 위에는 사람이 없는 것처럼 놉니다. 자기가 당 중앙위원회 정치국 상무위원이기기는 하지만, 실제는 김정은도 자기 말 한 마디면 꼼짝 못한다고 하는데 그냥 두고 볼 수만은 없을 것 같습니다." 조연준의 말이었다.

"이영호가 그렇게 하고 돌아간단 말입니까?"

"그뿐이 아닙니다. 자기는 제2인자이긴 하지만 실제에 있어서는 전쟁까지도 마음대로 일으킬 수 있는 권한을 가지고 있다느니 한 마디로 안하무인입니다."

"하, 그건 좀 너무한데요 그래서 어떻게 하자는 겁니까?"

"아무래도 세력이 더 커지기 전에 제명해 버려야 할 것 같습니다. 저는 이 문제는 장성택 부장 동지가 알아야 하겠기에 말씀드리는 겁니다."

"글쎄, 그건 알아서 처리하십시오. 이영호 그 사람 그렇게 보지 않았더니 보기보다는 완전히 딴 사람이네."

"그럼 이영호 문제는 그렇게 처리하겠습니다."

"알았습니다. 당에서 하자는 일인데 제가 뭘 왈가왈부하겠습니까?" 장성택은 별치 않게 생각하고 대답했다.

이영호가 정말 그런 말을 했다면 그건 안 된 일이다. 마땅히 미리 처리되어야 할 사람이라는 생각이 들었다. 한편 생각하면 조연준이 자기를 찾아왔다는 것이 여간만 기분 좋은 일이 아니었다. 지난 시기 같으면 어림이나 있는가. 조연준이 누구인가. 바른대로 말해서 완전히 이제강의 사람이다. 대세가 이렇게 되었으니 그도 마침내 자기한테까지 굽히고 드는구나 생각이 들었다.

"저, 그러지 않아도 저도 제1부부장 동지를 찾아가자고 그랬는데 이번에 우리 중요한 문제를 해결하자고 합니다."

"뭡니까?"

"부부장 동지도 다 아는 일이지만 문제는 하루 빨리 우리 경제를 회생시켜야 하지 않겠습니까?"

"그래서요?"

"그러자면 뭐니뭐니해도 당장은 자금을 끌어들이는 문제가 제일 중요합니다. 그래서 제가 경제 대표단을 끌고 중국에 갔다 오려고 합니다."

"아, 그거야 좋은 일이지요. 그런 일이라면 당연히 찬성이지요."

"알았습니다. 그런데 이번에는 좀 큰 규모로 끌고 가려고 합니다. 한 70명쯤 생각하고 있습니다. 괜찮겠습니까?"

"당연히 괜찮지요. 어서 그렇게 하십시오."

"그럼, 이것으로 당에는 보고드린 것으로 하고 준비하겠습니다."

"알겠습니다. 어서 그렇게 하십시오."

이어 2012년 7월 어느 날 한때 나는 새도 떨어뜨린다던 당 중앙위원회 정치국 위원이며 상무위원이기까지 하였던 인민군 총참모장 이영호가 실각되었다. 직접 집행한 사람들은 인민군 보위사령부도 아니고 또 국가보위부도 아니다. 호위사령부가 집행하였다. 이영호는 집에서 잠을 자다가 완전히 기습을 당한 것이다.

한편 장성택은 2012년 8월 13일부터 18일간 6일간 중국 방문을 하였다. 70여 명의 대규모 경제 방문단을 이끌고 중국에 갔다. 장성택의 중국 방문은 김정일의 것과는 근본적으로 달랐다. 중국의 고위 간부들까지 "장성택의 배포에 놀랐다. 예전의 북한이 아니다" 또 "중국의 의중을 알고치고 들어오는 데는 정말 방법이 없었다"고 놀라지 않을 수 없었다.

북한을 떠난 뒤 처음 14일은 황금평, 나선지구 관련 회의를 하고, 15~16일은 중국 남부와 동북 3성을 시찰한 다음 베이징으로 돌아와 중국 공산당 총서기 후진타오와 만났다. 여기서 중국 수뇌부는 장성택의 "배포 큰 결단"과 "전략"에 깜짝 놀랐다는 것이다. 김정일은 지난 시기 여러 차례 중국 방문을 하였지만 기껏 식량과 에너지를 구걸하는 데 그쳤다. 또 황금평 개발도 전적으로 중국에 의존하는 식으로 하였다.

그런데 장성택은 황금평에는 중국이 건설하고 싶은 공장을 건설하자고 한 것이 아니라, 북한에 필요한 생활품 공장을 건설하도록 합의를 보았다. 라진-선봉지구 개발도 종전에는 일방적으로 중국에 맡겼던 것을 필요한 부문 즉 부두, 항만, 송전, 도로, 철도 등 기반시설을 필요한 것부터 우선적으로 투자받기로 하였다.

특히 장성택은 대담하게 중국에 10억 달러의 대규모 차관을 요구하였고, 기본적으로 받는 것으로 답변을 받았다. 15일 북중 공동 개발 회의에서 천더밍 중국 상무부장 일행에게 요구하여 17일 후진타오 국가주석에게서 대답을 받은 것이다. 실로 상당히 엄청난 성과를 거두었다고 하지 않을 수 없게 되었다. 즉, 중국이 어떠한 경우에도 북한을 마음대로 포기하기 어렵다는 것을 알고, 장성택은 배포 크게 나왔고 그것이 맞아떨어진 것이다.

장성택은 중국과의 협상에서 요구할 것은 당당하게 요구하였고, 중국이 곤란하다는 입장을 취하면 '그럼 그만두라'는 식으로 '무시'전략을 폈다. 식량 문제도 중국이 아니더라도 미국과 UN을 통해 지원받을 수도 있고, 또 경협은 한국과도 진행할 수 있으니 마음대로 하라는 식으로 압박하였다는 것이다.

실로 얼마 되지 않은 기간이지만 장성택의 행보는 날에 날마다 빛을 보기 시작했다.

19

영원한 불꽃

그즈음 김정은의 심기는 몹시 불편했다. 아니 그저 불편한 정도가 아니라 아주 불편했다. 후계자 시절에는 그래도 좋았다. 모든 것은 아버지 김정일이 결정하고 자기는 따라 다니기만 하면 되었다. 그런데 명색이 나라 최고지도자로 된 다음에는 자기는 꼭 고모와 고모부의 꼴머슴이 된 것 같았다. 무슨 일이나 자기 마음대로 되는 일은 하나도 없었다.

글쎄 마식령 스키장이요, 미림 경마장이요 하는 일은 그렇다 하자. 군대에서는 그의 위대성을 선전한다고 세 살 때에 권총을 쏘았고, 일곱 살 때에는 자동차를 몰고 다녔다고 한다. 자기가 생각해보아도 터무니없는 거짓말이다. 그래도 군대에서는 그쯤 되어야 최고지도자의 위신이 선다고 그러는데 암만 생각해봐도 자기는 영 바지저고리다.

그새 고모부가 중국에 갔다 왔다. 그런데 그걸 놓고도 말이 많다. 고무부가 중국 북경에 가서 제가 마치 국가 수반이기나 된 것처럼 국가 최고지도자들만 드는 조어대호텔에 들었다고 한다. 그것도 70여 명씩이나 되는 대규모 경제 외교 사절단을 끌고 갔다. 그랬으면 어떻단 말인가. 조어대호텔에 들겠으면 들고 또 다른 무슨 호텔에 들겠으면 들고 자기 나라 대표단이 가서 잘 대우받으면 좋은 일이 아닌가.

그런데 조직지도부 조연준이는 마치 그 일이 무슨 큰일이나 되는 것처럼 호들갑을 떤다. 장성택이 국가지도자도 아닌데 조어대호텔에 들고 세상에 이런 법이 있는가 야단인 것이다. 그건 또 그렇다 치자.

고모부가 중국에 갔다 오는 새 자기가 국가보위부 제1부부장 우동측이를 떼고 인민군 보위국장이었던 김원홍이를 갖다 앉혀 놨다. 그랬더니 이번에는 장성택이 또 야단, 야단이다. 고모부는 이런 일을 왜 자기하고 토론하지 않고 했는가 하는 것이다. 조직지도부 부부장 조연준의 말을 들어 보면, 우동측이 당뇨병이 너무 심해서 일을 할 수 없다고 한다. 그럼 그런 사람을 그냥 자리에 앉혀 놔야 하겠는가? 그런데 그게 무슨 큰일이라도 되는 것처럼 장성택은 중국에 갔다 온 다음 되게 야단쳤다.

그럼 자기는 그런 것도 하나 마음대로 못하고 뭐란 말인가. 얼마 전에는 또 미국 농구선수 로드먼을 초청한 일을 가지고 또 야단을 맞았다. 역시 이젠 국가지도자인데 지도자답게 놀아야 한다는 것이다. 한 마디로 더러워서 못해먹겠다는 생각이 들었다.

그중에서도 자자구구 간섭하는 고모부 장성택이 제일 마음에 들지 않았다. 밖에 나가서는 세상 충성 다하는 척하다가도 집에만 들어오면 야단인데 이건 진짜 누가 지도자인지 모르겠다. 꼭 자기를 쥐잡듯 하는 것이다. 최고지도자고 뭐고 다 때려 부수고 마음에 드는 친구들과 함께 마음대로 농구나 했으면 좋겠다.

조연준이 뭐니뭐니해도 핵실험은 해야 된다고 하기에 그럼 그렇게 하라고 했더니, 이건 또 무슨 지상명령이다 뭐다 하면서 제3차 핵실험 준비를 한다고 야단이었다. 밖에 조연준이 왔다는 전갈이 왔다. 들어오라고 하였다.

"경애하는 영도자 동지, 그간 안녕하십니까?"

깎듯이 머리를 90도로 숙여 인사했다. 김정은이 자기 손자 나이밖에 되지 않았음에도 언제나 되는 대로 인사하는 법이 없다. 최고지도자면 사람들이 대하는 것도 저쯤은 돼야 하지 않는가.

"아니, 조연준 부부장 동지, 어떻게 왔습니까?"

정은이도 버릇처럼 일어섰다.

"아니, 앉으십시오. 앉으십시오. 아이고, 나이야 어떻게 되든 최고영도자 동지신데 그러면 안 됩니다. 절대 일어서지 마십시오." 조연준이 손으로 침방울이라도 튈까 입을 가리며 말했다.

충신이라면 적어도 이쯤은 돼야 하지 않을까. 김정은이 또 고모부 생각이 떠올라 기분이 나빠진다. 분명히 인척관계는 고모부이지만 직급으로 말하면 자기는 수령이고 장성택은 전사다. 그런데도 꼭 자기를 꼴머슴 대하듯 하니 기분이 나쁠 수밖에 없었다.

"친애하는 영도자 동지, 이번에 미국 농구선수를 초청하셨습니까?"

"예, 제가 했습니다." 김정은은 또 욕이 나오지 않겠는가 조마조마하여 대답했다.

"영도자 동지, 정말 잘했습니다. 그러니까 사람들이 뭐라 하는지 아십니까? 젊은 지도자가 역시 감각이 다르다. 모두가 하나같이 좋아서 야단입니다."

"아니, 그게 정말이에요?" 김정은은 너무 뜻밖의 일이어서 금방 입이 째질 것 같았다.

"정말이나 마나 당 안팎에서는 완전히 파격적인 초청이라고 끓어번지고 있습니다. 이제껏 영도자라고 하는 사람들은 사람을 초청하면 기껏 정치인이나 최소한 유명한 경제인들을 초청하는 게 상례였습니다. 그런데 김정은 동지께서는 벌써 다르지 않습니까? 체육선수 특히 미국 체육인을 초청하는 것으로 해서 젊은층에서의 반향은 실로 뜨겁습니다."

이건 정말이지 어떻게 봐야 하는가. 아첨치고는 너무 낯 뜨거운 아첨이었다. 그래도 조연준이같이 그렇게 나이 많은 사람한테서 아첨을 받는 것은 나쁘지 않았다.

"고맙습니다. 그렇게 이해해 주니 고맙습니다 …"

김정은이 이제까지 그 일 때문에 고모부한테 죽도록 욕을 먹었는데 진짜 제 마음을 알아주는 사람은 조연준밖에 없구나 생각이 들었다. 그러고 보면 조직지도부 사람들은 모두 한 사람 같이 겸손하고 그러면서도 인사성이 밝고 어쨌든 장성택하고는 완전히 다르다.

"그리고 말이 나왔으니 말이지, 영도자 동지께서 말씀하신 마식령 스키장 문제도 그렇고 또 문수 물놀이장, 사동 경마장까지 그걸 한다고 하니 벌써 우리 젊은이들은 들떠서 이런 날도 오는가 야단입니다."

"그게 정말입니까? 우리 젊은이들이 그렇게 좋아한단 말입니까?" 김정은이 다시 너무 기뻐서 입을 다물지 못하였다.

"정말이 아니구요? 바른대로 말해서 우리 인민들이 언제 그런 현대적 스키장이라든가, 물놀이장, 그리고 경마장 같은 것을 구경이나 했습니까? 역시 나라 지도자는 젊은 사람이 해야겠다고 야단입니다."

"알았습니다. 내 앞으로 다른 건 몰라도 그런 건 얼마든지 하도록 힘써 보겠습니다."

김정은이 최고지도자로 된 다음 이렇게 기쁜 날은 처음이다. 그러고 보면 고모부는 확실히 시끄러운 존재였다. 이걸 어떻게 하든지 처리해 버렸으면 좋겠는데 좋은 방도가 떠오르지 않았다.

그런데 이런 것도 모르고 장성택이는 한쪽에서 중국에 갔다온 다음 중국으로부터 자금 끌어들이는 일 때문에 정신없이 보냈다. 장성택이 황금평에 출장 갔다온 다음 날이다. 이용화 부부장이 찾아왔다.

"부장 동지, 오늘은 좀 허심탄회하게 말 좀 해봅시다." 이용화의 말이었다.

"또 무슨 일이 있어 그러는 거요? 사실 난 지금 출장갔다가 금방 돌아와서 할 일이 태산인데?"

"그렇더라도 이야길 좀 해야겠습니다. 조직지도부가 다시 살아나고 있습니다."

"어떻게 살아나는데?"

"조연준이 하루가 멀다하게 김정은이를 찾아가는데 아무래도 기미가 좋지 않습니다." 이용화가 심각하게 말하는 것이었다.

하지만 장성택은 그 말을 그렇게 깊이 새겨듣지 않았다.

"그러면 어쨌는데? 우리한테는 친애하는 지도자 동지 유훈의 말씀이 있지 않소?"

"그 유훈의 말씀이 무슨 상관입니까? 조연준이가 김정은의 턱밑에서 무슨 짓을 하겠는지 모르겠단 말입니다."

"글쎄, 무슨 짓을 하겠으면 하고, 지금 내가 그런 걸 걱정할 땐 줄 아오?"

"제 생각에는 이제 만약 저쪽에서 문제를 일으킨다면 지난번처럼 그렇게 간단히 끝나지 않을 것 같아서 하는 말입니다."

"아니, 동무는 너무 소심한 게 탈이야. 괜찮아, 걱정하지 않아도 된다니까."

장성택은 암만해도 이용화 부장이 너무 지레 겁을 먹고 말하는 것 같았다.

"아닙니다. 이번에는 정말 그렇게 간단히 끝나지 않을 겁니다. 그럴 바에는 우리가 차라리 먼저 손을 써야 하는 게 아닌가 해서 찾아왔습니다."

"그래, 우리가 먼저 손을 쓴다면 어떻게 해야 할 건데?"

"사실 말이지, 제 생각에는 제일 좋기는 우리 쪽에서 먼저 손을 쓴다면 아예 저쪽이 다시 일어설 수 없게 조직지도부를 해체해 버리는 게 어떻겠는가 생각됩니다."

"우리 쪽에서 먼저 손을 쓴다? 어떻게 말이오?"

"그걸 제가 꼭 말로 해야 알겠습니까? 바른대로 말해서 이런 일에서는 순간만 지체해도 돌이킬 수 없는 파멸을 초래한다는 걸 알아야 합니다."

이용화는 정말로 위험이 눈앞에 오는데 장성택이는 그걸 못 보고 있는 것 같아 마음을 졸였다. 사실 장성택은 그의 말을 그렇게 깊이 듣지 않았다. 그보다 급하게는 당장 황금평으로 다시 가서 중국 측 거물들과 본 계약을 체결해야겠는데 그 준비가 미약한 것이 더 급하다고 생각했다.

"그래서 동무 생각에는 우리 쪽에서 먼저 손을 쓴다면 어떻게 하면 좋을 것 같소?"

"제 사촌 형이 지금 호위사령부에서 참모장으로 있습니다. 그 부참모장은 장 부장 동지도 잘 안다고 하더군요?"

그건 전혁을 보고 하는 이야기다. 전혁은 한영란이 사건이 있은 다음 호위사령부 부참모장으로 갔다.

"그리고 장수길 부부장의 조카도 거기서 중대장을 한다더군요. 그 정도면 되는 거 아닙니까?"

"그래서 구체적으로 어떻게 할 건데?"

"크게 떠들 것도 없이 조연준이하고 황병서만 거두어들이면 됩니다. 조용히 그것들을 거두어들여서 무슨 반당 반혁명 종파를 했다고 하면 다 끝납니다." 이용화가 이미 생각해 두었던 말이었다.

"그렇게 한단 말이지? 그게 정말 그렇게 간단하겠는가?"

"물론 간단하지야 않겠지요. 그러자면 먼저 김정은의 결재를 받아 두는 문제가 중요합니다."

"뭐 김정은의 결재를? 그거야 뭐, 아니 꼭 그걸 내가 철없는 아이한테서 결재를 받아야 하겠소?" 장성택이는 암만해도 좀 우스운 생각이 들어 말하였다.

"아닙니다. 아무리 철없어 보이는 아이라도 명색이 최고지도잡니다. 그의 결재가 꼭 필요합니다."

"글쎄, 정 그렇다면 그건 내 오늘이라도 받아둘 수 있지. 그다음에는 어떻게 한다는 거요?"

"그다음에는 더 말할 것도 없이 김정은이는 그냥 그 자리에 앉혀 놓고 부장 동지가 총리를 하든가 그러면 모든 것이 끝나는 게 아닙니까?"

"그래, 그럼 정말 조연준이와 황병서들만 이자 동무 말같이 반당 반혁명 종파행위를 했다고 몰아붙이면 되겠나?"

"예, 그러면 모든 것이 끝납니다."

"알았어. 하여간 그럼 동무, 그와 관련된 것을 한번 계획을 세워 보라고."

"알았습니다."

"글쎄, 계획은 세워보는데 내 생각에는 우리가 너무 지레 겁먹은 게 아닌지 모르겠단 말이야."

"아닙니다. 잘못하면 우리가 거꾸로 당하게 되는데 어쨌든 손은 먼저 써야 합니다."

"알았소. 아무튼 계획을 세워 보라고."

"알았습니다."

이용화 부부장이 나갔다.

장성택이 그래도 도대체 실감이 나지 않았다. 그보다는 어떻게 황금평 위화도에 중국 기업들을 끌어들이는 게 당장은 더 시급하게 느껴졌다. 그래서 용화 부부장이 나간 다음에도 다시 황금평 지도를 마주앉았다. 2일 뒤 이용화는 말 그대로 조연준, 황병서를 숙청할 수 있는 안을 준비하여 가지고 왔다.

"부장 동지, 이건 정말 우리 모두의 사활이 걸린 문제입니다. 정말 명심해주길 바랍니다." 이용화 부부장이 하는 말이었다.

"알았소. 하여간 거기 놓고 가라고." 장성택은 대답하고 이용화를 돌려보냈다.

이용화가 돌아간 후 얼마 있지 않아 뜻밖에도 정임이가 올라왔다.

"아이, 부장 동지, 부장 동진 그저 일밖에 모르시네요. 좀 쉬었다 하세요. 그러면 제가 안마해드릴게요."

정임은 지난번 행정부를 확장할 때 다시 올라왔다. 올라온 다음 장성택이와 원래 가깝던 사이라 때없이 찾아오곤 하였다.

"가만 정임아, 오늘은 내가 바빠서 마안하구나. 거기 좀 앉아."

정임이 앉았다.

"그래, 새로 타자 일을 맡아보니 꽤 할 만해?" 성택이 물었다.

"그럼요. 얼마든지 하겠어요. 지금은 오히려 그전보다 일하는 것도 재미있고 모든 게 마음에 들어요. 더구나 전 부장 동지 가까이에서 일하게 된 게 제일 좋아요."

"야, 너 정말 그런 말을 아무 때나 하면 못써. 아무튼 나 내일 다시 황금평에 갔다와야 하는데 갔다온 다음 보자."

성택이 정임이를 그 자리에 앉혀 놓고 얼마간 더 일을 하였다.

"아니, 아저씨하고는 재미없어 같이 놀지 못하겠네."

정임이 앉아 신문을 뒤적거리더니 그냥 내려갔다.

"아저씨, 저 갔다 다음에 오겠어요."

"응, 그렇게 해."

성택은 여전히 황금평지 도안에 묻혀 있었다.

이틀이 지났다. 그새 일에 묻혀 의암 초대소에 나와 살다시피 하던 성택이 마침내 출장준비를 마치고 떠나려고 하였다. 그런데 아침 에 일어나니 갑자기 전화가 되지 않았다. 사무실 전화뿐 아니라 핸드

폰도 되지 않았다. 무슨 일인지 몰라 모든 문건들을 가지고 사무실로 나가려고 나왔다. 그러고 보니 초소 경비병이 달라졌다. 원래는 호위국 보초병들이 섰는데 밤새 파란 견장을 단 경비대로 바뀌었다.

"어디로 나가시려고 그럽니까?"

초병이 막아 섰다. 전에 없던 일이다.

"왜? 사무실에 나가려고 그래."

"아무데도 나가지 말고 여기서 기다리라는 위에 지시입니다."

성택이 갑자기 뒤통수를 얻어맞은 것 같았다.

"그게 무슨 소리야?"

"글쎄, 일체 움직이지 말고 여기서 그대로 기다리라는 지시입니다."

성택은 불길한 예감이 머리를 때렸으나 이미 늦었다. 밤새 경비 병력만 바뀐 것이 아니었다. 경비 인원수도 엄청나게 증강되었다.

"가만, 내가 김정은에게 급히 전할 말이 있는데 그것도 안 돼?"

"안 됩니다. 여기서 한 발자국도 움직일 수 없습니다."

"뭐야?"

자기가 그토록 둔하게 생각하였던 일이 마침내 현실로 다가온 것이었다. 성택이 맥이 풀려 특각에 들어왔다.

그러고 보니 그로서 할 수 있는 일은 아무것도 없었다.

에필로그

성택이 죽은 지 3일이 지났다. 평양 대동교 북단 유보도에 한 여인이 앉아 있었다. 정임이다. 어떻게 되어 이런 일이 일어났는가. 정임이로서도 알 수 없는 일이었다.

당에서는 정말이지 철없던 어린 시절부터 모든 사람은 당만 믿고 따르라고 했다. 당은 어머니이고, 그 어머니는 자식이 아무리 잘못하였어도 다 용서해주고 따뜻하게 안아준다고 하였다. 더구나 창광분주소장은 그가 강선으로 나갈 때 장성택은 큰 간부이기 때문에 그의 신변에서 일어나는 사소한 모든 문제까지도 당에서 알아야 한다고 했다. 그래야 당에서 그의 신상을 보호해줄 수 있다고 했다. 그러면서 성택에게 창광분주소에서 과업받은 것까지 다 말하라고 하였다.

그래서 그렇게 하였다.

그런데 그렇게 하다 보니 정임이 자기도 모르게 성택이를 진심으로 좋아하게 되었다. 그래서 몸까지 섞게 되면서도 아무런 죄책감도 느끼지 않았다. 오히려 너무 좋았다. 장성택은 정말 좋은 사람이다. 지난날에는 어쨌는지 모르지만 오늘은 그렇게 큰 간부가 되었음에도 노동자들의 고통을 잊지 않고 어떻게 하든지 그것을 해결해주기 위하여 모든 것을 다 했다. 고마웠다. 마지막에는 우리나라 노동자 농민들도 남들 부럽지 않게 잘살 수 있게 하자고 얼마나 애썼던가. 그래서 정임은 진심으로 그를 좋아했다.

그런데 어떻게 되었는가.

성택은 죽었다. 성택은 결국 자기가 죽인 것이다. 정임이 마지막으로 그의 사무실에 갔을 때 그의 책상에 있는 조연준, 황병서 처리방안에 대한 문건을 보았다. 내용까지는 몰라도 그것도 당에서 잘 처리해주리라고 믿고 보고했다. 결국 그가 죽은 것이다.

정말 당이란 것이 무엇인가? 당은 어머니이고, 그 어머니 당은 자식이 아무리 잘못하였어도 따뜻하게 안아준다던 말은 완전히 거짓이었던가? 당이란 실제에 있어서는 속에 칼을 품은 무서운 악마에 지나지 않는 것이었던가.

눈이 내렸다. 철골이 앙상한 대동교 다리에도 유보도에도 눈이 내렸다. 정임이는 마치 눈 먼 사람같이 천천히 다리 중앙을 향해 걸어갔다.

"성택 아저씨!"

그게 정임의 마지막으로 외친 소리다.
공허한 메아리만 되돌아왔다.

정임은 마침내 난간을 넘어 검푸른 대동강에 몸을 던졌다.

북한 연표

(1945~2013)

1945. 8.15.	한반도 해방
8.21.	소련군 38도선 이북 진주, 평양에 사령부 설치
9.22.	김일성 소령 소련서 귀국, 평양 도착
10.10.	조선공산당 북조선분국 설치
12.23~27	모스크바 3국(미국, 영국, 소련) 외상회의서
	신탁 통치안 채택
1946. 2. 8.	북조선 임시 인민위원회 결성(위원장: 김일성)
3. 5.	북한 토지개혁 법령 발포
8.	북한 산업국유화 법령 발포
8.28.	북조선 노동당 창립대회(북조선 공산당과 신민당이 합당,
	위원장: 김일성)
11.23.	남조선 로동당 창립
1947. 2.22.	북조선 인민위원회 결성(위원장: 김일성)
11.14.	유엔총회, 유엔임시한국위원회 설치 및
	전국적인 총선거 결의안 채택
1948. 2. 8.	인민군 창설(1978년에 창설 기념일을 1932년 4월 25일로
	변경)

8.15.	대한민국정부 수립
9. 9.	조선민주주의 인민공화국정부 수립
1949. 6.30.	남북한 노동당이 합당하여 조선노동당 결성
	(위원장: 김일성)
1950. 6.25.	6·25전쟁 발발
10.25.	중국인민지원군, 6·25전쟁 참전
1952.12.	당 5차 전원회의 '당의 조직적 사상적 결속은 우리
	승리의 기초' 남로당에 대한 숙청을 본격적으로 시작
1953. 7.27.	6·25전쟁 휴전협정조인
10. 1.	한미상호방위조약조인
1955.12. 5.	박헌영 사형 판결
12.28.	김일성, "사상에서의 주체"를 주창한 연설
	조선 인민군 324군부대 교시 "당 사상 사업에서 교조
	주의와 형식주의를 없애고 주체를 세울데 대하여"
1956. 2.	소련공산당 제20차 대회
4.23~29	조선노동당 제3차 전당대회
8.	"북한 노동당 8월 전원회의"

	최창익, 박창옥을 필두로 한 연안파, 소련파에 대한 숙청 단행
1958. 3.	군부 내 연안파 소련파 완전 숙청
8.	북한 경제의 사회주의적 개조 완성, 농촌에서 협동화 완성, 도시에서 생산관계 사회주의적 개조 완성
10.26.	중국인민지원군, 북한에서 전면철수
1960. 2. 5.	김일성 수상 '청산리정신, 청산리방법'을 제시
8.14.	김일성 수상, 남북한연방제 제안
1961. 7. 6.	조소 우호협력 상호원조조약체결
7.11.	조중 우호협력 상호원조조약체결
9.11~18	조선노동당 제4차 전당대회
1962.12.10.	노동당중앙위 제4기 제5차 총회, '4대 군사노선' 채택
1964. 2.25.	3대 혁명역량론 발표
1965. 6.22.	한일협정체결
1966. 5.	중국 문화대혁명(~1976.12)
1967. 5.25.	북한 노동당 중앙위원회 제4기 15차 전원회의 "당 내에 들어온 자본주의사상, 수정주의사상, 봉건유교사상을 철저히 뿌리 뽑을데 대하여"
	박금철, 이효순, 김도만, 고혁, 박용국 등을 숙청
1968. 1.21.	북한 무장게릴라 서울 침입(청와대 습격사건)
1.23.	북한 해군, 미정보수집함 푸에블로호 나포
1969. 1. 9.	인민군당 제4기 4차 전원회의 "군대내 군벌 관료주의를 철저히 뿌리 뽑을데 대하여"
	김창봉, 허봉학, 석산 등 항일연군 2로군, 3로군 출신 전원 숙청

4.15.	북한 미정찰기 EC-121 격추
1970.11. 2~13	조선노동당 제5차 전당대회
1972. 5. 2~5	이후락 중앙정보부장 평양 방문
5.29~6.1	박성철 부수상 서울 방문
7. 4.	7·4남북공동성명 발표 '조국통일에 관한 3대 원칙' 합의
8.30.	제1차 남북적십자회담
10.12.	제1차 남북조절위원회 본회담
12.25~28	최고인민회의 제5기 제1차 회의
	조선민주주의인민공화국 〈사회주의 헌법〉 채택
	(국가주석: 김일성)
1973. 9. 4.	노동당중앙위원회 제5기 제7차 회의
	김정일을 당중앙위 서기로 선출
1976. 8.18.	판문점 미군장교 2명 살해 사건('도끼만행' 사건)
1979.10.26.	박정희 대통령 사망
1980.10.10~14	조선노동당 제6차 전당대회
	김일성 총서기, '고려민주연방공화국' 창설 제안
	경제건설 80년대 10대전망 목표 제시
	김정일이 처음으로 공식석상에 출현
10.14.	조선노동당 제6기 중앙위 제1차 총회
	김일성 총서기 재선, 김정일 정치국 상무위원, 서기,
	군사위원으로 선출
1981. 1.19.	조선민주당, '조선사회민주당'으로 개칭
1983.10. 9.	버마폭탄테러사건(아웅산 사건) 발생
1987.11.29.	대한항공기 폭파 사건 발생(폭파범 김현희 체포)
1988. 9.17.	서울 올림픽 개막

10.18.	노태우 대통령이 제43차 UN총회 본회의 연설에서 남북한, 미·일·중·소 6자회담 제안
1989. 1. 1.	김일성 주석, 신년사에서 '남북정치협상회의' 개최 제안
5.11.	한국, 북한이 평안북도에 핵재처리공장을 건설 중이라고 보도
9.11.	노태우 대통령, '한민족공동체통일안' 발표
1990. 5.24.	최고인민회의 제9기 제1차 회의 개최(~26일) 김일성 국가주석 재선, 김정일 서기는 국방위원회 제1부위원장으로, 김일성주석이 시정연설에서 통일 전에도 남북한이 하나의 의석으로 국제연합에 가입해도 좋다고 표명
9.30.	한국과 소련 국교수립
1991. 1.30.	일북 국교정상화를 위해 정부간 제1회 본회담 평양에서 개최(~31일)
9.17.	제46차 국제연합 총회, 남북한 국제연합 동시 가입을 승인
12.30.	북한, 함경북도 나진과 선봉에 '자유경제무역지대' 설치
1992. 2. 5.	북한 중앙인민위·최고인민회의 상설회의 연합회의 1월 20일에 채택된 '조선반도의 비핵화에 관한 공동선언' 승인
2.18.	김일성 주석, 남북간 합의서·비핵화 선언 비준서에 서명
8.24.	중국과 한국 국교수립

1993. 4.7~9	최고인민회의 제9기 제5차 회의 열림(~9일)
	'조국통일 위한 전민족대단결 10대강령'을 채택
	김정일을 국방위원장으로, 오진우 인민무력상을
	국방위 제1부위원장으로 선출
1994. 4.28.	북한 외무성 성명, 미국에 "휴전협정을 대신한 평화
	보장체계 수립 교섭"을 제안
7. 8.	김일성 주석 사망(82세)
10.21.	미북 제네바 기본합의문에 서명
1995. 3. 9.	'한반도에너지개발기구(KEDO)' 발족
6.10.	북한에 경수로를 제공하는 문제와 관련, 미북회담에서
	'잠정적 합의' 달성
1996. 1.17.	조선사회주의 노동청년동맹(사노청) 대표자 모임 개최
	사로청을 '김일성사회주의 청년동맹'으로 개칭
7.11.	북한과 KEDO, 경수로 제공사업에 관한 3가지 의정서
	에 정식 조인
1997. 2.12.	황장엽 조선노동당 서기가 북경에서 한국으로 망명
	신청
4.20.	황장엽 한국 입국
7. 8.	북한, 김일성주석이 출생한 1912년을 원년으로 하는
	'주체연호'를 제정
9. 9.	북한, '주체연호' 사용 시작
10. 8.	김정일, 조선로동당 총서기 추대
1998. 9. 5.	최고인민회의 제10기 제1차 회의에서 개정헌법 채택
	김영남 최고인민회의 상임위원장으로 선출됨
11.18.	금강산 관광선 첫 출항

7.18.	김영남 최고인민회의 상임위원장, 6자회담 종말 주장
10.12.	북한, 동해안에서 단거리미사일 5발 발사
11. 3.	북한, 8,000개 폐연료봉 재처리 완료 발표
11.10.	대청해전(NLL침범 북해군함정 격퇴)
11.30.	북한, 화폐개혁 단행(100원을 1원으로)
12.18.	유엔총회 '북한인권 결의안' 채택
2010. 3.26.	한국해군 초계함 〈천안함〉 북한 잠수함 어뢰에 피격 침몰
4. 8.	북한, 금강산지구내 부동산 동결, 관리인 추방
5.24.	이명박 대통령, 「5·24조치」 발표
5.25.	북한, 남측과 모든 관계 단절 선언
9.28.	김정은, 김경희에 대장계급 부여 조선노동당 제3차 당대표자회의
	김정일 로동당 총비서 추대, 로동당규약 개정
10.10.	황장엽 사망
11.23.	북, 연평도에 무차별 포격 감행
2011. 1. 1.	경공업 발전으로 인민생활 향상, 강성대국 건설로 정책 전환 발표
4. 8.	북한, 현대측과 맺은 금강산관광협약 중 독점권 조항 무효화 선언
6. 9.	'황금평·위화도경제지구' 지정
12.17.	김정일 국방위원장 사망
2012. 2.29.	북한 외무성 제3차 미-북회담 결과 공표
	-미국은 문화, 교육, 체육 분야 인적교류 확대조치 취하기로

2.12.	북한 제3차 핵실험을 풍계리에서 실시
3. 8.	유엔 안보리, 대북제재결의 2094호 채택
3. 8.	조평통, 3월 11일자로 휴전협정 무효화 선언
3.22.	유엔 인권이사회, 북한인권결의 채택
3.31.	당중앙위원회, '경제·핵무력 병진노선' 채택
4. 1.	최고인민회의 제12기 제7차 회의 개최 헌법 일부 수정
4. 2.	영변 5MW 흑연감속로 재가동 선언
4. 8.	개성공업지구 종업원 전부 철수
5.22.	최룡해 총정치국장 방중
8.12.	북한, '당의 유일적 영도체계 확립의 10대 원칙'을 39년 만에 개정 채택
8.14.	개성공단 정상화 합의
11.19.	유엔 총회, 북한인권결의안 채택
11.21.	13개 '경제개발구'와 1개 '특수경제지대' 설치 정령 발표
12.12.	국가안전보위부, 장성택 사형 집행 발표
12.18.	유엔총회 '북한인권결의안' 합의 채택

* 출처: 『북한정치 변천: 신정(神政)체제의 진화과정』(도서출판 오름, 2015), pp.376-386을 저자가 수정·보완함.

지은이 소개

❋ 장해성 ──────────────────────────────────

1945년 중국 길림성 화룡현 두도구 용평촌에서 태어났다. 1962년 북한으로 넘어가 1964년부터 8년간 정부 호위총국 2국에서 군복무를 했다. 1972년 김일성종합대학 철학과에 입학했고, 졸업 후 1976년부터 1996년까지 조선중앙방송의 기자로 10년, 드라마 작가로 10년을 일했다. 1996년 5월, 한국에 입국해 국가안보통일정책연구소에서 연구위원을 역임하고, 2006년 정년퇴직했다. 현재는 국제망명북한PEN센터의 명예이사장이다.